마리보나 이야기 〈2〉

김명순(마리보나) 구술
김영기(비오) 기록

마리보나 이야기 〈2〉

서문

　　마리보나와 저는 세 살 터울 남매로 제가 먼저 태어났습니다. 저희 고향은 강원도 강릉이며, 저희가 태어났을 당시만 해도 한적한 읍소재지였고, 조용한 시골이었습니다.

　　마리보나는 태어난 지 한 달 만에 당시에는 병명도 몰랐던 소아마비 일종인 뇌성마비에 걸려, 지금은 흔히 볼 수 있는 전동 휠체어도 손이 흔들거리고 마비가 되어 사용하지 못하고, 몸도 흔들거리어 2022년 임종할 때까지 수동 휠체어를 제가 밀어줘야 했습니다.

　　마리보나가 십오 세 됐을 때 혼자서 겨우 일어서더니 그 후 걸음을 옮기게 되어, 시간이 흐르면서 마리보나의 부단한 노력으로 걸음을 걷기 시작했으며, 얼마의 시일이 흐르고 난 뒤 천주님의 부르심으로 성당에 다니게 되었습니다.

　　이렇게 되어, 마리보나는 성당이 좋아서 틈만 있으면 성당에 갔고, 성당에서 성가 연습을 하면, 그 성가에 흠뻑 취해 드는 게 마리보나의 행복이었습니다.

　　　　　　＊ 2권의 서문은 1권과 같습니다.

이러다가 본문에서 보듯이 장애자의 어려움도, 괴로움도, 서러움도, 기쁨도, 느끼는 모든 감정을 글로 남기고 싶다고 하여, 성당 교우 자매들의 도움을 받아 조금씩 글로 적어 보다가 제게 도움을 요청하게 되었습니다.

그리하여 제가 마리보나 이야기를 써주기 시작할 때, 시를 불러주어 받아 적고는 제 생각과 의견을 얘기해 주면서 수정해야 한다고 할 때, 성신께서 말씀하시기를

"그렇게 하면 그게 네 글이지 마리보나의 글이더냐?"

하셔서 저는 제 의견과 생각은 물론이고 조언도 마리보나에게 하지 못하였고, 마리보나 얘기로만 써준 것을 천주님 앞에 고백합니다.

그리고 지금까지 도움을 주신 모든 은인을 위해 천주님께 기도 올리며, 『마리보나 이야기〈2〉』를 출간합니다.

대전 월평동 성당에서
마리보나 이야기의 기록자 김영기(비오) 씀.

목차

서문 ··· 5

1. 줄장미 집 II ························· 10
2. 첫 시련 ································ 35
3. 죄악 ···································· 61
4. 두 번째 시련 ······················· 145
5. 집안 도둑 ··························· 185
6. 시작되는 불행 I ··················· 229

마리보나 이야기 〈1〉에서 이어집니다

Chapter 1

줄장미 집 Ⅱ

줄장미 집 Ⅱ

　작은오빠는 틈만 있으면 저에게 재미있는 동화를 읽어주어 저는 동화라면 거의 모르는 얘기가 없었고 헌 잡지지만 어린이 잡지 〈새벗〉도 재미있게 읽고 지냈는데 어느 날 오후에 안방 아랫목에 누워서 쉬고 있는 엄마에게 저는 늘 하던 버릇대로 아무도 없었기에 엄마젖을 만지다가 빨아보기도 할 때 대문 소리가 나기에 저는 얼른 그만두고 마음이 급해진 저는
　"엄마젖 집어넣어. 누가 온다."
하고 재촉했는데 방에 맞아들인 사람은 양양 선녀 언니의 고모 되는 노파였고, 엄마는 반가워했는데 이 할머니가 하는 말이
　"아이고 세상에 우리 선녀가 불쌍해서 못 보겠습니다. 시집갔다가 정신이 흐려져서 그나마 살지 못하고 친정에서 지내는데, 아 글쎄 가난한 살림에 먹을 것도 못 얻어먹어서 정신은 더구나 없어 나도 못 알아봅니다. 그래서 소리를 하면서 때린다고 하기에 내가 홍두깨를 집어 둘러메고 '때려라 이놈에 간나야. 내가 여기 어떻게 왔는지 아니? 느 아주머니가 나보고 네가 궁금하다고 가보라고 해서 왔는데' 하니 그 소리를 듣고는 금방 입이 벌어지며 우리 아주머니가 나 보고 싶단다. 야하고 좋아하던데 밥이나 실컷 멕이면 정신이 좀 좋아질는지 원…."
하고 양양에 다녀온 얘기를 하는데, 이 할머니는 강릉 재판소의 소사로 일하는 한씨 아저씨의 처였는데 자주 우리 집에 왔습니다.

저녁에 아빠가 들어오셔서 저녁밥 먹을 때 엄마가 낮에 들었던 선녀 언니 얘기를 하면서

"선녀가 정신이 더 나빠지고 먹을 게 없어서 굶주린다는데 우리가 데려다가 밥이나 실컷 먹여 봅시다. 딸도 시집가서 이젠 집에 없으니."

하고 얘기하니 아빠도 몹시 가엾어하시며 언제쯤 데려오겠느냐고 하시니, 엄마는 내일은 시간이 없고 모레쯤 데려올까 한다고 했습니다.

엄마는 한여름 내내 굶주렸던 고모에게 잘 먹이려고 애쓴 덕분에 고모는 건강을 회복해서 기운이 넘쳤는데, 엄마를 어찌나 위하던지 낮에 누워서 쉬는 엄마 곁에 제가 가는 걸 보기만 하면

"야 명순아, 엄마 쉬게 놔둬라. 나하고 저어 가보자."

저를 업고 대문 밖 골목길로 나가서 왔다 갔다 하는데 앞집 노파가 나오는 걸 보더니, 고모는 보기 싫어서 획 돌아서 가면서

"난 저노머 할미 꼴도 보기 싫다."

"왜? 그 할머니하고 친했잖아?"

"멋 팔지 마라."

웃어대는 저를 업은 채 포교당 마당으로 가서 산보했습니다.

언니가 시집가기 전에 학생들을 데리고 양양으로 소풍을 갔을 때, 틈을 내어 명주 집에 들렀더니 명주 할아버지가 언니를 그렇게도 반겼는데, 옛날 언니가 어렸을 때처럼 언니를 건너다보며

"아이구, 내 강아지 왔는가? 아이구, 내 강아지"

어린 손녀 대하듯 했고 시간이 바쁜 언니는 집 주소를 가르쳐 주고 왔다고 했는데, 그때서부터 명주 할아버지는 우리 집에 자주 찾아와

서 이삼일씩 묵어갔는데, 이럴 때 양양 국민학교 교사였던 명주 동생 명진이 언니가 우리 집에 왔는데, 저하고 놀다가 노래를 가르쳐 주었습니다.

"밤하늘에 별 삼 형제
웬일인지 별 하나 보이지 않아
남은 별 둘이서 눈물 흘리네"

"책상 위에 오뚜기 우습구나야
성이 나서 뒤뚱뒤뚱하는 꼴
우습구나 야"

가르쳐 주기에 저는 열심히 배우는데 애기에 방해가 되니까 언니는
"명순아, 이제 그만."
저를 내쫓던 생각이 났는데, 엄마는 양양까지 가서 선녀 언니를 데리고 오다가 미장원에 들러 머리를 다듬게 해서 집으로 와서 머리를 감도록 해서 새 옷으로 갈아입히니 딴 사람같이 됐는데, 나갔다가 들어온 고모가 보더니
"니가 왔잖나? 그래 밥 마이 먹고 아주머니하고 살으래이."
하고 말했는데 승택이 아저씨가 들러서 선녀 언니를 보더니
"어? 저 애는 어떻게 데려왔지? 정신이 나쁘다고 들었는데."
하니까 엄마는 제 애기를 하는 것처럼 저를 가리키며
"애 아빠가 밥 잘 먹이면 좀 나아질까 하고 데려오랬다우."

얘기하니 승택이 아저씨는
"나 알겠니?"
선녀 언니는 승택이 아저씨를 빤히 쳐다보다가 점점 성난 표정이 되더니
"옥형이 아버지지 뭐. 아주 못 됐어. 저건 아주 껌껌해."
노려보니 민망스러워진 고모가 선녀 언니에게 이것저것 물어보니 선녀 언니도 묻는 대로 대답하니까 고모는
"정신이 없다더니 왜서 정신이 음싸? 정신만 똑똑하네."
했는데, 우리가 천신기 오빠네 집에 있을 때 온 선녀 언니가 얘기하기를 그때 승택이 아저씨네가 농사일 때문에 선녀 언니를 불러다가 일을 시키면서, 선녀 언니에게 승택이 아저씨는 네 아주머니가 좋다고 하며 엄마 칭찬을 하니, 선녀 언니는 뼈가 부서지는 줄도 모르고 수고를 아끼지 않고 일해 줬는데, 일을 다한 한 달 후가 되니 승택이 아저씨 내외는 이번엔 선녀 언니한테 말하기를 네 아주머니가 나쁘다고 떠들기 시작해서 화가 난 선녀 언니는 자기 집으로 돌아왔다가 생각해 보니, 너무 분해서 다음 날 승택이 아저씨네 집으로 찾아가서 일해 준 품값을 달라며 대들었더니, 가을 추수가 끝나면 주겠다고 해서 그냥 돌아왔는데, 아무리 기다려도 준다는 말이 없어서 승택이 아저씨를 찾아간 선녀 언니는 도끼를 집어 들고 이 집을 다 때려 부순다고 벽이고 뭐고 도끼로 찍어대니, 승택이 아저씨는 꼼짝 못 하고 쌀 한 가마를 선녀 언니에게 주어 돌려보내더라고 얘기했습니다. 이러고 얼마 후 세형이 엄마인 승택이 아저씨 첫 번째 부인이 우리 집에 들러 엄마에게 품삯을 안 주려고 했던 얘기는 쏙 빼고, 선녀 언니를 데려다

가 일 시켰다는 얘기를 하니, 엄마가 몹시 나무랐던 일이 있었는데, 그래서 그런지 선녀 언니는 승택이 아저씨가 몹시 미운지, 뭐하기만 하면 곧 달려들어 싸울 태세였습니다.

 건강해진 고모는 동네 추수 일을 해야 한다며 이튿날 말산으로 가 버렸고, 선녀 언니는 부엌 벽이며 바닥까지 물걸레로 깨끗이 닦아 놓으며 엄마에게

"할머니, 내가 잘하지?"

"그래, 잘한다. 그런데 왜 할머니라고 하지?"

"머리가 하야니까."

"아주머니야. 너를 길렀잖니."

이렇게 말하며 엄마는 저를 가리키며

"얘는 누군지 아니?"

"응."

"누구야?"

"애기"

"이름이 있을 텐데?"

"몰라."

"얘는 네가 업어주던 명순이 아니냐? 저앤 그것도 몰라."

하고 웃었는데 그동안 몹시 굶주려 그랬는지 선녀 언니는 밥을 주책없이 먹어대는데 상 위에 엄마가 아빠를 위해 만들어 놓은 반찬을 집어 먹으면 아빠는 연민이 가득하신 눈으로 보시며

"그래, 어서 먹어라. 먹고 정신이나 들어라."

하시며 측은해하셨는데 밥 먹다 말고 선녀 언니는 아무 이유 없이 웃

는데 한번 웃음이 시작되면 그칠 줄 모르고 웃어댔습니다.

 이러다가 선녀 언니는 자기 밥을 다 먹고 나서 아빠가 남기신 밥을 먹고, 작은오빠가 조금 먹고 남긴 밥이며 제가 남긴 밥까지 먹어서 걱정스러워진 엄마는

 "얘, 고만 먹어라. 배 터지겠다."

하고 밥그릇을 뺏어 치웠다가 얼마나 시간이 흐른 뒤에 다시 먹도록 해주었는데, 낮에 엄마가 없을 때 선녀 언니는 느닷없이 저를 보고

 "이놈의 간나, 죽일 놈의 간나."

하고 눈을 부릅뜨기에 저는 우스워서 웃어대며

 "선녀 언니, 나는 언니가 좋은데 언니는 왜 나보고 욕해?"

 "응, 안 그럴게. 넌, 나 좋아하니? 이젠 안 그럴게."

해놓고 조금 있다가 또 눈을 부릅뜨고 욕하기에 제가

 "욕 안 한다고 해놓고 또 하잖아? 언니는 내가 미운가보다. 그치 언니."

 "몰라"

하고는 헛소리를 하면서 웃어대다가 엄마가 들어오니까 선녀 언니는

 "할머니."

 "또 할머니야? 아주머니지."

 "참, 아주머니지. 나 옷 만들게 이쁜 옷감 사줘."

 "그래, 해주고말고."

하고 엄마는 선녀 언니를 데리고 진구네 집 옷감 파는 상점에 가서 어떤 걸 사고 싶으냐고 물으니 옷감들을 살펴보다가

 "저거 줘. 치맛감으로는 저거 줘."

하고 색을 맞추어 치마저고리 감을 달라고 하고는 엄마보고
　"할머니, 내가 이 옷감 샀으니 돈 줘."
하고 엄마하고 집으로 부지런히 와서 만족하고 좋아하며 골몰해서 바느질을 하면서, 치마와 저고리를 다 만들면 엄마는 잘 만들었다고 칭찬해 주면서, 이렇게 바느질하는 것도 정신을 회복하는 데 도움이 될 거라며, 또 원하는 옷감을 끊어주어 바느질하면서 선녀 언니는 좋아서 못 부르는 노래지만 흥얼거리며, 어디서 배웠는지 찬송가를 부르며 열심히 바느질하던 어느 날, 낮에 큰방에 살던 언니가 왔는데, 선녀 언니는 그동안 바느질해서 만들어 두었던 옷상자를 가져와 열어 보이며 자랑하기를
　"이거 봐. 내 옷이 이렇게 많다."
하며 자랑하는데 선녀 언니를 처음 보는 큰방 언니는 곧 이상한 기미를 알아차리고 엄마에게 누구냐고 물으니 엄마가
　"그런 건 차차 알고 우선 좋다고 그래."
　"아이 좋네. 이건 누가 해줬지?"
　"저 할머니가."
　"또 할머니야? 아주머니지."
하고 큰방 언니와 엄마가 얘기하고 있을 때 업고 와서 내려놓은 애기를 보더니 선녀 언니는 웃음을 띠고
　"아이, 애기 이쁘다. 내 젖 먹어."
하고 젖을 꺼내려 하자 큰방 언니는 기겁하여
　"애기 젖 안 먹어. 밥 먹어."
하고 말리니까 선녀 언니는 애기에게 밥 주겠다며 부엌에 나갔다가

한참 만에 빈손으로 들어왔는데 이렇게 금세 잊어버리기 잘하는 선녀 언니지만 가끔 엄마가 심부름시키면 시장에 가서 새우젓을 사 오면서 장사꾼에게

"이거 가져가 보여 봐서 우리 할머니 맘에 안 들면 도로 가져와 바꿔 갈 테니 그런 줄 알고 군소리 말어."

하고 다짐까지 해놓고 온다고 나중에 시장으로 엄마가 나가면 얘기하더라고 했습니다.

선녀 언니는 낮에 틈만 있으면 엄마가 소일하라고 사준 옷감을 바느질하느라고 바쁘면서 가끔 저한테 젖 먹으라고 해서 저는

"아이, 언니잖아? 언닌데 뭔 젖을 먹어?"

"응. 이제 안 그럴게."

"언니, 참 이쁘다. 거울 봐 그치? 이쁘지?"

"참, 내가 이렇게 이뻐."

하며 아주 좋아서 웃어대다가 엄마가 들어오니까

"저어, 음─ 할머니가 아니라고 그랬지. 아주머니, 나 가야 해. 겨울이 돼서 윗목에서 자면 얼어 죽어. 저 아랫목에서 자야 해."

"아이, 윗목이나 아랫목이나 똑같이 더운데 뭘 얼어 죽어?"

"그래도 가야 해. 우리 동생의 올케가 나보고 오래."

"뭣이 그래? 아주머니하고 살자. 아주머니가 옷도 해주고 맛있는 것도 해주고 사탕도 주고 그러잖니. 집에 가지 말고 아주머니하고 오래오래 살자."

"그럴까? 그래, 우리 아주머니가 참 좋더라."

하고 좋아하며 웃다가 말고

"할머니, 내가 송아지를 하나 사냈는데 송아지 잘 크나 하고 가보고 오께."

"그 송아지 잘 크겠지 뭐."

"지금 가보고 오께."

하고 불이 나게 밖으로 나갔다가 들어오는 걸 보고 엄마는

"송아지 잘 크디?"

"몰라"

"송아지가 잘 크나 가보고 온다더니 몰라?"

"내가 언제 그랬어?"

"저런"

하고 웃음을 띠는 엄마 얼굴에는 가엾어하는 표정을 숨기지 못했습니다. 선녀 언니는 이러기를 수도 없이 했는데, 이럭저럭 겨울이 다 가오니 엄마는 김장도 해 놓고 겨울 준비를 해놨는데 이때의 선녀 언니는 올 적과는 달리 얼굴에 살이 붙고 피부도 하얗고 곱게 되어 딴 모습으로 변해 있었을 때인데, 초겨울답지 않게 따뜻하고 포근한 날 아침 엄마는 아빠 사무실에 가려고 세수한 뒤 화장하고 옷을 바꿔 입고 나가려고 할 때 선녀 언니가

"할머니, 나 가야 해. 도민증 내놔."

"내 나갔다 와서 주께 기다려."

하고 일러놓은 뒤 엄마는 부지런히 나갔는데, 조금 있다가 선녀 언니는 그동안 바느질해서 만들어 놓은 옷들을 모조리 싸서 보따리를 만들어 가지고 머리에 이고 말도 없이 집을 나서더니 양양으로 간 것 같았습니다.

엄마는 집에 들어와서 선녀 언니가 가고 없는 걸 보더니 애석해하면서 버스라도 태워 보내려고 했더니 걸어갔다고 하며 걱정하고 있었는데, 다음 날 나갔다 들어온 엄마는 선녀 언니의 고모에게서 소식을 들었는데, 아침나절에 우리 집을 나선 선녀 언니는 어떻게나 빨리 걸었던지 노루 꼬리만 한 겨울 해가 지기도 전에 벌써 양양에 도착하여 자기네 집에 들어섰는데, 집안 식구들이 그 좋은 데서 있지 않고 왜 왔느냐고 물으니 선녀 언니 말이
　"응, 내가 갔더니, 그 집에는 요강에다 똥 싸는 애가 있어 더러워서 못 있겠더라. 다신 안 간다."
하고 대답하더라며 선녀 언니의 복이 한 끗이라고 얘기하더라고 엄마가 말했습니다.

　그리고 크리스마스가 저에게는 보통 때와 다름없이 지나갔고, 이어서 양력설도 지나갔으며 무척이나 추운 겨울이 추위를 몰고 지나갈 때 음력설이 다가왔습니다.
　저는 장애자이면서 다른 애들이 입은 고운 한복을 입고 싶어 엄마에게 말했더니, 엄마는 제 설빔으로 노랑 저고릿감과 빨간 치맛감을 끊어다가 낮에는 바빠서 못하고 밤마다 정성스럽게 만든 노랑 저고리와 빨간 치마를 벽에다 걸어놓아 주어서, 저는 그것을 쳐다보는 게 말할 수 없는 기쁨이었고 자랑이었는데, 음력설이 되어 저도 정상아들처럼 입어보고 싶었던 한복을 입어보며 음력설을 지냈고, 보기에는 좋아 보이는 한복이 제가 입으면 여러 가지로 불편하여 벗어서 벽에 걸어놓고 쳐다만 보며 좋아하고 있을 때의 어느 날, 가운데 큰엄마

와 정남이 언니가 왔기에 저는 제가 제일 좋아하며 기뻐했던 한복을 자랑하였습니다.

"언니, 저거 봐. 저게 내 옷이다. 이쁘지?"

"아이고, 이거르 바느질이라고 했나? 내가 했더라면 더 이쁘게 했을 텐데. 이거를 누귀가 했나? 엄마가 했나?"

"응."

"아이구, 바느질이라고 꼭 뭣같이 했잖아. 이담에 하거던 날 부르라고. 내가 하문 그러 이쁘게 할 텐데."

하고 말해 제가 자랑하고 싶어 하던 마음을 깨트려 주었습니다.

저는 이럴 때 공상이 점점 많아져서 이전 부산 피난 때 아빠가 들려주신 "토끼와 거북이" 얘기 중의 용궁도 상상해 보고 또 포교당에서 하는 결혼식도 많이 구경했는데, 신부가 입은 하얀 드레스는 제가 이제껏 본 것 중에 제일 화려한 옷이어서 저는 그것을 하얀 쪼글쪼글한 치마라고 이름 지었는데, 제가 하는 공상이었습니다.

'우선 내가 사는 집은 이 집보다 크고, 엄마 얘기 들으니 외갓집이 그렇게 크다니 난 그거도 더 크고 좋은 집인데, 하늘만치 높고 커서 사람이 걸어 올라가지 못하고 큰 두레박을 타고 올라가야 해. 그래서 거기 올라가면 토끼가 보고 왔던 용궁보다 더 화려하고, 이전에 살던 꽃 많은 집보다 꽃이 더 많고, 거기에는 밥하는 사람이 있는데 밥하는 사람은 밥만 시킬 거야. 그리고 반찬 하는 사람은 반찬만 하고, 그리고 음- 바느질하는 사람도 두고, 내 앞에는 시중드는 사람을 둬서 저 포교당에서 본 신부 옷 같은 쪼글쪼글한 그 옷을 입고 동화 속에 나오는 왕비나 공주가 앉는 의자, 그런 의자에 앉아 내 앞에 있는 사람들을 향해 손가락으로 가리키며, 너는 이거 해, 너는 저거 해 하면 모두 허리를 굽혀 네 분부대로 하겠습니다. 할 테고, 또 그 밖의 다른 사람들이 와서 저어 아가씨하고 말하면 내가 위엄 있게 그래 뭐냐? 하면 오늘은 뭘 해서 대령합니까? 하고 물을 테고, 그러면 내가 아무 거 가져와, 가져와서 내 보는 앞에서 이렇게 해, 하고 가르칠 거다.'

공상하며 속으로 중얼거리는 게 입 밖으로 튀어나와 옆에 있던 엄마가 듣고

"너 무슨 소리 했니? 엄마가 들으니까 아가씨가 어떻고 하던데 무슨 얘기야?"

"응, 엄마 있잖아."

"그래."

"난 이다음에 외갓집보다 더 넓고 큰집을 쓴다."

"아이고, 외갓집이 얼마나 넓고 큰지 알아?"

"응. 내가 봤어."

"어떻게?"

"엄마, 내 얘기 들어봐. 마당이 아주아주 넓지? 나무들이 서 있고, 그리고 잔디도 있더라. 그치?"

하고 말하니 엄마는 미소를 띠고

"본 것 같네. 그래서?"

"난 그보다 더 크고 좋은 집 쓴다. 그래서 밥하는 사람은 밥만 시키고."

"아이, 밥만 하는 사람은 편하겠네."

"아냐, 빨래도 시킬 거야. 또 반찬 하는 사람은 반찬만 시키고. 엄마, 바느질하는 사람은 뭐라고 하지?"

"침모, 아이 우리 딸 잘하고 사네."
하고 엄마가 웃었는데, 저녁에 아빠가 들어오시니 엄마는 제가 공상한 얘기를 들려 드리니까 아빠는
"저런 봤나. 이다음에 아빠가 네 집에 가면 뭐 주지?"
"고구마."
"고구마? 아니 그렇게 잘산다면서 겨우 고구마야?"
"부산 화야네 집에서 고구마 먹으니 맛있더라. 그래서 아빠가 오면 고구마 준다."
대답하니까 아빠는 크게 웃으시고 엄마는 얼굴이 새빨개져서 굴러가며 웃었는데 다음 날부터 엄마는 집에 찾아오는 사람과 얘기 끝에
"우리 딸은 이 나중에 아주 잘 산대요. 알아요? 식모도 두고 찬모도 두고 침모도 두고, 그래서 아주 크고 좋은 집에 사는 데 아빠가 가시면 고구마를 대접하겠대요."
얘기해서 제가 이쁘고 상냥하다는 전환자 아줌마도 알고 죽헌 아줌마도 알고 또 지원장 부인, 웅자 엄마까지도 다 알았습니다.
엄마의 얘기를 들으며 같이 웃던 죽헌 아주머니는
"아이 포부도 크네, 우떻게 그런 거르 그러두 알제? 어머야, 시집은 안 가?"
"나 시집 안 간다."
"그기 뭔 소리야? 시집으 안 간다니."
"안 가고 그렇게 살면 되지. 뭐 이전에 봐야 언니가 애기 낳는 거 보니 글쎄 아프다고 소리소리 질러 싫더라. 그래서 나 시집 안 간다."
하고 저는 아무것도 모르고 이렇게 말했지만 앞날의 제 운명을 암시

하는 말일지는 몰랐습니다.

저는 날씨가 풀리고 봄이 되면서부터 엄마가 저녁 짓거나 할 때면, 부엌에 따라 나가 부뚜막 옆에 앉아서 빈 케이크 상자를 가지고 내려다보다가, 불 땔 때 검불 속에서 솔방울이 눈에 띄면 엄마에게 달라고 해서 모아 놓은 것이 상자로 하나 가득 되었는데, 저는 심심할 때면 솔방울 상자를 열어 놓고 가득 들어있는 솔방울 하나하나를 사람으로 상상하며 꺼내서 늘어놓고

"자, 엄마 말 잘 들어라. 너희들 엄마 말 안 들었단 봐라."

말하면 솔방울 사람들은 허리를 굽히며

"네 엄마, 분부대로 하겠습니다."

"음, 그래야지. 그럼, 이제부터 엄마 시키는 대로 해. 너는 부엌에 나가 반찬 만들고 너는 빨래해라."

"싫어요. 어느 애는 공부하라고 하고 나는 부엌에 나가 밥이나 하고 반찬이나 하라고 하고 무슨 엄마가 그래요?"

"엄마가 시키는 대로 해야지 웬 잔말이 많으냐? 혼나려고, 엄마가 얼마나 무섭다고? 혼나 불래?"

대드는 솔방울 사람을 번쩍 쳐들어 메어치려고 들면

"엄마, 잘못했어요. 다신 안 그럴게요."

"그래, 이번만 용서한다. 다음번에 또 그랬단 봐라."

저는 솔방울 사람을 향해 야단치고 있을 때 나갔다 들어오는 엄마가 소리 없이 방문을 열고 들어와 지켜보고 있다가

"아이, 무슨 엄마가 그렇게 무서울까? 그래 가지고 어디 애들이 기를 펴겠니?"

하고 웃었는데, 저는 낮이면 이렇게 골몰해서 놀고 저녁밥 먹고 나서 좀 놀다가 잠이 들면 세상모르고 깊은 잠에 빠졌다가 아침에 일어나 엄마가 세수를 시켜주고 온 식구가 아침밥을 먹은 뒤 작은오빠가 서둘러 학교에 간 뒤에, 아빠가 나가시고 나서 엄마는 집안일을 해놓고 아빠 사무실로 가면, 집안에는 저 혼자 남게 되어 또 솔방울 놀이가 시작되는데, 때로는 착한 엄마도 되고, 때로는 무서운 엄마도 되어 나날을 보냈습니다.

이러던 어느 날 밤에 저는 놀다가 잠이 와서 엄마 곁에 누워 엄마젖을 만지다가 잠이 들어 깊은 잠 속에 빠졌는데 잠결에 제 귀에 속삭이기를

"명순아, 언니 왔다. 눈 떠 봐라."

하는 귀에 익은 목소리여서 저는 눈을 번쩍 떴더니 언니가 저를 내려다보며 웃고 있기에

"언니, 어떻게 왔어? 이쁜 애기 들었어! 안 들었어?"

"아이, 벌써 애기가 드나? 봐라 안 들었지?"

하고 배를 만져보게 했습니다.

이때 언니는 출장 오는 형부를 따라왔는데, 아빠 엄마에게 인사를 올린 형부는 큰방으로 건너간 뒤였고, 그동안 비워두었던 큰방을 소제하고 불을 때느라고 한참 동안 소란하다가 일이 끝나자, 언니는 안방에 들어와 시동생이 공부도 잘했는데 일차 대학에 떨어지고 경희대학에 들어갔다고 얘기했습니다.

며칠 동안 출장 중인 형부가 있는 동안 언니는 시집가기 전과 같이 아침저녁으로 집안 청소도 하고 저를 세수시켜 놓고 양치질도 시켜

주어 좋았는데, 언니가 왔다고 하니 사람들이 찾아와서 이 얘기 저 얘기를 할 때, 죽헌 아주머니도 찾아와서 큰딸 옥춘이 취직을 시켜달라고 조르기 시작했는데, 언니는 죽헌 아주머니 집안 안부를 묻다가 죽헌 아주머니의 시동생과 재혼했다는 삼일사 책방 주인 소식을 물으며, 이전 신기 오빠 집에서 제가 가진 소꿉들을 뺏어가려던 아이 얘기를 궁금해하며

"삼일사 책방 전처 딸아이가 새엄마 보고 엄마라고 해요?"

"에이, 아가 맹했싸. 어머이라 하긴 뭐이 해. 지지바 아주 못됐싸. 그것도 어머이라 따르면 좋겠는기 아가 아주 맹랑하잖나 글쎄."

하고 말했는데, 삼일사 책방 주인은 상처하고 재혼을 한 지 이태가 되었을 때, 아들을 낳았지만 언니가 시집가기 전 여학교에 교편 잡고 있을 때 삼일사 책방 주인의 재혼 잔치를 하게 되었다며, 죽헌 아주머니는 우리 부엌이 넓고 커서 약과며 과줄을 만들겠다고 재료를 가져와 먼저 엿을 고았는데, 처녀 때인 진순이 언니가 이때 오더니, 엿을 본 진순이 언니는 죽헌 아주머니 허락도 없이 걸신이 들린 것처럼 엿을 퍼먹으니 죽헌 아주머니는 아무 말 없이 기가 막히는 표정으로 보고 있다가 엄마에게

"저기 누귀야?"

하고 물어 엄마가 얘기하니 눈살을 찌푸리고

"아이고 체면도."

혀를 찼건만 진순이 언니는 이 눈치를 아는지 모르는지 먹고 싶은 대로 약과도 막 집어 먹고 과줄도 막 집어 들고 게걸스럽게 먹어대니 민망스럽기 짝이 없게 된 언니가

"진순아, 체면 좀 차려라."

하고 야단친 일도 있었는데, 제 소꿉을 뺏어간 얼굴이 얽은 순행이라는 애는 자라나서도 마음이 고약한 걸로 생각되어 저는 그 애가 싫은 생각만 더해졌습니다.

이러다가 언니가 온 지 일주일 가량 되었을 때 형부는 출장일이 끝나 언니를 데리고 서울로 갔고, 날씨는 봄이라고 하지만 쌀쌀할 때여서 저는 감기에 걸려 심한 기침을 하고 있을 때였습니다.

이때 진순이 언니는 첫딸 젖먹이를 업고 친정 친척 조카딸들을 몰고 와서 안방 아랫목에 애기를 눕혀 놓았는데, 저는 따뜻이 있느라고 애기 옆에 있다가 기침이 나와 정신없이 기침을 하니까, 진순이 언니는 엄마도 없고 저 혼자 있으니까 마음 놓고 제게 눈을 부릅뜨고

"애기한테 이렇게 기침하면 애기가 전염되잖아."

하고 야단쳐 놓고 자기 조카애들에게 장애자인 제 꼴을 보라며 비웃는 표정으로 손가락질을 하고 있을 때, 제가 또 기침을 하니까

"또 하네. 돌아앉자."

소리 지르고는 또 멸시하는 표정으로 저 꼴인 것을 애쓰고 기른다는 듯이 비웃고 있다가, 엄마가 들어오니 얼른 태도를 바꾸어

"아이, 명순이가 기침을 해서 걱정스러워요. 어머니, 그냥 놔두지 말고 주사 좀 맞추어 보세요."

하고 가장 걱정스럽다는 듯이 호들갑을 떠니 엄마는

"괜찮다."

하고 말했는데 저는 또 기침을 정신없이 했습니다.

이럴 때 중학교를 졸업한 작은오빠는 고등학교 입학시험을 치러

합격을 했는데, 큰오빠는 걱정스러워서 덕형이네 집으로 전화했기에 엄마가 가서
 "걱정하지 마라. 합격했다."
하고 알렸더니 큰오빠는 반가워하며 좋아했다고 엄마가 놀아와서 얘기했습니다.
 큰오빠는 이때 병역의무를 치르려고 공군에 지원하여 대전에서 훈련받던 지난 겨울, 엄마가 면회를 갔다 왔는데, 훈련이 끝나 부대 배속을 받을 때 김진형 대령은 자기 부대로 오게 하여 대장실 근무를 시켜 데리고 있었습니다.
 이러고 따뜻한 오월이 되었을 때도 저는 싫증도 안 내고 솔방울 엄마가 되어 놀고 있을 때, 작은오빠가 회색 토끼 새끼 한 마리를 사가지고 와서 토끼장을 만들더니 그곳에 토끼를 길렀는데, 아침이면 엄마는 아빠 사무실로 가면서 안방에 푸성귀와 함께 토끼를 데려다 놓아주고 갔기에 제게는 살아있는 장난감 보물이 생겨서 말할 수 없이 좋았는데, 안방에 온 토끼는 방구석에 놓아둔 푸성귀에 대들어 먹다가 제멋대로 여기도 저기도 깡총거리며 뛰어다녀, 저는
 "토끼야, 거기 가지 마. 엄마 말 들어. 혼나지 말고."
하고 말했지만 토끼는 제 말은 안 듣고 제멋대로 돌아다녀 속이 상했지만 저는 속으로
 '아직 애기라서 엄마 말을 저렇게 안 듣고 제멋대로 굴어서 속상해 죽겠어. 그렇지만 애기니까 너무 야단치지 말아야지.'
하고 생각하면서 저는 조그만 토끼를 들여다보며
 "토끼야, 너 참 이쁘다. 엄마 말 잘 듣고 참 이뻐."

하며 토끼를 만지며 쓸어주면 새까만 눈동자를 굴리며 쉴 새 없이 입술을 움직이며 토끼는 또 가보고 싶은 데로 돌아다니다가 오줌을 싸놓고 응가도 싸놓았지만, 저는 이러고 돌아다니는 토끼가 이뻐서 시간 가는 줄 모르고 있었습니다.

제가 토끼와 놀고 있던 어느 날 엄마는 홑이불 시친다고 방을 치운 후 변소 앞마루에 애기 토끼를 가둔 후 도어를 닫아 놓고 이불을 시치고 있을 때, 영길 엄마가 와서 홑이불 시치는 엄마 곁에 앉아 얘기하다가 변소 간다고 가더니 조금 있다가 나와서 급한 볼일이 생각났다는 듯이 부지런히 갔는데, 저는 엄마가 어서 홑이불을 다 시치기를 기다리다가 이부자리를 개켜 벽장 속에 넣을 때 저는 부지런히 변소에 가서 도어를 열며

"토끼야, 그동안 갑갑했지?"

하고 보니까 토끼는 문 앞에 모로 누워 잠이 든 것 같아서 저는 깨우려고 만져보니 죽어있어 토끼가 가엾고 슬퍼진 저는 통곡을 시작했는데- 제 울음소리에 놀란 엄마가 달려오며 왜 우느냐고 묻기에, 저는 앞에 놓인 토끼를 손가락질했더니

"울지 마라. 영길 엄마가 그랬구나. 이다음에 이보다 더 이쁜 토끼를 기르자."

하며 저를 달랬습니다.

이러고 저녁때 학교에서 돌아온 작은오빠가 토끼는 어디 있느냐고 물으니까 엄마는 토끼가 죽었다고 하며, 제가 또 울려고 하니까

"오빠야, 이다음에 그보다 더 이쁜 토끼를 사 오지? 그게 뭐 이뻐."

하니까 작은오빠는 섭섭한 표정으로

"네."
하고 대답했습니다.

 이러고 며칠 지났을 때 뒤곁 채소밭에는 어디서 왔는지 커다란 하얀 토끼가 와서 채소밭을 온통 망쳐놓고 돌아다녀서 작은오빠가 쫓았는데 담장 밑으로 달아났다가 또 오곤 해서 작은오빠는 잡으려고 며칠이고 애를 써도 잡지 못하다가, 어느 일요일 낮에 작은오빠는 드디어 그 토끼를 사로잡았는데, 암놈이라고 하며, 닭장 안 빈 토끼장에 넣어 기르며 며칠 동안 주인을 찾았지만 동네에서는 토끼를 잃어버렸다는 사람이 나타나지 않았습니다. 이럴 때 그 토끼는 예쁜 새끼를 다섯 마리나 낳았습니다. 하얀 놈과 회색인 놈들이 예쁘게 자라고 있을 때 집에 찾아온 사람들 중에

 "짐생이 들어와 새끼로 낳문 복이 돌아왔다고 좋아하잖는가? 그 토끼가 어데서 그러 들어와 새끼르 소복히 낳으니 움메나 좋겠소."
하고 말하는 사람도 있었는데, 젖을 뗀 애기 토끼들이 푸성귀를 먹을 때, 아침이면 엄마가 나가기 전에 저를 위해 애기 토끼들을 안방에 갖다주어 다섯 마리의 애기 토끼들이 저마다 뛰어다니며 온 방 안에 환약 같은 웅가를 흘리고 오줌도 싸놓고 방안을 온통 난장판으로 만들어 놓았지만, 저는 하얀 토끼의 빨간 눈이며 회색 토끼의 까만 눈을 들여다보며 이뻐서 정신이 없었습니다.

 이럴 때 골목 건너 앞집의 얄미운 노파는 손자 손녀를 소복이 두고 있었는데, 제일 큰 손녀는 언니의 제자였고, 학교 졸업하고 시집을 가서 아들 쌍둥이를 낳아 첫돌이 되었다며 앞집 노파가 떡과 미역국을 가져와서

"이거 좀 잡숴 보시우 예. 우리는 안식교르 댕기기 때문에 아무것도 안 넣어서 맛이 음더래도 이러 가주왔시니 잡숴 보시우."
하며 음식 쟁반을 놓고 갔습니다.

 진구네 집 반대편인 우리 집 옆집에서 수돗물이 잘 안 나올 때 물을 길어다 먹은 적이 있는 남씨 집은 우리 집 뒷집을 야단나게 수리를 해서 이사했는데 이사 간 지 얼마 안 되는 이때 언니가 선녀 언니 같다던 이 집 며느리, 엄마가 막 외출하려고 할 때 찾아와서 얘기하기를

"지가요 저 집으로 시집으 가서 그 집 기둥뿌리르 세웠다 해도 과언이 아닌데, 신랭이 첩으 으더 가주고 딴살림을 하는 기 아드르 낳다고 하니, 이러 억울할 데가 어데 있소? 이러 분한데 내가 그동안에 일한 거르 생각하문 어여와요. 밭에 나가 농새 이르 하고 논에가 이르 하고, (두 손을 들어 보이며) 손이 이러 흠하게 되도록 일한 생각 하문 어리석은 기 고상 같이 했는데, 시어머이짜리는 승질이 보통이요? 공연이 사람을 짓볶고 심심하면 지랄이나 빼고 하는 거르 동네 사람들이 다 잘 알잖소. 그래고 시누는 아주 불영깽이 같은 기 지도 쪼꼼 있으문 시집갈 텐데, 시집가문 똑 즈에미 같은 시에미르 만내서 당해보고 똑 지 같은 시누년들한테 내가 당한 만치 겪어봐야 해요. 이 지경이니 지가 맨날 살아봐야 소박이나 받았지 밸 수 있소? 그래서 지도 너무 부애가 나고 억울해서 이혼으 하고 위자료르 청구해서 받아 가주고 내 혼차 살던지 개가하던지 해서 살아야 할 게 아니요. 그래서 우떠하문 되겠는지 물으러 왔잖소."

하고 하소연하는 걸 엄마가 달래고 타일러서 보냈는데, 지난번 음력설이 지나고 이틀 뒤 아직 이사 가기 전 우리 옆집에 살던 때에 남씨

가 저녁에 찾아와서 아빠에게 자기 맏아들이 제 처를 친정으로 보내지 않는다고 행패를 부려서 정초부터 이웃에 소란을 떨어 미안하다고 사과하며, 어떻게 해야 하는지를 아빠에게 물으며 자주 찾아왔는데, 이번에는 당사자인 며느리가 찾아왔는데, 이날 저녁 아빠가 들어오셔서 온 식구가 저녁밥을 먹고 난 뒤인데 뒷집 남씨가 찾아와서

"우리 매눌아가 저게 뭔가 재판으 하겠다 하니 우떻하면 되겠소 형님. 아 안 그래더니 요번에 친정을 갔다 와서 싸무룩해 가주고 말도 안 하고 있는 아르 보고 내가 야 니 친정에 갔다 왔씨문 나한테 저르 해야 할꺼 아니나? 일루 와서 저르 해라. 이래니 마지못해 저르 하더니 나한테 막 퍼대잖소. 그래서 내가 야야, 니가 이래문 씨나, 하고 달랬더니 점점 더하잖소. 우떻하면 되겠소? 저게 뭐야 재판으 하겠다 하니 그래문 우떠 되겠소? 에이 참."

하고 얘기하는 걸 아빠가 들으시고 남씨를 타일렀지만 다음날 며느리의 친정 부모들이며 일가가 몰려와 남씨 집에서 대판 싸움이 벌어져 싸우는 소리가 뒷곁 채소밭을 넘어 열려있는 방문을 통해 우리 집 안방까지 들려왔습니다.

돌이킬 수 없는 사태에 이른 남씨 집과 그 집 며느리 사이에는 이혼 소송과 위자료 청구로 재판을 하게 되었고, 강릉 사람들의 입초주에 한창 올라 있을 때 계숙이 언니의 시고모가 우리 집에 들러서 엄마에게 뒷집을 손가락질하며

"저 집 말이야. 남어 집으 거저 뺏다시피 해서 남어 가심에다 못으 박아 그 집 먼저 퀜으 거리 내달구다시피 해서 돌아앉더니 이번에도 메누리르 내달궜다는 말이 있더구만, 그래서 사람들이 말으 하기를

1. 줄장미 집 Ⅱ   31

저 집으는 살 직에는 잘살다가 이새르 가문 망한다 하데. 그래고 사람들이 말하는 기 첨에는 아들 메누리가 의가 조왔는데 그 시어머이가 이간지르 해서 떼 났대. 그 시어머이가 고약도 하지."
하고 강릉 사람들 사이에 떠도는 소문을 얘기하다가 갔습니다.

 이렇게 남씨 집 소문이 파다하게 퍼질 때 죽헌 아주머니는 엄마에게 와서 막내딸이 오죽헌에서 걸어 사범학교까지 다니느라고 먼 길에 힘이 겨워 얼굴이 창백해지고 기운을 못 차리는 걸 보면 안쓰럽기조차 하다고 하며 게다가 방 수리를 해야 하는 데 있을 곳도 없으니 여름방학 할 때까지 엄마가 데리고 있어 달라고 부탁하고 갔는데, 어느 날 낮에 저는 안방 창문을 내다보며 꽃들과 얘기하느라고 앞마당 꽃밭을 내다보고 있을 때, 열려있던 대문으로 들어왔는지 몰라도 커다란 남자 얼굴이 눈앞에 갑자기 나타나며 창틀 가까이 얼굴을 갖다 대며

 "거러지가 이러 동냥 왔씨니 보태 주시오."
하는데 어딘지 다른 사람들과 달라 보이고 무서워서 몹시 놀란 저는 겁이 더럭 나서 울음을 터트렸더니 이 사내는 눈을 동그랗게 뜨고 화가 나서

 "이런, 동냥으 달라 하니 안 주고…."
하다가 뭣에 겁이 났던지 급히 달아났는데 조금 있다가 엄마가 들어와서 울고 있는 저에게 왜 울고 있느냐고 물어서

 "어떤 아저씨가 와서 뭐 달래. 그래서 보니까 이상해. 그래 겁이 나서 울었어."

 "음. 얼굴이 둥글넓적하지?"

"응."

"그 사람은 정신이상에 걸렸는데 그 사람이 오면 선생님이라고 해야 좋아한대. 그래서 선생님, 아무것도 없는데 어떡하면 좋으냐고 하면 좋아하면서 아무것도 안 줘도 좋다고 간대."

하고 얘기했는데, 저는 그런 사람이 왜 미쳤는지 이상하게만 생각되었습니다.

며칠 지난 어느 날 죽헌 아주머니 막내딸 명자가 와서 중간 방에서 지내며, 학교에 다니면서 학교에서 돌아와 저에게 동화도 읽어주고 영어책에 나오는 옛날얘기도 번역하여 들려주어 저는 아주 재미있어 했는데 얼마 안 있어 오죽헌 명자네 집이 수리가 다 되어 명자는 자기 집으로 갔습니다.

이러고 나서 얼마 안 있어 검불 아줌마가 들러서 엄마한테

"아주머이요 심부름할 예식아 하나 안 두겠소? 즈 어머니가 장새하는기 거 따라 나가서 일하는 안데, 가 아버지는 의용군 가고 음싸요. 그래서 가 어머이가 가르 데리고 시집갔잖소. 그랬기 고만에 의붓아버지가 야르 우떻게나 시라 하는지 눈에 띄기만 하문 원수처럼 보잖소. 그래니 눈칫밥 먹기는 매한가지라고 어데 인심 좋은 집에 줬시문 좋겠다 하고 가 어머이가 나만 만나기만 하문 졸라대서 못 살겠잖소. 가는 빼대는 아주 조화요."

"글쎄, 생각해 보고. 그건 그렇고 밥이나 먹고 가."

"우리 아가 나 따라와서 저 백게 있는기."

하며 뛰어나가 열서너 살 된 자그마한 지게를 진 사내아이를 데리고 들어와 밥을 먹고 갔습니다.

Chapter 2
첫 시련

첫 시련

 아빠는 아침저녁으로 화분에다 물을 주시고 나서 저를 업고 뒤꼍으로 나가셨는데, 언니가 시집가기 전에 앞마당 화초들을 나누어다가 심어놓은 것이 닭똥 거름을 줘서 그런지 꽃나무들까지 앞마당보다 더 무성하게 잘 자랐습니다. 그 앞에 채송화와 활련화를 심어 피어난 꽃이 오색영롱했고, 시원한 수국과 청초한 옥잠화가 어울려 보기 좋았는데, 남씨네가 뒷집으로 이사하고 나서 처음 버찌가 열려 익으니까, 남씨네 애들은 우리 뒷마당 쪽으로 뻗은 가지에 열린 버찌를 다 따면서 땅에 떨어진 것도 주워 가느라고 담장을 넘어와 채소밭을 짓밟으며 주워가지고 갔는데, 제가 뒷집 벚나무를 탐내는 걸 아빠가 아시고 벚나무를 사다가 심어놓아서 아주 무성하게 자라고 있어 저는 뒤꼍에 나가면 커다랗게 되어가는 벚나무를 쳐다보며 좋아했습니다.
 이렇게 뒷마당에도 꽃들이 만발해 있을 때 검불 아줌마가 또 와서 엄마에게
 "내가 가서 이 댁 얘기르 했더니 가 어머이가 헉하잖소. 하루빨리 의붓아버지한테서 눈칫밥 안 먹게 해달라고 나르 보고 세사 그러 쫄라대서 죽겠싸요."
 이러고 얘기했는데 며칠 지나서 검불 아줌마와 같이 온 아줌마가 있었는데 검불 아줌마가 얘기한 아이의 엄마였는데 엄마에게 얘기하기를

"내가요, 첨에는 재산이 좀 있는 집에 시집가서 두 오누르 낳고 고만에 가들 아버지가 의용군 갔잖소, 그래 혼차 살 수 음씨니까 늘근이한테 재가를 했잖소. 머스마만 작은 집에다 맷게 놓고 지지바는 데리고 갔더니, 첨엔 이쁘다고 하더니 점점 커갈수록 눈에 가시잖소. 배기다 모해(검불 아줌마를 가리키며) 이 댁 보고 어데 좋은데 인권 좀 해달라고, 눈칫밥 먹는 거는 매한가지니까. 그랬더니 이 댁이 걱정말라 하맨서 인심 좋고 아주 부잿집이 있다고 그래기에, 고만에 얼른 좀 가게 해달라고 내가 쫄랐잖소. 쪼르다 쪼르다 이러 왔잖소. 와보니 이 댁 말대로 쥔댁이 이러두 얌전하시고 이 댁에 아르 주문 배울 기 많에서 잘 배와 가주고 에미처럼 이러 살지 말고 지나 잘 살았시문 한 이 음겠소."

하고 사정 얘기를 늘어놓다가 점심을 먹고 갔는데, 이러고 이틀이 지나 이 아줌마는 자기 딸을 데려왔는데, 나이는 열두 살이라고 했고, 얼굴은 넓적한 데다가 살결은 검고, 눈은 치째지고 코는 납작했고, 입술은 말려 올라간 듯 아랫입술까지 두꺼웠는데, 이 애 엄마 말대로 의부 밑에서 눈칫밥을 먹어 그런지 되바라졌고, 이해타산에는 누구보다도 밝고 눈치가 빨라 어른 못지않게 못 하는 일이 없는 데다가, 일을 하면 깨끗이 했기에 엄마가 편했는데, 처음 온 이 애는 제가 말도 잘 못하고 걷지도 못하는 데다가 변변치 못한 흔들이라서 얕보고 멸시하는 눈으로 보는데, 아빠 엄마가 저를 위해 주고 사랑으로 보살펴 주시는 걸 보더니 엄마가 없는 낮에 시샘과 질투의 불이 붙은 이 애는 저에게 약을 올려주고 못 견디게 해 울기 시작했습니다.

이 애 이름은 순현이었는데 저는 여지껏 못된 애들을 보았대야 방

속에 들어앉아 한정된 세계에서만 살았기에 몇 안 됐었는데, 저는 이 애같이 못되고 간악한 애는 보지 못했습니다. 그래도 저는 혼자서 애쓰는 엄마를 생각해서 참고 있다가, 어느 날 작은오빠가 엄마와 순현이 얘기를 하기에 듣고 있던 저는 울음을 터트리며 그동안 겪었던 제 사정 얘기를 했더니 제 말을 들은 작은오빠가

"그래? 이 계집애 가만 놔둘 수 없어. 들어오기만 해라."

하고 별렀는데 조금 있다가 아빠 점심을 갖다 드리고 오는 순현이를 부른 작은오빠는

"순현아, 너는 왜 그리 사람을 볶았니? 혼 좀 나볼래?"

하며 야단치니까 겁에 질린 순현이는 가만히 있다가 저에게 웃는 얼굴로 사정하듯

"언니야, 인제 내가 다신 안 그럴게. 오빠보고 이르지 마라."

"또 그러면 이르고 안 그러면 안 이른다. 봐, 오빠 무섭지? 내가 여지껏 안 일러서 그렇지 이르기만 하면 넌 혼날 줄 알아."

하고 엄포를 놓았는데 다음 날 엄마가 외출하고 없을 때 순현이는 또 저에게

"니가 느 엄마한테 내 얘기 이르는 거 다 들었싸. 내가 들으니, 니가 어머이 있짢가, 가를 집에 두지 말고 내쫓치게 이랬잖나."

하고 터무니없는 거짓말로 저에게 넘겨씌우기에 저는 속으로

'세상에, 얼굴이 마귀같이 생겨 먹어 가지고 마음까지 그렇구나.'

하고 생각하는 게 입속으로 중얼거려졌는데 순현이가 보고

"니 지금 뭐랬나? 날 욕했제? 영깨이 같은 지지바라고 욕했잖나? 내가 모릴 줄 아나?"

하고 트집 잡기에 저는 분했지만, 저는 말도 변변치 못했고 말이 느려서 도저히 이 애와 싸울 수도 없기에 숫제 가만히 있었더니 입에 못 담을 욕까지 하면서 저를 놀리고 약을 올리고 한창 괴롭히고 있을 때, 대문이 소리 내며 열리고 들어오는 사람은 얼굴이 찌그러지고 손이 오그라든 사람인데 동냥 달라고 와서

"좀 보태주시우."

하고 소리치니까 순현이는 이 사람에게 화풀이하느라고 불쾌하기 짝이 없게

"아무도 음싸요. 가요."

"뭐야? 이노무 지지바 말이래도 곱게 하지 모하고 으더 먹는다고 우습게 보나? 이노머 간나 니 신세는 우떠 되나 보자."

하고 화가 나서 금방이라도 쫓아 들어올 기세니까 겁이 난 순현이는 얼른 도망쳐 와서 제 등 뒤에 숨으니 동냥아치는 화를 내다가 가버렸고, 조금 있다가 엄마가 들어왔기에 저는 엄마한테

"엄마 있잖아. 아무래도 내가 속상해서 못 살겠어."

조금 전에 순현이가 한 짓을 모두 얘기했더니 엄마는 순현이를 매섭게 야단치며

"네가 언니 반찬도 남김없이 골라서 가로채 먹는 것도 다 알고 있으면서 가만 놔뒀는데 그게 누구 덕이냐? 그리고 언니가 있기 때문에 과자도 얻어먹고 과일도 얻어먹어. 네가 그런 것을 그리워하지 않고 지내면서 언니에게 못되게 굴고 괴롭히니? 여기 와서 언니한테 잘못했다고 빌지 못하겠니?"

하고 제 앞에 오도록 했는데 저는

"내가 지금은 참는다. 이따 보자. 오빠한테 다 이른다."
하고 말하니까 겁이 난 이 아이는
"언니야, 오늘만 봐다 와."
하며 사정사정했지만 다음 날도 다음 날도 못된 버릇은 점점 더해만 갔습니다.

이렇게 되어 저는 난생처음 겪어보는 시련으로 괴로워하고 있던 어느 날 늘 찾아오던 공군 오빠가 와서 저녁밥을 먹은 다음 엄마에게 지금 극장에서 재미있는 연극을 하니까 명순이를 데려다가 구경시켜 주겠다고 해서 엄마가 허락하니 저보고
"가까? 명순아"
"응 오빠, 잘 됐어."
하고 대답하니 옆에서 치켜진 눈에 광채까지 내며 듣고 있던 순현이가
"따라가지 마라. 가문 언니가 고상이 되잖나."
"나, 네 꼴 보고 속상했으니 바람 좀 쐬고 올게."
하고 시샘이 나서 어쩔 줄 몰라 하는 순현이한테 이렇게 한마디 해주고 공군 오빠에게 업혀서 극장으로 갔습니다.

저는 극장에 가서 선전 포스터를 보고서야 연극 제목이 '장화홍련전'이라는 걸 알았는데 극장 안에 들어가 자리를 잡고 앉아서 연극이 시작되기를 기다릴 때 어느 사내가 옆에 와서 공군 오빠를 보고
"여기 자리 있어요?"
"네, 앉으세요."
"이제 봤더니 기현이 아니야?"

"야, 오랜만이다."

"그런데 이 앤 누구야?"

"응, 내 아는 집 앤데 등신이야. 다리를 못 써서 전혀 걷지도 못하고. 내가 얘네 집에 가서 폐를 끼치고 있으니까 가엾어서 구경시켜 주려고 데려온 거야."

하고 낯선 사내와 주고받는 말을 듣고 저는 속으로

'내가 괜히 따라왔나? 이런 소리나 듣게. 이다음부터 남이 아무리 좋은 것을 보여 준대도 따라올 게 아니구나.'

생각하며 시작된 연극을 보는데 여기 이 자리에 있는 것이 싫어져서 연극이 재미있는 건지 없는 건지도 분간 못하고 개머루 먹듯 하다가 연극이 끝났는데, 시간이 너무 늦어 공군 오빠는 부대로 빨리 가야 했는데, 저를 집까지 데려다주고 가자니 강릉 비행장으로 귀대하는 군용 트럭을 놓칠 것 같고 해서 근심하며 저를 업고 극장 밖으로 나올 때, 이런 일이 있을 것으로 짐작한 엄마가 연극이 끝날 때쯤 극장 앞에 와서 기다리고 있다가 저를 받아 업고 집으로 왔습니다.

이튿날도 그다음 날도 저는 혼자만 있게 되면 순현이에게 볶이고 괴롭힘을 당하는데 참다못해 학교에서 돌아온 작은오빠에게 하소연하면 작은오빠는 밤에 순현이를 불러 가지고 종아리를 때려 주었는데, 저는 이것도 보기 싫어했지만 순현이는 매 맞으면 맞을수록 다음 날은 아무도 없을 때를 기다렸다가 보복으로 더욱 심하게 저를 괴롭히는 게 일이었는데, 이러다가 한번은 저에게 자기 얘기를 하는데

"우리 작은어머이 있짠나. 우떠 못되 빠잤는지 우리 오빠가 학교 갔다 오문 요노머 새끼 니가 날 보고 작은어머이라 하지만 작은어머

이 대접해 봤나? 이래맨서 우리 오빠를 달달 볶잖나. 그래고 우리 어머이하고도 등졌싸. 내 동상 있잖나. 가를 낳고부텀 우리 오빠도 우리 어머이 조화 안 하고 내가 동상으 이쁘다고 안고 댕기문 가가 니 동상이냐? 남어 아지. 안고 댕기지 마라. 이래잖나. 나는 그 소리가 뭔 소린지 모르겠싸야. 지금 생각해 봐도 그 소리가 뭔 소린지 몰라야. 어머이가 낳씨문 내 동상이잖나."
하기에 저는 잠자코 들으며 속으로
 '에이그, 그것도 모르니? 성(性)이 다르니까 동생이 아니지 뭐, 바보. 저건 사람 볶을 줄이나 알았지. 아무것도 몰라.'
하고 생각하는데, 순현이는 늘 하던 대로 이번엔 안방 거울 앞에서 무당 흉내를 내며 신이 내린다며 알아들을 수 없는 소리를 중얼중얼하면서 두 팔을 높이 쳐들어 흔들어대며 온몸을 흔들기 시작하면서 치켜져 올라가서 흉악해 보이는 눈을 감았다 떴다 하면서 미친 것같이 몸을 뒤틀고 겅중겅중 뛰다가 대문 소리만 나면 얼른 그만두는 게 일이었습니다.

 이러다가 여름이 조금 지나 가운데 큰엄마 회갑이라고 엄마는 이 애를 데리고 중기 오빠네 집으로 갈 때 저는 엄마에게
 "데리고 가려거든 대문 닫아걸고 가. 무서운 사람이 올지도 모르니까."
하고 말하니까 엄마는 순현이에게 대문을 닫아걸게 하고 담장을 넘게 해서 데리고 간 뒤에 저는
 "아이, 시원하다. 사람 볶는 게 없어서 좋다."

하고 중얼거리며 오랜만에 찾아온 평화로움을 맛보았습니다.
 어느 날 우리가 쓰는 이 집의 집주인 심부름이라며 이 집을 비워 달라고 말을 전하는 사람이 있어 아빠가 알아보니 사업가이자 유명한 사기꾼인 사람이 집주인으로 되어 있어서 아빠와 엄마는 의논 끝에 엄마는 며칠 후 서울로 갔는데, 이 집은 우리가 이사 올 때부터 집주인이 너무 많은 집이었습니다.
 이 집의 원래 주인은 전쟁 때 빨갱이였기에 집을 몰수당해서 군인 가족에게 쓰라고 주어 김진형 대령이 자기 집으로 알고 우리 아빠에게 빌려주었는데, 이번에는 전혀 알지도 못한 뜻밖의 사람이 자기 집이라며 나타났기에, 엄마는 아빠가 가르쳐 주는 대로 알아보기 위해 서울로 간 뒤에 자유롭게 된 마귀 같은 순현이는 낮이면 제멋대로 저를 괴롭히기 시작했는데, 며칠 지난 어느 날 하루 종일 저를 괴롭히던 순현이는 저녁때가 되어갈 무렵 부뚜막에 드러누워 저에게 갖은 못된 소리는 다 하면서 저를 괴롭히다가 갑자기
 "내가 이래고 있다가 느 오빠 오문 혼나기 전에 가야 해. 잘 있싸. 느 어머이 오고 나서 내가 오문 왔지, 그 전엔 오나 봐라."
하고는 엄마가 해준 옷들을 모두 싸서 보따리를 들고 순현이는 자기 집으로 갔는데 저는 이 아이가 가고 나니 어찌나 마음이 시원한지 말할 수 없이 좋아하며 평화로운 시간을 즐겁게 보내고 있었는데, 이날따라 작은오빠는 학교에서 늦게 돌아와 밤이 시작되느라고 껌껌하게 어두워질 때, 저는 안방 창문턱에 기대어 서서 아빠가 들어오시기를 기다리며 웬일인지 조금씩 무서워지는 걸 느끼면서 있을 때, 누가 대문을 여는 것같이 느껴져서 바라보니 남자 같은데 산발한 머리는 어

깨를 덮었고 머리카락 사이로 파란 눈에서 쏘는 듯한 광채가 나오며 저를 꼼짝도 못 하게 얼어붙게 만드는데, 얼굴은 무서운 짐승 얼굴로 짧고 검은 털로 뒤덮였으며, 붉은 입에는 맹수들의 이빨같이 송곳니들이 드러나 보이며 땅 위에 서 있는 것 같지만, 발은 땅에 닿지 않고 공중에 떠서 있으며 저에게 달려들듯이 노려보는데, 무엇에 놀랐는지 순식간에 사라져 버렸습니다.

저는 이 마귀를 보는 순간 얼어붙어 입을 딱 벌린 채 손끝 하나 까딱 못하고 가슴은 터질 것 같았는데, 마귀를 보는 것도 순간이었고, 순식간에 사라졌지만 오랜 시간 동안 저는 꼼짝 못 하고 공포에 질려 있다가 서서히 몸이 풀리며, 공포 때문에 울음을 터트려 울어대고 있는데, 작은오빠가 학교에서 돌아와 방안 전등을 켰기에 방안이 환해지니까 저는 겨우 진정이 되었는데 작은오빠가

"순현이 어디 갔니?"

"나를 괴롭히다가 오빠한테 혼날까 봐 저희 집에 갔어."

"그래? 제 잘못은 아는구나!"

"그런데 나 무서운 것 봤다."

"어떤 거?"

"아주 무서운데 머리칼은 어깨까지 내려왔잖아 글쎄. 눈이 아주아주 무섭고 동화에 나오는 마귀 같더라."

"그래서 울었어? 바보같이."

"응, 아주 무서워 혼났어."

하니까 작은오빠는 웃으며 부엌으로 나가서 저녁밥 한다고 난생처음으로 밥을 할 때 아빠가 들어오시니까 작은오빠는 순현이가 저를

괴롭히다가 자기 집으로 갔다는 말씀을 드리니까 아빠는
 "에이 참, 애비 없는 자식이라더니."
하시고는 여느 때처럼 세수하시고 들어오셔서 작은오빠가 차려온 저녁밥을 먹고 나서 작은오빠는 공부하고 있었고 아빠는 서류를 꾸미시는 일을 하시다가 밤이 늦었을 때
 "순현이 어미가 사람이라면 딸년을 나무래서 보내야 일이 옳은데, 그 어미가 그렇지 못하구나."
하시고 모두 잠자리에 들었습니다.
 다음 날 엄마가 서울에서 돌아와 아빠에게 얘기하는데 먼저 아빠가 가르쳐준 대로 알아봤더니 은행 여기저기에 저당 잡혀 놓았기에 도저히 이 집에서 살 수 없는 일이었는데, 옛날 제 할아버지가 공부시키시며 길러주신 나재승 변호사를 찾아가서 의논하고 집주인을 찾아서 집에 관해 자세히 알아봤다는 얘기와 함께, 도저히 우리가 집을 매입할 수 없다고 얘기를 하니, 언제쯤 집을 비워주겠느냐고 묻기에 우리가 공중을 날아다니는 새가 아닌 이상 지금 당장은 비워주기 곤란하다는 사정 얘기를 한 뒤, 나재승 변호사에게 가서 집주인을 만났던 얘기를 하며 집주인은 법률 공부한 것도 아니라는데, 어떻게 법을 잘 아는지 모르겠다고 했더니 나재승 변호사는 웃으며
 "그 녀석이 법률 공부는 못했어도 장안에 이름난 사기꾼이어서 감옥을 제집 출입하듯 하다 보니 법률을 터득해서 어지간한 변호사 뺨치게 됐지요."
하는 얘기를 듣고 이번엔 김진형 대령 집에 찾아가서 김 대령을 만나 집 얘기를 자세하게 들려줬더니 자기는 그런 줄도 모르고 그 집을 자

기에게 쓰라고 해서 자기 집이 된 줄 알았다며 앞으로는 우리가 살고 있는 집일에 관계 않겠으니, 어머니와 아버지께서 알아서 하시라고 말하며 진순이가 전세금으로 받았던 돈은 돌려주라고 이르겠다고 해서 엄마는 이종국씨 집으로 갔는데 얘기를 들은 이종국씨는 엄마보고 법률가가 되었다고 하며 웃더라는 얘기를 했습니다.

이러고 저녁밥을 먹은 다음 엄마는 순현이 집으로 갔다가 밤이 깊어 순현이를 데리고 왔는데, 엄마가 가서 보니 순현이는 으레 엄마가 저를 데리러 올 줄 알았다는 듯이 헤 웃으며 엄마에게

"내가요, 언니하고 싸우고 왔잖소."

"왜 싸웠니? 그리고 말도 없이 이렇게 네 엄마에게 오면 쓰니?"

하고 엄마가 말하니까 옆에 있던 순현이 엄마가

"야 승미 때문에 참 탈이잖소. 왜서 그러도 맹했는지. 지지바가 그래 가주고 우떠 살라고. 그래서 내가 자꾸 이르잖소."

하기에 엄마는 모녀가 듣는 데서 언니를 위해 너를 데려다 쓰지, 그렇지 않으면 무슨 소용이 있느냐고 하며 언니 때문에 네가 먹고 싶은 것도 얻어먹지 않느냐고 하며 두 번 다시 이런 짓 하면 아주 네 집으로 보내겠다고 다짐받고 데리고 왔다고 했습니다.

이렇게 되어 저는 이튿날부터 마귀 같은 순현이에게 시달림을 받아야 했는데, 낮에 엄마가 없을 때면 순현이는 갖은 못된 소리로 제 약을 올리고 놀리며 저에게 하는 소리가

"내가 뭐 여 오고 싶아 온 줄 아나? 남 싫다 하는 거르 느 어머니가 사정해서 왔는데 내가 음씨문 이 집 집안 꼴이 행팬 읍게 되니 나르 데루고 왔지. 나만 건들문 난 우리 집에 갈 끼야. 그러니 내가 니 같은

뱅신한테 이래도 돼."
하고 큰소리까지 쳐가며 저를 더욱 간악하고 혹독하게 괴롭히다가 작은오빠에게 종아리를 맞아 피가 맺혀도 저를 괴롭히는 것은 여전했습니다.

　이럴 때에 큰오빠가 제대할 때를 얼마 안 남겨 놓고 마지막 휴가를 오면서 공군 사병으로 근무하면서 엄마를 졸라 돈을 갖다가 전축을 꾸며 가지고 있던 것을 가져왔는데 그 당시로서는 최신형 자동식 스테레오 전축을 가져오면서 아빠가 좋아하시라고 일본 가요 레코드 몇 장과 일본 민요 레코드도 가지고 왔는데 이 전축은 앞날 무서운 비극과 패악을 가져올 예시라는 것을 아무도 몰랐습니다.

　이럴 때 큰오빠는 노란 수고양이 새끼도 한 마리 가져왔는데 부대에서 큰오빠가 기르던 고양이였는데 전쟁 때부터 쥐 잡느라고 쥐약을 사용해서 이때에는 고양이가 무척 귀할 때였는데 고양이가 생기니까 아빠도 이뻐하시고 온 집안 모든 식구가 이뻐하는데, 저는 낮이면 동무 겸 장난감으로 삼았지만, 마귀 같은 순현이에게 괴롭힘을 받아 이전 평화로운 마음일 때같이 재미있는 공상과 평화는 제게 없었고, 있다는 건 못 견딜 괴로움뿐이었습니다.

　며칠 안 있어 큰오빠는 부대로 가느라고 서울로 갔고, 저는 순현이에게 짓볶이느라고 날짜 가는 것도 몰랐는데, 벌써 앞마당의 감나무는 잎에 단풍이 들기 시작하여 하나둘 떨어지기 시작할 때, 아무 연락도 없이 언니가 서울에서 혼자 왔기에 엄마는 놀라며 어떻게 된 일이냐고 물으니, 언니 말이 시어머니가 모략도 서슴지 않으며 남편을 충동질해서 남편은 주먹을 쳐들기를 매일같이 하다시피 해서 견딜 수 없어 남편이 출근한 뒤에 볼일이 있어 외출하는 체하고 나와서 항공편으로 왔다고 말하며 이렇게 분란이 꼬리를 물고 일어나는데 정남이 언니 둘째 아들 심유섭이가 드나들며 꾸며대는 말을 듣고 언니의 시동생은 형수인 언니에게 대들며 언니 방에 뛰어 들어와 형수를 때리겠다고 하다가 방에 있던 형이 보고 야단쳐서 쫓겨 나간 일도 있었다고 했습니다.

　사태가 이쯤 되어 아빠와 엄마는 의논한 끝에 엄마는 또다시 서울로 가고 없을 때, 눈치 빠른 순현이는 언니에게 환심을 사느라고 정신 없었는데 이 덕분에 저는 괴로움을 조금 면했지만 반면에 언니는 벌써 순현이에게 넘어가서 순현이에게 말하는 게 뻣뻣하게 하니까 애가 그렇게 반발한다는 둥, 제가 괴벽스럽다는 둥, 변덕스럽다는 둥 하고 순현이를 감싸고 돌게 되니 순현이는 저를 더구나 멸시하게 되었습니다.

　제가 이러고 지낼 때의 어느 날 낮에 순현이의 오빠라며 찾아온 사내가 있었는데 언니가 만나보니 자기는 서울에 있는 육군 특무대 상사라고 소개하며 순현이의 의붓오빠라며 자기 처가 해산하게 되어서 순현이를 당장 데려가야 하겠다고 하면서 자기 허락도 없이 애를 데려다가 멋대로 부려 먹으니 가만둘 수 없다고 협박하며 으름장을 놓으니 화가 난 언니가 네 의붓동생이 계부 밑에서 눈칫밥 먹는 게 안쓰럽다며 네 계모가 데려다주어 우리 집에 두었는데 이따위 소리를 하니, 어디 마음대로 해보라며 지금 순현이를 데려가지 못할 테니 불만이 있으면 서울에 다시 연락하라며 형부의 직장과 전화번호를 적어 주니, 무례하고 못돼먹은 태도이던 사내는 금세 태도가 바뀌며 비굴

하게 쩔쩔매며 자기 사정이 급하게 됐으니 가능하다면 하루라도 빨리 자기에게 보내달라고 부탁하고 갔는데 이럴 때 마귀 같은 순현이는 깡패 같은 제 의붓오빠가 무섭다고 숨어 있다가 간 뒤에 나왔습니다.

 이런 일이 있은 날 저녁때쯤 서울에서 엄마의 전보가 왔기에 언니는 이튿날 항공편으로 훌쩍 떠나 서울로 갔기에 저는 또 마귀 같은 순현이와 단둘이 있게 되니 순현이는 저를 괴롭히며 언니가 제게 했던 말들을 그대로 써먹으며 놀리며 못살게 굴고 있을 때, 언니가 서울로 가고 이삼일 뒤에 엄마가 서울에서 돌아왔습니다.

 이러고 며칠이 지난 뒤, 김장철이 되어 엄마가 김장해 놓았을 때인 어느 날, 엄마 아빠를 중매한 초당집의 그 당시에는 젊은 며느리였던 분이 지금은 할머니가 되어서 왔는데 이 할머니는 우리 집에 자주 찾아왔습니다.

 집에 온 초당 집 할머니는 세상 얘기에 살림살이 얘기까지 엄마와 하다가 순현이를 보내 주어야 하겠다는 엄마 말에 자기네 집에서 여름내 소를 몰고 다니며 먹이던 계집아이를 보내줄 테니 순현이 대신 두라고 하며 가더니 다음날 그 아이를 데리고 왔습니다.

 새로 온 아이는 아홉 살이었는데 힘이 장사여서 무거운 것도 어렵지 않게 번쩍 들고 다녔는데 순현이는 새로운 애에게 일하는 걸 가르쳐 놓고 간다며 소제를 같이하면서 걸레 빠는 걸 지켜 서서 보다가 깨끗이 빨라고 감독하고 설거지도 깨끗이 하라고 하며 행주도 쓰고 나서 깨끗이 빨아 놓게 하면서 잔소리하는 걸 보고, 엄마는 순현이가 시어머니같이 한다고 우습다고 말했는데, 저는 순현이가 간다는 것만 좋아서

"아이, 시원하다. 저 마귀 같은 애가 간다니 내 마음이 이렇게 시원할 수가 없어. 그래 빨리 가거라. 가서 네 의붓올케한테 내가 너한테 당하듯 당해 봐라. 내가 보니 네 의붓오빠도 보통이 아니더라. 그 밑에서 실컷 당해 봐라."
하고 생각했는데 순현이는 제가 좋아하는 표정을 보더니
"너무 좋아하지 마라. 내가 가문 그래도 내 생각 날 끼다."
"생각나긴 뭐가 나? 안 날 꺼다."
"니가 지끔은 그래도 두고 봐라. 암만 안 한다고 해도 내가 잘해주던 생각이 날 끼다."
하고 다음 날 순현이는 자기 집으로 가니, 저는 괴로움을 받지 않게 되어 마음이 시원해서 정신을 차릴 수가 있어 새로운 애를 주의해서 봤더니, 이 애에게는 이상한 버릇이 있었는데, 제가 먹는 간식이라도 나누어주면 보는 데서는 안 먹고 안 보는 데서 먹기를 좋아했고, 밤에 자다가 한밤중에 깨워 오줌을 누게 해야지, 그렇지 않으면 이부자리에 오줌을 틀림없이 싸놓았고, 낮에도 옷에다가 오줌을 곧잘 싸 놓는데, 힘은 세어서 저를 번쩍 들어 업고 다니는 것도 힘들어하지 않았습니다.

저녁밥 먹고 설거지한 뒤에 저와 볼 때, 이 애는
"우리 오빠 이름은 박부길이고 우리 언니가 있는데 내가 올 직에 우리 언니는 국민학교 사 학년이라고. 언니야, 박원옥이가 누권지 아나? 바로 나야. 나는 여 올 직에 우리 어머이도 못 보고 왔싸."
"왜 못 봤니?"
"글쎄, 이웃에 사는 부남이 신랑이 어머이가 밭에 나가 일하는데,

내 혼자 집에 있는 거 보더니 야 내가 차 태케 주래? 차 좀 타 봐라. 이래서 나는 차가 어떻나 하고 따라갔더니 차를 태워 주는데 타고 보니 막 움직이더라. 그래서 내가 초당 집에 왔잖?"
하고 얘기하는 걸 들으신 아빠, 엄마는 유괴되어 팔려 왔다고 하시며 앞으로 틈을 내어 원옥이를 제 부모에게 데려다 보이고 누구 자식인지 알고서 길러야 하겠다고 했습니다.

   이럴 때 노란 고양이 나비는 한창 이쁘게 재롱을 떨며 마당에서 꽃나무 뒤에 숨었다가 엄마라도 지나가면 갑자기 뛰쳐나와 다리에 달려들었다가 휙 돌아서 달아나 쏜살같이 감나무 위로 올라가 내려다보며 재롱을 피우기도 했고, 밤이면 안방에서 아빠가 굴려주시는 유리구슬을 앞발로 치면서 뛰어다니며 뒹굴고 하다가 허리를 꾸부려서 크게 보여 무서워하라고 옆으로 뛰면서 아빠에게 다가오다가 쫓겨가기도 해서 온 식구의 웃음을 사기도 했는데, 하룻저녁에 나비는 첫 사냥을 해서 쥐를 입에 물고 안방으로 들어오겠다고 하는 걸 밖으로 내쫓았더니 마루에서 가지고 놀다가 첫 사냥이어서 죽은 쥐를 내버리고 먹지는 않았는데, 이때부터 나비는 매일같이 쥐를 잡아 온 식구의 귀여움을 받았습니다.

   아직 어린 고양이지만 나비의 사냥 재주는 점점 늘어 잡아서 놀리는 쥐는 점점 큰 쥐로 바뀌어 갈 때인 어느 날 밤에 나비는 장작 쪼개는 모탁 위에 앉아 아래를 내려다보며 안절부절못하며 자꾸 조르는 소리를 내서 작은오빠가 빨랫방망이를 들고 모탁을 치우니 무섭게 큰 쥐가 모탁 밑에 숨었다가 달아나는 걸 작은오빠는 재빨리 방망이로 내려쳐서 등을 맞은 쥐가 달아나지 못하고 버둥거리는데, 나비는 제 것이라며 달라고 하면서도, 원체 큰 쥐라서 함부로 달려들지 못하고 있었습니다.

 정남이 언니 큰딸 귀자는 언니가 시집가기 전부터 우리 집에 자주 드나들며, 언니의 수본도 훔쳐 가서 본을 뜨고 가만히 갖다 놓아 언니가 속상해할 때도 있었고, 언니의 화장품도 마음대로 찍어 바르다가 언니에게 들켜 싸우기도 했는데, 귀자는 우리 집에 오면 저를 멸시하는 눈으로 보며 한다는 소리가
 "니는 왜서 맨날 걷지 모하나? 운제 걸을라고 그래나? 우리 영자는 발써 학교 가 학생인데 니하고 동갑이잖나. 그래도 부끄럽지 않나? 맨날 이래지 말고 살살 걸어 바라."
이러고 속 들여다보이는 소리를 서슴없이 하면서 제 아픈 곳을 여지없이 찔러대는 게 일이었는데 이날도 우리 집에 와서 제가 캐러멜 곽을 가지고 있으니까 한다는 소리가
 "야, 니 이래지 말고 문지방이래도 짚고 살살 걸어 버릇해라. 운제 걸을라고 자가 그래나. 니 캐라멜이 몇 갠가 세 봐라. 아나 모리나 내가 봐야겠다."
하고 잔인한 방법으로 제 반발심을 유발시켜 놓아 순진했던 저는 캐러멜 곽에서 캐러멜을 쏟아 세어 보이려고 하는데 귀자는 방바닥에 쏟아놓은 캐러멜 하나를 냅름 집어 들고 종이를 벗겨서
 "이건 내가 먹아야지."
하기에 속았다는 것을 알아차린 저는 얼른 캐러멜을 주워 담는데 손이 흔들려 행동은 더욱 느려지는 데다가 긴장하니 손은 더 흔들리니

까 귀자는 애쓰는 제 모양이 우습고 재미있어하면서 제 앞에 놓인 캐러멜을 하나 집어 먹기에 저는 화를 내며
"먹지 마."
"내가 이랠라고 세보라 했지 뭐. 니 시는 거 볼라고 그랬는지 아나?"
하고 제게 깊은 상처를 안겨주면서 재미있어 입을 벌리고 곱지 못한 소리로 웃어대는 귀자의 얼굴은 순현이 못지않게 보였기에 저는 속으로
'속은 것만 해도 분해 죽겠는데 캐러멜까지 두 개씩이나 뺏겼잖아? 에이, 너한테 다시 속나 봐라.'
하며 엄마가 빨리 들어오기를 기다렸습니다.
　추운 겨울로 접어들었을 때 큰오빠는 공군에서 제대해서 새 학기가 시작되면 복학하기로 하고 집에 와 있을 때 저한테 어찌나 잘해주던지, 저는 큰오빠가 제일 좋았는데 아빠 엄마한테도 제 칭찬을 아끼지 않으며 큰오빠가 돈을 벌게 되면 저를 특수학교에 보내 공부도 시켜주고 자신이 맏아들이기 때문에 저를 맡아 제 일생을 보살펴 주겠다고 지키지도 못할 큰소리를 치니 아빠가 들으시고 좋아하셨습니다.
　이러고 나서 큰오빠는 서울에 가서 도서관에 나가 군 복무하는 동안의 뒤떨어진 공부를 해야 하고 친구들도 만나보겠다며 서울로 간 뒤에 이내 할아버지 제사가 되었는데, 작년 봄 할머니 제사부터 아빠가 지내기로 해서 이때에는 고모도 오고 점쟁이 큰엄마 양딸도 오고 중기 오빠 처인 종만 엄마가 와서 제사에 쓸 음식을 만들 때 종만이,

종문이, 해자 모두 몰려와서 황잡하기 짝이 없이 놀며 신발을 신은 채로 마루에 올라와 막 짓밟아 놓는 데다가 방 안의 물건들도 마음대로 집어 들고 장난들을 해서 집안을 온통 난장판으로 만들어 놓으니 늘 조용히 있던 저는 골치가 아프고 정신이 없어 할 때, 엄마가 애들에게 먹을 것을 나누어주며 잘 달래며 타일러서 장난 안 하도록 하는데도 엄마만 돌아서면 여전히 장난들을 해서 저는 참다못해

"아이, 골치야. 덕형이 혜원이는 안 그러더라. 좀 그러지 마라."
하고 짜증을 내었더니 엄마가

"덕형이 엄마는 서울 태생이라서 깍쟁이 엄마기 때문에 애들이 얌전하고, 이 애들은 다르잖아? 오늘하고 내일만 귀찮더라도 참아라."
하고 말려서 저는 더 이상 말을 안 했지만, 골치 아프고 정신없이 할 아버지 제사가 지나고 다음 날 오후에 모두 갔기에 저는 겨우 조용한 시간을 맞았습니다.

순현이에게 지긋지긋하게 볶이다가 편안한 겨울을 지내는 저는 원옥이가 그런대로 제 시중을 잘 들어주어 아쉬운 게 별로 없이 지내다가 음력설이 되어갈 때, 겨울이라 농사일도 없고 심심해진 고모는 이 때 우리 집에 와서 있었는데, 엄마는 제가 한복을 입고 싶어 하는 걸 알고 빨간 치맛감과 색동 저고릿감을 끊어오니, 고모가 제 기장을 재어보고 한복을 만들어 놓고 작년 설에 입다가 작아져서 못 입는 노랑 저고리와 빨간 치마를 원옥이 몸에 맞게 뜯어 빨아서 새로 한복을 지어 놓으니, 원옥이도 아주 만족하고 좋아했는데 저 같은 흔들이 장애자에게 한복은 아주 불편하고 거추장스러워서 못 입을 옷인데도 저는 한복이 좋기만 했습니다.

설날이 되자 어른들이 세배 오는데 아이들이 따라왔습니다. 아빠 엄마는 애들에게 세뱃돈을 나누어준 뒤 엄마가 주는 과자 접시를 하나씩 받아 든 아이들은 제 품의 과자를 호주머니에 넣으며 좋아했는데, 욕심쟁이 종문이는 엄마가 특별히 과자를 남보다 더 많이 담아주니 좋아서 받아 들고 만족하여 입이 귀까지 돌아가서 놀다가 자기 집으로 가서 제 엄마를 보고
"난, 어 어머이가 음씨문 작은댁 할머이하고 살 테야."
하고 떠들더라고 종만 엄마가 와서 말했습니다.
　이럴 때 큰오빠는 서울에서 있다가 집에 와 있었는데, 음력 정월 초하루가 지난 뒤 엄마는 큰오빠에게 집을 맡겨놓고 원옥이를 데리고 영서의 원옥이네 집으로 찾아갔는데, 이때 큰오빠에게는 친구들이 찾아와 언니가 쓰던 큰방에서 낮이면 시끄럽게 떠들며 전축을 틀어놓고 춤들을 추느라고 법석을 떨다가, 저녁에 아빠가 들어오실 만해서는 지금까지 알아들을 수도 없는 영어로 된 레코드를 틀다가 말고, 일본 민요 레코드로 바꾸어 틀고 있었습니다.
　원옥이를 데리고 간 엄마는 대화에 도착하여 버스에서 내렸는데 원옥이는 자기 집 향방도 모르기 때문에 우선 지서에 들어가 알아봤더니 대화에서 봉평 쪽으로 가야 한다고 가르쳐 주어 다시 버스를 타고 가다가 순경들이 가르쳐준 곳에서 내려 물어물어 찾아가는데 원옥이 언니 선옥이 이름을 말하니 마침 안다는 청년이 있어서 이 청년이 데려다주는데, 골짜기 어귀에 들어서니 그때서야 원옥이는 자기네 집이 저기라며 먼저 뛰어가더라고 했습니다.
　엄마가 원옥이 집에 도착하여 보니 사십 대 초반의 과부인 원옥이

엄마는 그동안 애를 잃어버려 놓고 밤새도록 울어서 베개를 적시면서 애를 태웠는데, 지금 보니 이렇게 살이 토실토실 쪄서 다른 애가 되어 얼굴을 몰라보게 되었다며, 엄마에게 딸을 맡기니 부디 잘 길러 달라며 부탁했기에, 엄마는 원옥이를 제 집에서 하룻밤 자도록 하고 엄마는 대화에 도로 와서 잤는데, 대화에 있던 진순이 언니는 남편과 대관령 부근인 유촌으로 이사했기에 대화에는 없었습니다.

이럴 때 엄마는 식당으로 갔더니 소문을 들어 알고 있던 식당 주인 아줌마가 자기가 데리고 있던 아이인데 나이가 열다섯이라며 시집가기 전에 예의범절과 바느질과 음식 범절을 배워서 좋은 집에 시집보낼 수 있었으면 좋겠다고 이 애 부모가 부탁하더라며, 엄마보고 데려가라고 해서 엄마는 언니가 살림나면 이 애를 보내줄 예정으로 그동안 데리고 있으면서, 일을 가르칠 생각으로 그러자고 승낙하고 다음 날 아침 일찍 원옥이를 데리고 왔을 때, 식당 주인아줌마가 데리고 있던 애와 그 애 오빠를 인사시켜 주며 이 애 오빠와 함께 부탁하기에 엄마는 이 애도 데리고 왔습니다.

새로운 아이는 나이는 열다섯답게 숙성했는데 이름은 금옥이었고 산골 아이라 아무것도 모르는 데다가 이 애도 원옥이처럼 살다가 이부자리에 오줌을 곧잘 싸서 새벽이면 같이 자던 원옥이와 싸움이 벌어지는데 금옥이는

"니가 굴러와서 이렇게 오줌 싸놓고 이기 뭐여?"
"난 안 쌌는데 자꾸만 쌌다고 해서 귀찮아 죽겠어."
하고 다투기가 일쑤였습니다.

지난 초겨울부터 저는 불면증이 생겨 밤에 잠자리에 들면 잠이 안

와서 애쓰다가, 날이 밝아서야 잠이 들었다가, 집안 식구들이 아침밥 먹을 때쯤 잠이 깨니 부족한 잠 때문에 정신이 없고 두통이 나서 괴로운데, 아침밥을 먹고 나서 드러누워 눈을 감으면 사람 얼굴만 있고 몸통은 없는 게 해파리같이 반투명이고, 흐느적거리는 풍선 같은 게 방바닥에서 조금 뜬 공중에 굴러다니는 게 보여, 저는 손을 뻗쳐 잡으려고 허우적거리면 이 풍선같이 둥근 것은 화난 얼굴이 되어 조금 물러가지만, 이내 저를 놀리듯 웃는 얼굴이 되어 몰려들었습니다.

낮이고 밤이고 눈만 감으면 이 지경이어서 저는 신경이 날카로워지고 힘은 쭉 빠져서 말할 기운도 없어 될 수 있는 대로 필요한 말만 하게 되고 이것마저 귀찮아서 손짓으로 대신하게 된 제 모양을 보신 아빠가

"아니, 넌 이전엔 말을 잘하더니 왜 점점 그리되느냐? 먹을 건 잘 먹는데."

하시며 걱정스러워하셨는데 큰오빠는 공부 안 한다고 작은오빠를 때려주고는 아빠한테

"저 애를 저대로 놔뒀다가는 대학도 못 가게 될 테니 여름 방학이 되면 서울로 보내서 학원에 나가 공부하게 해야 되겠습니다."

하고 말씀드려 아빠가 허락하셨는데, 이때는 봄이어서 앞마당 꽃나무에는 흡사 매화꽃 같은 흰 꽃이 만발해서 꽃심으로부터 붉어져서 한참 보기 좋게 되었기에 저는 안방 창문에 기대어 유리창 너머로 꽃구경을 자주 했는데, 이날도 오후의 햇빛 아래 곱게 핀 꽃잎을 내다보고 있을 때 큰오빠와 친구인 목재소 집 아들 이선이가 만발한 꽃나무를 조금 나누어 가려고 뿌리에서 돋아난 옆 가지를 떼어내느라고 괭

이로 콱콱 찍어 흔들리는 꽃나무에서 꽃들이 우수수 떨어지는 걸 본 저는

"왜 두고 보려는 걸 저렇게 떨어뜨려?"

하고 물었더니 엄마가 저를 보고 왜 우느냐고 묻기에 저는 대납 대신 손가락질을 해 보이니 엄마가 내다보고 큰오빠를 야단치면서

"그러게 말이지. 못나 터져서. 친구가 아무리 좋기로 저렇게 못나게 굴어?"

하고서 바삐 외출했습니다.

이러다가 큰오빠는 신학기가 시작되어 복학하기 위해 서울로 갔고, 저는 이럴 때 방안에서 혼자 일어설 수 있었고, 또 몹시 흔들거리며 서너 발짝 걷다가 힘에 부치거나 중심을 잃어 펄썩 물러져 앉았지만, 조금 걸을 수 있기 시작할 때 방안에만 있기 갑갑해진 저는 손에다 신발을 꿰고 두꺼비처럼 엉금엉금 현관 밖 마당으로 나가 제가 가보고 싶은 대로 화초도 가까이 가서 들여다보고 하면서 마당을 기어다니다가 대문간에 가서 대문을 짚고 일어서 대문 밖 골목길을 내다보며 지나다니는 사람들을 구경했는데, 이때 금옥이는 재주 배운다고 바느질하느라고 골몰했고, 원옥이는 엄마가 없을 때면 아무도 몰래 쇠붙이란 쇠붙이는 다 집어다가 엿과 바꾸어 먹어 엿장수들이 골목에 몰려들어 붐비고 있었습니다.

원옥이는 순현이와는 달리 좀 음흉한 성격이어서 이럴 때 제가 필요해 부르면 바로 오지 않고 일부터 먼 데로 돌아서 천천히 오며 뭘 시켜도 마지못해 해준다고 했기에 불면증에 시달려서 신경이 날카로워진 저는 머리끝까지 화가 치밀어 가까이 온 원옥이를 붙잡아 머리

카락을 쥐어뜯고 할퀴고 하며 화풀이하는 저를 보고 엄마가 걱정하며
"저렇게, 성미가 저래서 어떻게 살려고 하나?"
엄마의 말을 들으면서도 저는 이렇게 된 이유를 설명하려고 해도 말이 안 나와 못하고 가만히 있었습니다.
이러다가 작약과 목단꽃이 지고 장미꽃 봉오리가 곱게 터질 때 옛날부터 아빠에게 많은 도움을 받다가 세상을 떠난 중국인 화교 두씨 아들이 같은 중국인 한의사를 데리고 아빠에게 찾아왔는데, 이 한의사는 중국이 공산화될 때 가족들을 대만으로 먼저 피신시키고 혼자 남아 있다가 육이오 전쟁 때 우리나라로 온 분이라고 하며, 가족들에게 가려고 해도 여비가 없어서 가지 못하고 있는데 명순이를 이분에게 보여 보라고 데리고 왔다고 했습니다.
중국인 의원은 저를 보더니 신경이 몹시 쇠약해졌다고 하면서 제 눈을 뒤집어 보고 또 제 손목을 잡고 진맥한 뒤에 자기가 처방하는 약을 먹이면 곧 잠을 잘 잘 수 있고, 그렇게 되면 제 무릎에 빈틈없이 종기가 날 거라고 하며 종기가 나거든 자기 약이 효과가 있는 줄 알라고 하며, 종기가 나야만 제가 걸을 수 있게 된다고 얘기하고 저에게 엄나무 싹을 많이 먹이라고 해서 엄마는 부지런히 높은 산에서 뜯어 시장에 나온 엄나무 싹을 사들여 끼니때마다 저에게 먹여 물리도록 많이 먹었습니다.
엄마는 중국 한의원 처방대로 약을 지어다가 저에게 달여 주어 약다운 약을 먹게 되었는데 약을 지어온 엄마는 고급 한약재만 들어간 약이라고 했는데, 약을 먹고부터 저는 잠을 잘 수 있었고, 며칠 지나

지 않아 숙면할 수 있어 저는 조금씩 회복되어 갔는데, 날씨는 점점 더워지더니 뜨거운 한여름이 되었고, 대학이 방학을 시작해 집으로 내려온 큰오빠는 작은오빠가 여름방학이 되길 기다렸다가 작은오빠를 데리고 서울로 가서 외당숙 이종국씨 집에 있으면서 학원에 나가게 했습니다.

Chapter 3

죄악

죄악

큰오빠는 엄마 아빠한테 미리 고등학교 동창이자 대학에 다니는 친구들이 이번 여름 방학 해수욕하러 온다고 하면서 같은 과 여학생들도 같이 온다고 하면서 작은오빠를 데리고 서울로 갔을 때, 저는 중국인 한의원 처방대로 약을 먹어서 잠을 좀 잤기에 몸은 회복이 되어 가지만, 말문은 여전히 막혔기에 하고 싶은 말을 이전처럼 못하는 데다가 필요한 말조차 마음뿐이지 말이 되지 않아 고통스럽기만 했는데, 이때에도 눈만 감으면 풍선같이 둥글고 해파리같이 흐느적거리는 얼굴뿐인 것들이 이번에는 저를 지붕 높이만 한 허공에서 떠밀어 떨어뜨리려고 했고, 저는 안 떨어지겠다고 안간힘을 쓰며 진땀을 흘렸고, 또 저를 괴롭히는 이런 괴물들이 없어지면 이번엔 몹시 무서워지며 저번 순현이 있을 때 제가 보았던 흉악한 마귀 얼굴이 나타나며 소름 끼치는 웃음소리를 내어 웃으며 그 무시무시한 손을 뻗쳐 저를 잡는다고 해서 저는 안 잡히려고 애쓰면서 땀이 비 오듯 했지만, 비명을 질러도 입 밖으로는 나오지 않아 옆에서 보면 제가 잠자는 것 같이 보였습니다.

이럴 때 김진형 대령은 자기가 대장으로 있는 부대 장병들과 그 가족들을 데리고 강릉 경포 해수욕장에 해수욕을 하러 왔기에, 엄마는 반찬을 만들고 저를 데리고 김 대령 지프를 타고 경포 해수욕장으로 다녔는데, 경포 해수욕장에 도착하여 엄마는 반찬 보따리를 원옥이에게 들려 가면서 차 안에 앉아 있는 저 보고
"넌 여기서 기다려. 엄마가 이겨 갖다 놓고 데리러 올게."
하고 간 뒤에 얼마나 있다가 김 대령 운전병이 오더니 강릉 사투리로
"야, 느 어머이가 오래. 에이그 이것도 자석이라고, 이래는 거르 뭐 하러 데루고 댕기니라고 이래?"
하면서 저를 안아서 들고 바닷가 천막까지 가서 엄마 앞에 내려놓으며
"야가요, 혼차 기댈리고 있는 거르 보니 기특하잖소."
하고 마음에도 없는 칭찬을 하는 이 운전병은 강릉 사람으로 공군 상사였습니다.

이럴 때 큰오빠는 친구들을 데리고 왔는데 여학생이라는 여자가 둘이 따라왔고 여자들은 옷을 입은 게 하나는 파란 원피스를 입었고 하나는 노란 원피스를 입어서 금옥이는 파란 언니 노란 언니라고 부르면서 처음 만난 하루가 다 가기도 전에 노란 언니는 성미가 아주 나쁘다고 했으며 노란 언니와 파란 언니가 서로 싸운다고 얘기했습니다.

이러고 다음 날 낮에 큰방에 있는 전축을 크게 틀어놓아 저희들끼리 떠드는 소리가 들리지 않도록 해놓았는데 전축 소리가 어찌나 요란한지 안방에 있는 저는 정신이 없어서 안방에 건너온 큰오빠보고 전축 소리가 크다는 뜻으로 큰방을 손가락질하며 상을 찡그려 보였더니 쬐끔 소리를 줄여 주었지만 여전히 시끄러운데, 노랑 언니가 제게 와서 이쁘다고 하는데 보니 동그란 얼굴에 주먹코였고 눈은 커다랗고 입술은 얇따래서 방정맞게 생긴 게 얼굴 피부마저 웅둘뭉둘해

서 정나미가 떨어지는 데다가 어린 제가 듣기에도 지어낸 가느다란 목소리로 떠들다가 금옥이가 가져오는 제 한약을 얼른 자기가 받아 제게 먹여 주고는

"아이, 약도 잘 먹어서 이뻐."

하면서 깎은 지 얼마 안 되는 제 손톱을 보더니

"어머나, 손톱이 이렇게 길었어? 손톱 깎아 줄까?"

하며 지어낸 가느다란 목소리로 떠들 때 파란 언니가 보더니

"얘, 이런 애들은 손톱 깎아 주는 게 아니래. 큰일 나려고, 신경이 손톱에 있대. 알기나 알아?"

"그래? 그럼, 손톱은 누가 깎아 줘? 오빠가 깎아 줘? 그럼, 아버지가? 왜 말 안 해? 말 좀 해봐. 나보고 노란 언니라고 그랬지? 그래 노란 옷을 입었으니까 노란 언니가 맞아, 우리들 이름 모르지? 이름 적어줄까?"

하고 종이 위에 한글로 쓰는데 노란 언니 정미자, 파란 언니 남옥용 이렇게 써서 제게 주었습니다.

이러고 다음 날은 경포 해수욕장 부근 어촌에 방을 얻어 모두 그리로 몰려갔는데 같이 온 여자애들은 큰오빠 말로는 같은 과의 여학생들이라고 했지만, 여대생치고 옷차림이 야한 데다가 화장도 화류계 여자들 뺨치게 짙게 하는 데다가 말과 행동거지가 품위라고는 찾아볼 수 없어서 어리고 세상을 모르는 제 눈에도 여대생으로 볼 수는 도저히 없었습니다.

다음 날 엄마는 저를 데리고 경포 해수욕장 진형씨에게 들렸다가 여기서 꽤 멀리 떨어져 있는 큰오빠와 친구들이 있는 천막으로 가보

느라고 저를 원옥이에게 업혀서 데리고 갔는데 거기서 엄마는 정미자를 불러 네가 학생이냐고 조용히 물었더니
 "저는 창기씨를 따라왔을 뿐이지 여대생은 아니에요."
 "그럼, 부모님은 계시냐?"
 "아니요, 부모님은 안 계세요. 큰아버지가 학교 교장이에요."
 "아무리 세상이 난잡해졌다고 해도 이렇게 남녀가 몰려다니며 놀아나는 법은 어디서 난 법이냐? 빨리 집으로 돌아가거라. 안 돌아가면 큰일 날 줄 알아라."
하고 조용히 나무라는데 큰오빠가 듣고
 "어머니, 왜 이리 화내세요."
 "뭐야? 부모를 그래 속여서 이렇게 놀아나는 법은 어디서 배워먹은 버릇이냐?"
하고 소리쳐 야단치니까 뻔뻔스럽게 굴던 큰오빠는 정미자를 보고
 "왜 그래 입방아를 찧어서, 죽여 버릴까 보다."
하고 소리 질러대는 큰오빠는 처음부터 아빠 엄마를 속여 왔던 게 들통나서 이것만이 속상하고 화가 난 것 같았습니다.
 이렇게 되니 큰오빠의 친구들이라는 것들은 더 이상 있을 수 없었던지 천막을 걷고 보따리를 싸서 다음 날 서울로 가버렸는데 큰오빠는 그래도 뻔뻔스럽게 아빠 엄마에게
 "제가 장남인데 설마 그런 걸 친하겠습니까. 상우, 남진이, 애들이 사귄 애들이지 전 상관이 없습니다. 이건 꼭 믿어 주십시오."
하고 말해 불쌍하게도 자식의 말이라 엄마 아빠만 속게 되었습니다.
 이러고 며칠 후 공부해야 한다며 큰오빠는 서울로 갔고 김진형씨

도 부대원들과 서울로 간 뒤에야 집안은 조용해졌고 저도 한가해졌지만, 남모르는 고통 속에 시달리고 있었습니다.

　이러고 조용해진 어느 날 오후에 엄마는 금옥이에게 반찬 하는 걸 가르치고 있는데, 억세게 생긴 처음 보는 할머니라고 부르기엔 섦은 아줌마가 대문을 열고 들어가서

　"여게가 대서 보는 집이 맞소? 아이고, 바루 찾아왔구만. 내가요 삭은돌에서 왔잖소."

하기에 엄마가 방으로 맞아들이니 이 아줌마는

　"그치네들 갔소? 아이고 뭔 지지바들이 그러도 못되 빠잦는지, 세사 밤새도록 싸우고 그것도 모재랬는데 남어 호박으 다 따 처먹고 방세도 안 내고 기냥 내뺐잖소. 서울에서 해목 온 아들이 그러 잇사도 그래지는 않던기 이노머 지지바드르는 우떠 되처먹었는지 으런이 있거나 말거나 밤새도록 뭐라 하고 그러두 싸우는지. 그래서 내가 고만에 벌떡 인나세맨 당장 가라 했더니만 이노버 지지바, 그 노란 치매 입은 지지바가 아 그래도 잘했다고 나한테다 막 퍼대잖소. 그래 가마이 보니 그노머 지지바는 시집으 가문 시어머이 속께나 썩일 지지바지 기냥 지지바가 아니래요."

하고 말하는 걸 듣다가 엄마는 기가 막혀 하면서 간식을 가져와 권하니 이 아줌마는

　"뭐르 이러 주시우. 저 언나나 주지."

하며 사양하다가 맛있게 먹고 나서

　"그노머 지지바둘 운제 또 오오? 내가 보문 가마이 안 놔둘 끼요. 잘 먹고 가오 예."

하며 갔는데 어촌에서 지냈기 때문에 억세고 거칠어 보였습니다.

　이러다가 개학 때가 되어 작은오빠는 서울에서 내려왔는데 서울에서 외당숙 이종국씨에게 시험만 당했다고 얘기했고, 개학이 되어 학교에 다녔는데 어느 날 학교에 갔다 온 작은오빠에게 엄마가 찐 옥수수를 주니 맛있게 뜯어먹고 있을 때, 제가 보니 오빠가 들고 먹는 옥수수에 뭐가 붙어 있기에 저는 알려주느라고 손을 쳐들어 가리키며 빤히 쳐다봤더니, 작은오빠는 제가 달라는 줄 알고 부지런히 뜯어 먹고 나서 옥수수 대궁이를 휙 집어 던진 것이 제 얼굴에 맞아 저는 아파서 울어댔는데, 목에 걸려 있는 것 같은 가래 덩어리가 쑥 빠져나와 시원해지며 말문이 열려 이전과는 같지 못했지만 그래도 말을 할 수가 있었습니다.

　이렇게 되어 저는 말을 곧잘 할 수 있었고 여름 방학 때 원희 오빠가 〈고향의 봄〉이란 노래를 가르쳐 주었는데 지금 이 노래를 혼자서 부르고 있을 때 아빠가 보시고

　"그 약이 좋긴 좋구나. 명순아, 노래 좀 불러 봐라. 아빠가 네 노래 듣고 싶다."

　"응, 잘 들어."

하고 저는 열심히 노래를 불렀습니다.

　이럴 때도 저는 중국인 한의원이 처방해 준 한약을 계속해 먹고 있었는데 이 중국인은 아빠의 도움으로 강릉에서 한약방을 하고 있었습니다.

　이렇게 되어 몸이 어느 정도 회복된 저는 오후 여섯 시만 되면 어떤 일이 있어도 라디오 앞에 붙어 앉아 어린이 시간 방송을 꼭 들었는데,

그 덕분에 저는 동요도 많이 알게 되었고 연속 동화도 재미있게 들었지만, 낮이면 저는 방 안에 있지 않고 마당에 나가는 걸 본 엄마는 침대를 뒤꼍 포도나무 아래로 옮겨다 놓아 주어 저는 두꺼비같이 엉금엉금 기어다니다가 나무 침대에 앉아보면 확장의 닭들이 모이를 쪼아 먹는 게 보이는데, 지난 봄 엄마가 시장에 갔다가 산에서 캐어온 마를 사다가 먹고 남은 걸 닭장 곁에 심어놨는데 마 줄기가 뻗어 닭장을 온통 뒤덮었고 마 줄기에서 꽃이 핀 뒤 씨가 여물어 모이 쪼던 닭 등에 떨어지거나 하면 닭은 놀랐다고

"꼬꼬, 꼬꼬."

하면서 떨어진 마의 씨를 들여다보는 것이

"이게 뭐야? 놀랐다."

하고 말하는 것 같이 보였습니다.

엄마는 일본식 참외장아찌를 담그기 위해 양조장에서 술지게미를 가져와 항아리 속에 설익은 참외와 함께 재어 놓았고, 또 생선을 술지게미 속에 묻었다가 꺼내어 불에 구워 놓는 것을 제가 제일 좋아했는데, 어느 날 저녁에 엄마는 불려놓았던 녹두를 원옥이와 금옥이를 시켜 맷돌에 갈게 해서 자루에 담아 짜내어 더운 묵을 쑤고 있을 때 심부름하던 원옥이가 〈고향의 봄〉을 엉망으로 부르기에

"아, 그렇게 부르면 안 돼."

하고 제가 가르쳐주니 엄마가

"아, 우리 딸이 선생님 같잖아? 아빠가 들으시면 좋아하시겠다."

하면서 더운 묵을 쑤어 놓았는데 저녁에 아빠가 들어오셔서 저 보고

"오늘 엄마가 뭐 했지? 명순이, 네가 말해 봐라."

"더운 묵."

하고 대답했더니 아빠는 웃으시며 나가서 세수하시고 나서 화분에다 물을 주시고 들어오셔서 더운 묵에 달걀을 풀어 넣으시고 양념간장을 쳐서 저녁밥을 잡수시는데 저도 아빠처럼 해서 더운 묵을 먹어보니 녹두의 특유한 맛과 냄새가 향기로워 맛이 있었습니다.

햇볕이 뜨거운 한낮, 저는 뒤꼍에 나가 시원한 포도나무 아래의 침대 위에 앉아 제가 기어올 때 땅에 뒹굴던 새파란 감들을 주워 온 걸 가지고 노는데, 숯장사 아줌마가 왔다가 보고 하는 말이

"저 뒀다가 무르거던 먹아. 그래문 맛이 있싸."

하기에 저는 속으로

'감이 크지도 않고 떨어진 게 뭐 맛이 있다고. 익어야 맛이 있지, 난 이런 거 안 먹어. 가지고 놀다가 내 버릴 거야.'

하고 생각했는데 숯장사 아줌마는 포도 덩굴을 쳐다보더니

"아이고, 포도가 많이 열렸네."

하더니 엄마를 보고

"이거르 혼차 잡숫지 마시우 예."

하고 얘기하다 갔습니다.

하루는 아빠에게 신세 진 수염 딴 영감이 감자를 한 가마니 지게에 지고 와서 내려놓으며, 엄마가

"웬 감자를 이렇게 가져오셨소? 안 가져와도 될 텐데."

"잉, 김 주사 신세를 갚아도 못다 갚고 죽을 텐데. 뭔 그런 말씀을 하시우. 우리 재산으 건져 줬는데 이까짓 감재쯤이야. 택도 음소. 이 감재가요 차저요. 이거 쩌가주고 저 언나 주시우, 예."

하며 점심을 먹고 갔는데 오전 오랑캐 꽃집에 있을 때 이 수염 딴 영감 내외가 떡을 한 함지 해다 줘서 초겨울에 저는 떡을 먹다가 떡 속에 이상한 것들이 들어있어

"엄마, 떡 속에 이게 뭐야?"

"아, 이거? 감 껍질이란다."

"이것도 먹는 거야?"

"그럼, 먹으니까 떡에다 넣었지."

하고 맛있게 먹었던 기억이 떠올랐는데 이 영감은 긴 수염이 일할 때 좌우로 거치니 댕기 머리 땋듯 수염을 따고 다녔는데 우리 집 뒤꼍의 포도가 익어갈 때 수염 딴 영감 내외가 오더니 엄마가 없어서 제가 있는 포도나무 아래 나무 침대에 와서 기다리는 동안 포도송이가 잘 익은 게 보이니 수염 딴 영감은 포도송이를 따다가 부근 포도나무 가지에 붙어있는 팥망아지를 보고 놀라서

"아이고, 뭔 팥망아지가 이러두 깨깥한 집에 다 있나."

하며 포도송이를 따서 들고 어찌나 맛있게 먹던지 이 영감의 처인 할머니가 웃으며

"아, 혼차 먹으면서 나한테는 한 개도 안 주고 먹으라 하는 소리도 음씨 혼차 이러 먹소?"

"먹고 싶거던 따먹으라고, 이거는 내가 땄으니 내가 먹아야 해."

하며 맛있게 먹고 나서 너무 오래 기다릴 수 없다며 저한테

"어머이 오거던 내가 포두 따먹았다고 그래라."

하고 갔는데 지난 초여름에 들렀던 이 영감이 엄마에게 얘기하기를, 자기가 젊어서 상처한 뒤 처녀장가를 들었는데 후처가 어찌나 이쁘

3. 죄악 69

던지 노리개 같으면 차고 다녔으면 좋겠다고 했더니 이 영감의 어머니가 듣고

"야, 그래문 아가 버릇이 나빠진다. 안 지으런인지 모리고 막 굴문 우떠 할라 그래나."

하고 꾸중하는 걸 들었는데 그 말을 들었는지 말았는지 하도 아내가 사랑스러워 호호 불며 지냈더니 어머니 말이 맞더라고 하며 사랑스러운 아내가 이 영감 말끝마다 말대답을 폭폭하며 대들더라고 하면서 옛날 어른들 말이 하나도 틀린 말이 없더라고 했습니다.

춥지도 덥지도 않을 때인 어느 날 서울 이종국씨 집에서 일하던 연숙이라는 애가 자기 집으로 돌아가느라고 버스에서 내려서 우리 집에 들렀는데 이 애도 엄마가 데려다준 애였고, 집은 오죽헌에 있어서 그곳으로 가는 버스 시간이 많이 남아서 우리 집에 들렀다는 이 애는 옷도 예쁘게 입었고, 목걸이며 반지며 하고 있는 것이 참으로 좋아 보여서 저는 탐이 나 어쩔 줄 몰라 했는데, 저는 이때 물욕이 말도 못 하게 강해서 남이 갖고 있는 것이 좋아 보이면 그와 같은 것을 제 손에 넣어야 직성이 풀릴 때였습니다.

이렇듯 강한 물욕의 포로였던 저는 연숙이의 목걸이며 반지가 탐이 나서

"야, 나 좀 해보자."

했더니 이 애는 얼른 제 목에다 목걸이를 걸어주고 반지도 제 손가락에 끼워주어

"아, 참 좋다. 이거 나 줬으면."

"응. 가져."

"정말?"

하는데 작은오빠가 와서 보고 있다가

"남의 것을 이렇게 달라는 게 아니다. 도로 줘. 내가 그보다 더 이쁜 것으로 사다 줄게."

하고 말해서 저는 하고 싶지 않다고, 아까운 걸 억지로 벗어서 주며

"그럼, 자."

하고 연숙이에게 도로 주었습니다.

이러다가 제 큰아빠 제사가 되어 낮에 들른 정남이 언니의 둘째 딸 영자와 막내딸 인자 편에 엄마는 제물로 쓸 고기며 생선이며 사서 보내고, 저를 바람 쐬게 하느라고 점심을 먹은 후 힘이 장사인 원옥이에게 저를 업게 해서 말산으로 가면서 가다가 쉬고 가다가 쉬며 점쟁이 큰엄마 집에 도착했더니 지짐질하고 있던 고모가 저를 보더니 반색을 하며

"명순이 왔나? 이거 먹아라. 마이 먹아."

하며 지짐질한 적을 제게 갖다주니까, 이것을 보고 있던 점쟁이 큰엄마는 못마땅한 눈으로 고모를 보며

"아이고, 제사도 지내기 전에 먼저 주문 우떠하우?"

"에이그, 산 사램이 제일이지. 그까짓 죽은 놈으 제사에 좀 먹으문 우떻소? 어여 마이 먹아."

하며 제게 자꾸 주었습니다.

고모가 주는 것을 좀 먹고 나서 저는 과수원으로 가보고 싶어 원옥이의 부축을 받으며 과수원으로 가서 보니 사과나무가 하나 쓰러져 있는데 사과가 달려있어서 저는 그 사과를 따서 원옥이에게 주고 저

쪽으로 돌아갔더니 가운데 큰엄마가 저와 원옥이만 온 것을 보더니 미움에 가득한 눈으로

"뭐 하러 오나? 아이고, 사과르 이러 따가주고, 얼픈 가거라."

하고 말하다가 저쪽에서 엄마가 오고 있으니까 금방 웃음을 띠며

"아이고, 명순이가 이러 왔잖나. 사과 먹어라."

하며 새빨간 홍옥을 따서 주기에 받아서 더 있기 싫어 엄마와 집으로 왔습니다.

어느 날 오후에 저는 뒤꼍 포도나무 아래 나무 침대로 나가 있었고, 엄마는 외출 중이었을 때, 장날이었는지 햇갱이 아빠가 깨끗한 흰 두루마기를 차려입고 술에 취해서 와서 제 곁에 앉았는데 침대 옆 장독대에 앉아 있던 금옥이가

"햇갱이란 아가 이뿌우?"

"이쁘다마다"

"얼만큼 이쁘우?"

"니보다 일색이다."

"그럼, 일루 데루와 보오. 나 좀 보게."

하고 실랑이하는 걸 보다가 저는 응가가 마렵고 몹시 급하여

"음, 음, 금옥아 요강. 나 요강."

하고 큰 소리로 말하는데도 금옥이는 보고도 모르는 체하고 햇갱이 아빠를 놀리며 장난만 하고 있어 급해진 저는 어쩔 수 없이 그만 옷에다 쌌더니 그제서야 금옥이가 제게 와서

"똥을 이렇게 싸서 아이구 냄새야."

하니 햇갱이 아빠가 몸도 제대로 못 가누면서

"가 또는 내가 치지."

하며 비틀거리다가 웅가 위에 주저앉아 깨끗이 손질해 입은 하얀 두루마기에 온통 칠을 했는데 금옥이는 저를 도와줄 생각은 하지도 않고 한정 없이 까불어 대며 못되게 햇갱이 아빠를 놀려대니 부아가 날 대로 난 햇갱이 아빠는 비틀거리며

"이년 때때 죽인다."

하고 소리치며 쫓아가고 금옥이는 재미있다고 깔깔대며 달아나면서 술래잡기라도 하듯이 요리 피하고 조리 피하면서 여전히 못되게 놀려줄 때 엄마가 들어와 이 광경을 보고 금옥이를 불러 야단치고 저를 씻겨 놓고는 햇갱이 아빠보고 옷을 찾아 주겠으니 갈아입으라고 하니 햇갱이 아빠는 극구 사양하고서 갔는데 이삼일 후 햇갱이 엄마가 와서 얘기하는데 햇갱이 아빠가 집으로 돌아가니 며느리가 보고

"아버니, 웬 또르 이러 무쳇소?"

하니 아무 말 않고 옷을 벗겨서 빨아 널더라고 했습니다.

하루는 공설운동장에서 영화를 한다고 해서 저녁밥을 먹은 후 아빠와 작은오빠만 집에 남아 있고, 저는 엄마와 금옥이 원옥이 하고 운동장으로 갔는데, 이럴 때 저는 부축을 받으면 좀 걸을 수 있었고, 중국인 한의사 말대로 무릎에 온통 종기가 났는데 빈틈이 없을 지경이었습니다.

운동장에는 애들이 정신없이 뛰어다녔고, 많은 사람들이 모여 있는데 저는 앞으로 나가고 싶어서 금옥이와 원옥이의 부축을 받으며 사람들 틈을 헤치고 스크린이 설치되어 있는 앞쪽으로 나가다 보니,

맨 앞에 오게 됐는데 한참 기다리고 있으니 영화가 시작되어 그 당시의 대통령이었던 이승만 대통령이 외국 순방을 하는 뉴스영화인데, 상영 도중 갑자기 영화 상영이 중단되더니 사람들이 술렁거리기 시작하면서 들리는 소문이 운동장 뒤쪽에 있는 전주가 쓰러져 여러 사람들이 크게 다치고 한 사람은 죽었다고 웅성거리며 한참이나 시간이 흐르고 나서 다시 영화 상영이 계속되어, 끝나고 나서 엄마와 함께 돌아오며, 힘들면 원옥이에게 업히기도 하고 걷기도 하며 집으로 돌아왔습니다.

 엄마도 제가 조금씩 걷는 기미가 보이니 좋아하며 어두워진 뒤면 저를 데리고 나가 원옥이와 함께 부축하여 걸리는데 장애자의 흔들거리며 걷는 모습을 보기만 하면 이것도 구경거리라고 제 뒤를 어른이나 아이 할 것 없이 줄줄 따라오며 구경했기에 엄마가 저를 데리고 집으로 올 때쯤이면 제법 긴 행렬을 이루곤 했습니다.

 이럴 때 금옥이 오줌 싸는 버릇은 여전해서 새벽이면 원옥이와 오줌 쌌느니 안 쌌느니 하고 싸우는 게 일이었지만, 올 적보다 몸도 크고 재주도 늘어 바느질도 곧잘 했고 소제도 잘하고 있었는데, 틈만 있으면 집 생각을 하며 어린 조카들이 보고 싶다며 아버지도 보고 싶다고 말하면서, 자기 아버지가 술을 좋아한다고 얘기해서 듣고 있던 엄마가

 "그럼, 추석 때 네 집으로 보내주마. 가서 아버지랑 조카들을 만나 봐라."

하고 말해 주어 금옥이는 추석이 되기를 애타게 기다리다가 추석 임시가 되었을 때, 엄마가 과자랑 사탕이랑 술도 큰 됫병으로 사 오고 돈도 계산해서 주니 금옥이는 좋아서 새 옷으로 갈아입고 어린 조카

들에게 줄 과자며 사탕을 한 보따리 싸고 그동안 엄마가 해준 옷들을 한 보따리 꾸려서 친정 나들이하는 새색시처럼 제집으로 갔습니다.

  엄마는 금옥이를 버스 태워 보낸 뒤 들어왔는데 원옥이는

  "아이, 시원하다. 나보고 자꾸만 오줌 쌌다고 해서 귀찮아 죽겠더니 엄마하고 둘이 일하니 이렇게 좋은 걸 갖다가, 엄마 금옥이 오지 말라고 그래요. 내가 더 잘할게."

  "그래, 그러지 않아도 안 올 거다."

했는데 금옥이가 가고 다음 날 용호 할머니가 와서 뒤꼍 포도나무 아래 놓인 나무 침대를 진순이 언니 집으로 가져가겠다고, 공군 하사관으로 있다가 제대하여 운수업을 하는 배달수씨 집으로 가져갔고, 용호 할머니는 또 엄마에게 진순이 언니의 추석빔으로 옷감이며 화장품을 사달라고 해서 가지고 가면서 추석이 지나고 이내 올 테니 절에 가져가 불공 올릴 쌀 다섯 가마와 기막히게 많은 양의 미역과 김이며 또 돈까지 준비해 두라고 마치 맡겨놓은 것을 찾아간다는 듯이 말해 엄마는 거절했습니다.

  추석날이 되었을 때, 저는 난생처음으로 작은오빠한테 업혀서 할아버지 산소에 갔는데 산소 주위에 소나무들이 빙 둘러서 있고 가운데 잔디가 덮인 할아버지 할머니 산소가 있었고, 가을이면 감을 가져오던 문씨 집이 언덕 아래에 있어 내려다보였고, 그 옆으로 탱자나무와 모과나무가 심겨 있어서 작은오빠는 내려가서 커다란 탱자나무에서 탱자를 많이 따가지고 온 걸 보니, 노랗고 냄새가 아주 좋아 욕심껏 따오래서 커다란 보자기로 한 보따리를 만들어 놓았습니다.

  엄마와 고모는 산소의 돌상에 제물을 차려놓고 제사를 지낸 뒤 음

복을 할 때 소나무 그늘 잔디 위에 둥글게 모여 앉았는데, 완기 오빠만 저쪽 아래 제절에 앉아 불러도 오지 않아서 엄마가 내려가 같이 올라가서 음식을 먹자고 해도 사양하고 듣지 않으니까, 할 수 없이 음식을 나누어 담아 가져다주고 온 고모가

"아이구, 그노머 새끼 못돼 바잤싸. 여게 와서 먹으문 우때서. 살뱀 같은 노머 새끼."

하며 완기 오빠 쪽을 보며 눈을 흘기면서 입이 걸어 욕 잘하는 솜씨대로 사양하지 않고 큰소리로 욕을 했는데, 저는 이곳에 앉아보니 산소를 에워싸고 있는 소나무들이 좋아 보여 쳐다보면서 속으로

'이다음에 내가 사는 집도 이렇게 해놓을 거다. 나무를 많이 심고 저 탱자나무도 심고, 탱자 냄새도 좋고 빛도 노랗게 곱고, 이거 고양이 갖다줘야지.'

하고 생각하다가 집으로 돌아와서 탱자 보따리를 방안에 풀어 놓아 탱자가 이리저리 굴러다녀도 어찌된 일인지 고양이 녀석은 거들떠보지도 않았습니다.

저는 이렇게 추석 나들이를 하며 추석이 지나가고 나서 어느 날 회산 아줌마가 와서 엄마에게

"성님, 화전놀이 간다 하던데 같이 안 갈라요?"

같이 가자고 졸랐는데, 엄마는 바쁜 사정 얘기를 하면서 놀러 갈 수 없는 형편을 얘기했는데, 엄마가 어려서 부모와 사별하고 엄마의 할아버지와 할머니가 길러주시다가, 할아버지가 돌아가시자 할머니는 엄마를 데리고 재산을 정리하셨습니다. 엄마의 고모부인 승택이 아저씨의 아버지를 의지해 양양으로 오셔서 논밭을 사셨고, 승택이 아

저씨의 아버지가 감독해 주어 소작을 시켜 살고 있다가 엄마의 할머니마저 돌아가셔서 고모부 집에서 처녀 시절을 보낼 때, 죽헌 부근의 부잣집인 조승도씨 손녀딸이 언문 편지를 보내와 친구가 되어 지내자고 해서 가봤더니, 후원 별당에 호사스럽게 꾸민 방에 들어앉아 책이나 읽으면서 제사 때 쓰는 축문 짓는 거나 배우며 수예를 하며 지내는데, 엄마보다 생일이 늦어 엄마보고 성님이라고 불렀고, 회산 심씨 문중의 구한말 때 함경도 호원고을 원을 제수받았대서 호원댁이라고 부르는 집 둘째 아들과 혼인을 정하여 출가했는데, 그 옛날 부잣집 무남독녀였기에 시집갈 때 논밭전지며 재봉틀까지 해서 갔는데, 남편은 술과 노름에 빠져, 있는 재산을 차례로 노름빚에 날리더니, 나중엔 소 장사 하겠다고 아줌마를 친정으로 보내서 장사 밑천을 얻어오게 해서 한겨울에 술과 도박으로 보내며 탕진했기에, 가난에 찌들어가며 고생 같이하면서 눈물도 많이 흘렸다는데, 제가 원옥이의 부축을 받으며 겨우 조금 걸을 때인 이때에도, 이 아줌마 남편은 이 아줌마 보고 남들은 야채며 감자를 가지고 시장에 나가 잘도 팔다가 쓰는데 왜 못 팔아 오냐고 해서, 야채며 농작물을 가지고 시장에 나와 팔다가 못 팔면 우리 집에 가져오는데, 가져온 물건을 보면 푸성귀조차도 볼품이 하나 없어 제가 보기에도 팔지 못할 것이건만 엄마는 이 아줌마를 동정하여 말없이 후한 돈을 집어주어 보냈지만, 이 푸성귀들조차 제대로 쓸 수 없어 버리기 일쑤였습니다.

　이러던 어느 날 이 아줌마는 어두워져 가는 저녁때 엄마에게 와서 가져온 농작물을 팔아서 근근이 마련한 돈을 잃어버렸다며 이대로 집에 가면 남편이 난리를 친다고 눈물을 흘리며 하는 사정 얘기를 듣고, 엄마는 가엾어하며 돈을 가져와 손에 쥐여 주니, 이 아줌마는 한숨을 내쉬며 고맙다고 하며 간 적도 있었는데, 제 사촌 정남이 언니의 시집 일가인 이 아줌마는 이래저래 엄마가 고마워서 명절에 떡을 하거나 이웃 대소가에서 떡을 가져오면 엄마를 생각하고 두었다가 바쁘기도 해서, 잊어버리기 일쑤여서 말라버린 떡을 그래도 가져오고 싶어 밥솥에 넣어 쪄서, 밥풀이 다닥다닥 붙은 떡을 가져왔습니다.

 이 아줌마 아들이 보고

"어머이, 또 읍에 아제 집 갖다줄라는가? 가주가지 마라. 가주가야 먹지도 않고 읍신 예기라고, 가주가 봐야 돼지물에 넣지 안 먹어. 그래니 가주가지 말게."

하더라고 하면서 이 아줌마는 떡에 대한 설명을 하는데

"이 떡으는 우리 원 큰댁(종가) 전사 때 생긴 떡이고, 이 떡으는 우리 재당숙댁 큰 조캐 생일 떡이잖소. 그래도 내가 이러 가주왔시니 잡숴 보시우 예."

하며 내어놓으면 엄마는 가져오는 정성이 고맙다고 칭찬하고 받아 놓았다가 벌이가 없었다고 찾아오는 품팔이꾼 아저씨들에게 싸서 주었습니다.

 가을이 되니 앞뒤 뜰에는 금잔화와 코스모스가 만발해서 가냘픈 모습으로 미풍에 간들거릴 때 저녁에 아빠가 들어오실 적마다 고양이 녀석은 반갑다며 제 몸을 아빠에게 갖다 대고 비비면서 쳐다보고 야옹거리면 아빠는

"오냐, 알았다. 우리 나비 밥 줘라."

하시고 나가셔서 세수하시고 들어오셔서 저에게

"명순아, 노래 좀 불러라."

"응, 잘 들어. 우리들 마음에 빛이 있다면 겨울엔 하얄 거예요."

"아, 듣기 좋다. 라디오에서 나오는 노래 같구나, 부산 화야도 노래 잘할 텐데."

"응? 나만치 잘할까?"

하고 신이 난 저는 화야 얘기가 나와도 화를 내지 않았지만, 다른 때 같으면 화야 얘기에 저는 골이 나곤 했습니다.

이러다가 저녁밥 먹는데 엄마가 튀김을 만들어 놓은 걸 냄새 맡고 상 밑의 고양이 녀석이 저도 달라고 졸라대서 얻어먹을 때, 저는 튀김 중에 엄마가 옥잠화 꽃봉오리 옷을 입혀 튀긴 것이 맛이 있어 향기를 맡으며 먹었습니다.

감이 노오랗게 익어갈 때 하루는 분남이 언니가 찾아왔는데 귀가 헐어서 아주 보기 흉하게 되어 있어 엄마는 병원에 데려가 치료를 받게 하고 주사를 맞힌 다음 먹는 약과 바르는 약을 가져와 먹고 바르게 하며 중간 방에서 지내도록 해주었는데, 언니가 업고 온 애기가 밤중에 깨어 울어도 농아인 분남이 언니는 모르고 자고 있어 엄마가 깨워 알려주었는데, 이 바람에 아빠도 잠이 깨어 이튿날 아침잠이 부족한 아빠가 피로해하시니까, 눈치 빠른 분남이 언니는 미안해서 어쩔 줄 몰라 했는데, 이 애기는 분남이 언니가 첫딸을 낳아 커다랗도록 애기가 안 생겨 애쓰다가 낳은 아들인데, 이 애를 낳았다고 알리러 온 분남이 아빠가 집에 들어서면서부터 싱글벙글하는 걸 보고 엄마가

"이번엔 뭐 낳았는가?"

"아 아드르 낳잖소."

"그거 보게. 아들 못 낳는다고 하더니 아들 낳으니 좋지?"
"야, 좋지 뭐요."
하고 혀 짧은 발음으로 대답하면서 벌어진 입을 다물 줄 모르면서 신이 나서 얘기하기를
"우리 남순이가 저 나가문 동네 아들이 느 아버지 때매, 느 어머이 버버리 이래잖소. 그래서 참다가 참다가 놀구는 아르 붙잡아 가주고 불이 낳케 때래 줬잖소. 아 그랬더니 가 어머이가 쌈하러 왔잖소. 그래 고만에 내가 부애가 나서 막 야단쳤더니 그래도 잘했다 하는 거르 일가들이 듣고 나물구니 그담부터는 들 합디다."
하고 알아듣기에 조금 힘든 혀 짧은 소리로 신나게 얘기하다가 점심을 먹고 나서 부지런히 가던 생각이 났습니다.

분남이 언니는 치료를 받다가 나으니 자기 집으로 돌아갔는데, 가을이 되니까 앞마당의 감나무는 잎이 다 떨어지고 감만 붉게 물들어 가는데 이제는 가지가 늘어지도록 많은 감이 열려 있었고, 국화는 만발해 벌들이 달려들고 있었던 어느 일요일 아침, 서리가 온 것이 햇빛에 녹아 없어지는 아침에 아빠 말씀이
"오늘은 감을 따야겠다."
"네, 제가 따지요."
하고 작은오빠가 자청하더니 아침밥을 먹고 나서 감나무에 올라가 감들을 따서 가지에 매달아 놓은 그릇에 담고 있는데 고양이 녀석도 감나무에 따라 올라가 가지 위에 엎드려서 감을 따서 그릇에 넣을 때마다 앞발로 뺏겠다고 하다가 작은오빠가 감으로 가득한 그릇을 가지고 나무에서 내려오니 고양이 녀석은 못 내려온다고 야옹거리며

응석을 부리다가 멀쩡히 내려와, 작은오빠를 앞질러 방안에 먼저 뛰어들어 장난하다가 감을 방바닥에 쏟아놓고, 나무로 올라가는 작은오빠를 앞질러 나무 꼭대기에 먼저 올라가 내려다보고 있었습니다.

작은오빠가 감을 한참 따고 있을 때 시장에 왔던 분남이 언니가 와서 방바닥에 따다 놓은 감들을 보더니 손짓으로 자기 집에서는 시어머니가 호랑이 같아서 이런 것도 마음껏 못 먹는다고 하며 떫은 생감을 맛있다는 듯이 사과 깨물어 먹듯 먹었습니다.

엄마는 이때부터 밤이면 감을 깎아 매다느라고 바빴는데, 저는 낮이면 앞마당과 뒤뜰 밭에 피어 있는 국화들을 보느라고 왔다 갔다 했는데, 자주색과 보라색 국화도 있었지만 일부러 심지 않은 들국화도 피었는데, 제가 매일같이 나와서 자세히 봤더니 들국화는 처음엔 하얗게 피어나서 보기가 좋았는데, 이 들국화는 남의 빛을 닮기를 좋아해서 주위에 있는 꽃들의 빛과 닮아 가는데, 그중에는 꽃잎 끝만 물들 경우도 있고 혹은 반쯤 물드는 것도 있어서 보기가 아주 흥했습니다.

이러다가 김장철이 되어 엄마가 김장거리를 사들여 놓으니 고모랑 잔남이 엄마랑 모두 와서 김장을 해주었고, 이러고 겨울로 접어드니 방학을 맞은 큰오빠가 집으로 내려와 있을 때, 매일같이 큰오빠 친구들이 몰려들었는데, 하루는 큰오빠 친구들이 그때로서는 보기 힘든 녹음기를 가져와 녹음을 한다고 해서 저는 구경하느라고 큰방에 건너가 봤더니, 원칙 오빠, 인학이 오빠, 진무 오빠 모두 낯익은 오빠들인데 원희 오빠가 저를 보고

"이거 봐. 이게 뭔지 아나? 여기다 대고 노래해 봐. 왜 있잖아? 내가 여름에 가르쳐 준 나의 살던 고향은…."

"응, 안 해."

"해 봐. 너 잘하잖아. 내가 들으니….”

"응, 안 해.”

하고 실랑이를 하는데 진무 오빠가 나서며

"그럼, 너 하기 싫으면 내가 하지."

하고 우리 민요를 불렀는데 진무 오빠 바로 아래 남동생 철바우는 작은오빠 동창인데 국민학교 졸업 후 중학교로 작은오빠와 같이 들어갔는데, 일 학년도 끝내기 전에 학교를 집어치우고 주먹세계에 일찍이 뛰어들었습니다.

철바우가 이렇게 되었을 때 아빠의 친구인 철바우 아빠가 하루 우리 집에 찾아와서 엄마보고

"우리 철바우 여게 안 왔소? 아이고, 그놈어 새끼 내 속으 쎄게서. 남은 중학교 댕기는데 그노머 새끼는 공부도 싫다 하고, 그놈어 새끼 보기만 해라. 내 때래잡고 말 거다.”

하며 불이 나게 가던 생각이 났습니다.

이러고 나서 철바우 엄마가 와서 엄마하고 얘기하고 있기에 제가

"오빠 뭐해요?"

"그놈어 새끼 처먹고 놀아."

하고 말하기에 저는 속으로

'아이, 그 엄마 무섭다.'

하고 생각했던 일도 떠올랐는데 진무 오빠가 구성지게 부른 우리 민요의 녹음테이프를 듣고 있을 때 원희 오빠가 저에게

"봐, 좋지? 너희 집에 이런 거 있나? 저 전축보다 좋잖아."

하는데 광수 오빠가 문 열고 들어오니 큰오빠가
 "너, 마누라 보고 왔니?"
 "음, 우리 마누라하고 한참 얘기하다 왔어."
하고 떠벌렸는데 광수 오빠는 강릉 방송국 아나운서로 나가는 여자와 연애 중이었고, 큰오빠 친구들은 하나씩 차례로 애인을 만들기 시작하여 하라는 공부는 안 하고 이렇게 몰려다니며 춤추고 있었고, 원희 오빠도 사범학교 선생하고 죽자 살자 하는 사이였습니다.
 바로 이때의 어느 날, 저녁때 큰오빠가 외출하고 없는 때에 엄마는 큰방에다 불을 뜨뜻하게 때고 저녁밥을 먹은 후, 볼일 있는 엄마는 나가기 전에 큰오빠가 들어오길 기다리며 큰방에 앉아 있는데, 밖에서 계세요? 하고 찾는 소리에 창문을 열고 보니 엄마도 잘 아는 전셋집 딸인 원희 오빠 애인이 와서
 "저어 미자가요 이걸 전해 주라고요. 제가 며칠 전에 서울 갔더니 미자는 명순이 하고 약속했다며 이걸 전해 주라기에 가져왔어요. 받아주세요."
하고 네모진, 포장된 상자를 놓고 갔기에 엄마는 기가 막혀서 하며 받아서 책상 위에 놔둔 채로 외출했습니다.
 엄마 아빠에게 지난여름 친구들이 사귀는 애지 자기와는 관계도 없다고 했지만, 이 일로 미루어 볼 때 큰오빠는 다들 못됐다고 하는 정미자라는 계집과 놀아나는 중이었지만, 아빠 엄마만 속아서 모르고 있었을 뿐이고, 큰오빠를 믿고 있었을 뿐이었는데, 이때 정미자가 저하고 한 약속이라는 말에 지난여름에 있었던 일이 떠올랐습니다.
 지난여름 엄마가 원옥이에게 저를 업혀서 큰오빠한테 가느라고 솔

밭을 지날 때 예뻐 보이는 솔방울들이 눈에 띄기에 원옥이에게 집어 달라고 해서 양손에 하나씩 들고 갔더니 정미자가 보고는 지어낸 가느다란 간드러진 목소리로

"어머나, 이게 뭐야? 솔방울 아니야? 솔방울을 왜 손에 쥐고 있어? 장난감이야? 이거 갖고 놀지 마. 언니가 서울 가서 이쁜 인형 사 보낼게. 몰라? 약속해."

하며 아무 말 없이 있는 저에게 멋대로 약속한다고 했던 일이 생각났고, 정미자 일행이 서울서 막 도착하여 우리 집 큰방에 있을 때, 정미자는 자기 엄마가 동경 유학까지 했다고 자랑하며 자기 부모는 사 남매를 두었는데, 정미자 자신이 막내였고, 육이오 전쟁 때 자기 언니만 데리고 부모들이 월북해서 북한에서 지금 출세해 잘살고 있다며 자랑하니까, 큰오빠 친구들이 역겨운 표정을 숨기지 못하는 것도 보았는데, 육이오의 참상이 가시지 않은 때여서 공산당에 대한 증오심이 한참 심하고 반공법이 엄할 때였는데, 무서운 줄도 모르고 이렇게 자랑이나 했던 생각도 났고, 이어서 큰오빠가 대학 시험을 보고 난 뒤에 엄마 보고 얘기하던 것이 생각났는데

"친구들하고 어느 다방에 갔더니 그 다방에서 심부름하는 여자애가 혼자서 난롯불에 뭘 끓이기에 뭘 끓이나 하고 봤더니 밥을 끓이는데 보리가 많이 섞여 있는 밥이어서 이걸 먹고 사느냐고 하니까, 그러면 어떡하느냐고 하는데 제가 돈이 있었으면 줬으면 좋았을 텐데, 부모도 없이 자랐고 해서 불쌍한 그 애를 생각하면 지금도 잠이 안 올 정도여서 이따금 들러 말로나마 위로해 줍니다."

하고 말하니 듣고 있던 엄마가 그게 누구냐고 꼬치꼬치 캐물으니까

"글쎄, 저도 모릅니다."

"그런 애한테 쓸데없이 인정 쓰지 말고 네 공부나 해라. 너는 아빠 엄마의 장남이야. 앞으로 공부를 계속해서 외국 유학도 해야 할 텐데 자라지도 않아서 벌써 여자애가 눈에 뜨이니?"

하고 나무란 적도 있었는데 이렇게 얘기하던 모른다던 여자애라는 게 정미자가 아니었던가 하는 생각이, 세상을 모르는 제 머리에도 맴돌면서 큰오빠가 이어서 엄마에게 얘기하는데 친구들과 어디 놀러 가보니 오막살이 기와집에 들어가서 민물 생선찌개를 해놨다기에 먹어보니 맛이 없어 먹을 수 없기에 이리로 오자고 한 친구에게 좋은 데가 있다고 하기에 길이 멀어 힘든 걸 참고 왔더니 고작 이것뿐이냐고, 이러려고 사람을 속였냐고 화를 냈더니 어쩔 줄 몰라 하더라고 하니까, 엄마가 이상해서 같이 간 친구가 누구누구며 누구네 집에 갔느냐고 물으니, 상우 남진이 둘과 같이 갔고 수원 친구 집인데 시골에 있는 어느 보잘것없는 집으로 가기에 따라갔을 뿐이라고 한 적도 있었는데, 이 얘기도 정미자와 연관되는 걸로 제게는 생각되어져서 오십 대가 되어가는 지금 생각해도 어린 나이의 제가 왜 그런 짐작을 했는지 이상할 뿐입니다.

외출에서 돌아온 큰오빠는 인편에 전해진 물건의 포장을 벗기는데, 보니까 유리 상자에 든 우리나라의 궁녀 복장의 장식 인형이어서 저하고는 아무 상관도 없어 그냥 바라만 보고 있는데, 유리 상자 위에는 원옥이와 금옥이에게 보내는 두 장의 크리스마스카드가 있었고, 또 제게 보내는 편지와 크리스마스카드가 있어 큰오빠는 그날 제게 주는 걸 쪽지부터 보았습니다.

보고 싶은 명순이에게

노란 언니는 명순이만 생각하면 지금이라도 달려가 보고 싶은데, 그러지 못하는 마음을 명순이는 모를 거야. 지금은 많이 자랐겠지? 얼마나 자랐을까 하고 명순이 또래 애들을 바라본단다. 참 약도 잘 먹고 엄마 말씀도 잘 듣고 있겠지? 언니는 명순이가 보고 싶을 적에는 성당에 가서 명순이의 건강을 빌며 천주님께 은총을 더 내려 주시길 빌고 있다. 그리고 명순이는 건강해질 거야. 언니가 멀리서 빌고 있으니까 말이야.

명순이도 언니 생각할 적에 언니가 보내준 인형을 보고 언니 생각하길 바란다. 언니는 명순이 건강을 빌며, 그럼 안녕.

노란 언니 씀.

이렇게 적혀 있었습니다. 큰오빠는 언니가 시집가기 전에 쓰던 조그만 장식장 제일 위 칸의 석고 인형을 책장으로 옮겨놓고 정미자가 보내준 인형을 거기다 놓느라고 유리 상자를 올려놓고 있기에 크리스마스가 지난 지는 까마득했지만, 크리스마스카드를 봤더니 거기도 '명순이의 건강을 빌며 즐거운 크리스마스를 맞이하기를, 멀리서 미자 언니가 빈다.' 하고 적혀 있어서 들여다보고 있는데 큰 보물인 것처럼 인형을 모셔놓고 제게 하는 말이

"봐, 미자 언니가 좋지? 바로 이런 사람이 들어와야 널 보살펴주지, 그렇지 않으면 너는 고생이야. 알아?"

하며 정미자가 보냈다는 인형이 그렇게도 좋았는지 싱글벙글하고 있을 때 엄마가 돌아와 큰오빠를 눈이 빠져라 야단치니까 큰오빠는 웃어가며 이 계집과 다시는 안 만난다고 엄마에게 맹세까지 하고 있을

때 원희 오빠와 상선이 오빠가 찾아오니까 엄마는 이들에게
 "너희들도 정신 차려야 한다. 공부하는 애들이 벌써 계집을 몰고 다니면서 부모를 속이고 놀아나다가 제 신세 제가 망쳐 버리고 누굴 원망할 테냐? 그러기 전에 조심해야지."
하고 야단치는 엄마에게 상선이 오빠가
 "어머니, 전 여자가 없어요. 저는 지금에서야 교사 발령을 받았기에 돈 많이 벌어 놓고 나서 여자를 골라서 장가갈래요."
 "그래, 상선이 말이 옳다. 그래야지."
하니까 가만히 고개 숙이고 듣고 있던 원희 오빠가
 "어머니 말씀이 맞습니다. 고맙습니다."
하고 말한 뒤 엄마가 안방으로 돌아간 뒤 놀다가 갔습니다.

 저 같은 흔들이 장애자들은 흔히 그렇듯이 구강위생이 말이 아니어서 저는 충치가 생겨서 치통이 몹시 나기에 저는 엄마보고
 "이 아파."
하고 울었더니 엄마는 저를 데리고 〈강릉 치과〉로 갔는데 〈강릉 치과〉 의사 선생님은 강릉 토박이답게 웃으며 심한 강릉 사투리로
 "느 사촌 오빠한테 가지 왜서 여 왔나? 어느 이가 아파? 둘 다 아파? 보자. 아, 해봐. 겁내지 마라. 이거는 보는 기야, 음, 이 이구나. 가마이 있싸."
 "아이고 흔들어서 못 빼겠네."
하니까 의사 선생님한테 놀러 와 있던 사람들이 달려들어 제 손과 어깨를 누르고 머리도 붙잡아 주고 다리도 붙들어 주어 흔들지는 못했

지만, 의사 선생님의 손에 들려있는 주사기를 보니 겁이 나는데 제 잇몸을 찌르는 주삿바늘은 몹시도 따갑고 기분이 나빠 저는 울음이 터지는데, 의사 선생님은 커다란 집게를 집어 들고 이를 뽑으려고 해서 저는 더욱더 큰 소리로 울어대는데, 이가 뽑혀서 집게 끝에 매달려 있는 것을 들어 보이며

"이거 봐. 이가 뽑혔잖나. 크단 기 괜히 울아. 우지 마라."
하며 양치질시킨 뒤 제 잇몸에 약을 발라주고 환자용 의자에서 내려오게 한 뒤 의사 선생님은 저에게

"내가 누군 줄 아나? 내가 느 아버지하고 친구잖나. 친구래도 쇠똥 친구다. 이러 말하니 우습겠지만 어래서부텀 같이 컷싸."
하고 말하더니 이번엔 엄마보고

"야, 사촌 중기란 놈이 도적놈입니다. 치과 의사들이 다 나쁜 놈이라 욕을 하는 기 의사들 회합이 있실 때 모이문 거저 헵니까? 그래도 술도 먹고 좀 노다가 헤야지. 그래니라고 돈으 미리 울매씩 내서 뫄 두는데, 아 이놈어 도적놈으 자석이 그 돈으 혼자 집어 씨고 씨물떡 하고 그래고도 혼자 생색으 낼라 하고 혼자 착하고 혼자 아는 척하고 이래니 치과 으사들이 볼 직에 욕으 안 하고 뭐르 합니까? 아주 나쁜 도적놈입니다. 서울에서나 지방에서나 그러 욕으 먹습니다. 지가 으술이 뙤난 것처럼 하고 또 거게다가 한술 더 떠서 이번에는 이거르 해야 한다 하고 돈으 좀 뫄야 한다 해서 그래는가 하문 웬 걸요? 지가 다 집어 처먹고는 다른 으사들이 왜서 안 해놓나고 할라 치문 뭐가 우째 돼서 모했는데, 다음번에는 해놓겠다 해서 그래나 하고 보문 해놓긴 뭐이 해놓니까? 그래니 치과 으사들이 이놈아, 이 도적놈아, 회합 돈

으 다 잡아 처먹으니 배때기 부르나? 이놈아, 느 작은아버지 봐라. 대 꼬재이 같잖나. 이래고 막 퍼대로는 다음번 회합돈으 나한테 매끼잖 소. 야 이빠리가 하나도 성한 기 음씨니 다 두두래 뺄 수도 음고, 이래 니 곤치는 방법으로 해 봅시다."
하고 저쪽 책상으로 가더니 약봉지 가져와서 저에게
 "혹시 곪으까 봐 곪지 말라고 이 약으 주는 기야. 가주가 먹어."
하며 엄마에게 약봉지를 주어, 저는 엄마가 부축해 주어 걸어서 집으로 왔는데 저녁이 되어 아빠가 들어오시기에 저는
 "나, 이 뺐다. 아빠 친구한테 가서 이 뺐어."
하며 큰일을 했다는 생각에 자랑했더니 아빠가
 "그래, 치과에 가니 무섭지 않더냐?"
 "웬걸? 무서워서 치과가 떠나가게 울었지요."
하고 엄마가 대신 대답하니 아빠는 웃으셨습니다.
 이렇게 아픈 이를 뽑았건만 제 치아는 온통 충치투성이여서 또 다른 이빨이 아파서 밤잠을 못 이루고 있으며 끙끙거리니까 책을 보고 있던 작은오빠가 냉수를 한 대접 떠와서 찬물을 한 모금씩 입에 물고 있다가 뱉게 해주었지만 좀처럼 통증이 가라앉지 않아 고통을 당하다가 이튿날 엄마하고 강릉 치과로 갔더니 의사 선생님은 제 아픈 이를 치료해 주고는 엄마한테 얘기하는데
 "몇 해 전 일입니다만 그때가 하마 벌써 운제야? 피란 갔다 와서 어느 부인네가 이가 아프다고 중기한테 갔더니 아픈 이는 놔두고 성한 이르 뽑았다고 고소하겠다고 난리 쳐서 혼이 난 적이 있싸요. 어데 그뿐입니까? 지가 으술이나 많은 거처럼 껍치더니 저먼저께는 어떤 아

가 이 아프다고 갔더니 또 성한 이르 뽑을라 해서 따라간 아 아버지가 뭔 으사가 이따구나고? 아 이바리르 바로 보고 빼주지 않고 멀쩡한 이빠리르 뽑을라 하니 이놈어 새끼 안 되겠다. 내 혼 좀 내줘야겠다. 이래고 난리 쳐서 고만에 설설 빈 적도 있싸요. 그래니 치과 으사들이 사램으로 보겠습니까?"
하고 얘기하니까 엄마는 웃음을 띠고 조용히 듣고 있다가 집으로 왔습니다.

    작은오빠는 겨울 방학이 시작되어 집에 있던 어느 날, 낮에 책을 읽다가 잠깐 밖으로 나간 사이에 큰오빠는 작은오빠를 골려주자고 저한테 말하고는 작은오빠가 방으로 들어오니까 지금 쪼꼬렛을 사 왔는데 이걸 먹을 때 너는 안 준다고 하니까 작은오빠는 싱긋 웃고는 읽던 책을 다시 읽고 있으며 속지 않아서 싱거워진 큰오빠는 오징어를 화로에 구워 먹으려고 하는데 고양이 녀석이 냄새를 맡고 달려와서 달라고 조르며 수놈이라 억센 발톱을 일으켜 피하기 위해 일어선 큰오빠 바짓가랑이를 타고 올라가니 작은오빠가 뒤돌아보며 쪼꼬렛이라더니 겨우 오징어 가지고 그러느냐고 놀리는데 고양이 녀석 등쌀에 다급해진 큰오빠는 쩔쩔매며

    "아니야, 고양이가 달려들잖아?"
하며 들고 있던 오징어를 조금 찢어서 방바닥에 던지니 고양이 녀석은 그걸 쫓아 뛰어내려 수난을 면했고 그 덕분에 작은오빠와 저는 실컷 웃었습니다.

    이러다가 크리스마스가 제게는 아무 인연 없이 지나갔고, 양력설이 지나가자 이내 할아버지 제사가 되었는데, 제사 음식을 준비하느

라고 고모도 오고 종만 엄마도 와서 집안이 부산할 때, 큰오빠는 이날 따라 낮에 외출하고 없었는데, 해마다 할아버지 제사에는 이상하게도 큰오빠는 참례를 못 했습니다.

저녁때가 되어 갈 때 들어온 큰오빠는 친구들과 술을 마셨다며 봄도 못 가누고 드러누워 있는데 아빠가 들어오시고 밤이 되어 제사 지낼 시간인 자정이 됐는데도 큰오빠는 일어나지 못해서 제사에 참례하지 못했는데, 이렇게 되니 욕 잘하는 고모가

"아이고, 창기가 제사는 안 보고 저러 잠만 자빠져 자네. 왜서 저러 두 술으 퍼 처먹고 할아버지 지사도 못 보고, 이집 부주가 맹했싸."

하고 사양하지 않고 욕을 했는데, 제사를 지낸 뒤 중기 오빠는 술타령하다 갔고, 이튿날 아침에 정남이 언니와 아들인 심유섭이가 와서 제사 음식을 먹는데, 제가 보니 치아가 없는 사람같이 먹기에

"왜 그렇게 먹니? 이가 빠졌어?"

하고 심유섭이에게 제가 이상해서 물었더니 정남이 언니가

"가가 본에 그렇잖나. 그래서 사램들이 뭐라 하는지 아나? 영감재이라 한단다."

하고 대신 대답하며 부지런히 먹고 갔고 점심때쯤 중기 오빠가 와서 점심상을 받고 술을 마시고 있을 때, 그때까지 자고 있던 큰오빠가 부스스 일어나서 건너오니까 중기 오빠가

"너는 이 집 큰아들이면서 제사도 안보나?"

"내 걱정 말고 형님이나 잘하소. 형님이 오죽 못났으면 동생한테 매를 맞소? 나도 술 한 잔 먹겠소."

"그래, 나는 그렇다 하더라도 너는 잘해야지."

하고 중기 오빠는 얼버무렸지만 얼마 전 재산 문제로 경기 오빠와 충돌이 일어나 중기 오빠가 동생에게 장작개비로 얻어맞은 일을 이렇게 콕 집어 아픈 곳을 찌르면서 큰오빠는
 "형님은 그러시면서 동생한테 왜 맞소? 형님이 오죽하면 동생에게 맞을라고."
하니까 중기 오빠는 이리저리 피하면서 모면하려고 자꾸 딴소리하니까 의기양양해진 큰오빠는 중기 오빠를 멸시하는 눈으로 보면서
 "그건 내가 알 바 아니고 뭇사람들한테 욕은 왜 먹소? 오죽 사람이 못됐으면 욕을 먹소?"
하고 심한 모욕을 주니까 배기다 못한 중기 오빠는 시계를 보더니
 "이제 가봐야 하겠다. 시간이 너무 늦었다."
하고 급히 일어나며 꽁무니를 뺐습니다.
 방학 전에 큰오빠는 엄마에게 졸라서 서울에서 맞추어 입은 새 양복을 집에서도 입고 앉아서 손끝도 까딱 안 하고 물도 떠다 바치게 하고 지내면서 끼니때가 되면 밥상의 반찬부터 살피다가 시원치 않으면
 "에이, 안 먹는다."
하고 물러날 태세면 엄마는 쩔쩔매면서
 "그럼, 뭐 해주랴?"
하며 걱정스러워하면서 어쩔 줄 몰라 하는 것을 보아야 그제야 만족해서
 "어머니 생각하고 먹어야지. 요새 입맛이 없어서 그래요. 어머니, 걱정하지 마세요."
하고 먹었습니다.

큰오빠는 방학 전 서울에서 엄마를 졸라 스웨터며 비싼 옷들을 사 가지고 있다가 가져와서 한 가지 옷만 아니라 이 옷 저 옷으로 갈아입고 지냈는데, 음력 정초가 가까워지자 엄마는 원옥이에게 설빔으로 색동저고리와 빨간 치마를 만들어 입어보게 하고 큰오빠 방에 가서 자랑하라고 하니 원옥이는 좋아서 가서 방문을 열고 자랑하니까 큰오빠 친구들이 모여 있다가 그중에 원희 오빠가

"야, 이쁘다. 새색시 같구나!"

하며 칭찬해 주니 신이 난 원옥이는 부엌에 나가 설거지하면서 막걸리 노래(유행가)를 불러대니 엄마가 듣고

"아이, 원옥이가 저렇게 노래를 스러지게 부른다."

하며 웃었는데 농사일도 없고 한가한 데다가 설이 되어 가니 마실 다닐 수도 없어 설 쇠려고 우리 집으로 와서 엄마를 도와 음식 장만을 하고 있었는데, 그믐날이라 일을 마치신 아빠가 부지런히 집으로 들어오셔서 흰 와이셔츠에 넥타이까지 매고 있는 큰오빠를 보시자

"너는 어딜 가려고 새 옷을 입었느냐?"

"아니요. 입고 싶어서 입었습니다."

"네가 정신 있는 애냐, 없는 애냐? 벗어놔."

하고 꾸중하시니까 큰방으로 건너간 큰오빠는 저녁밥도 안 먹고 드러누워 있는 꼴을 보고 고모가

"아이, 저놈어 새끼. 아주 못 됐싸. 지가 뭔 큰 고관이라고, 저놈어 새끼는 어머이 고상만 씨기는 놈어 새끼야."

못마땅해서 욕 잘하는 고모가 사양하지 않고 욕을 했습니다.

설날이 되자 중기 오빠 내외가 애들을 데리고 세배를 왔고, 세뱃돈

을 받아 든 애들은 신이 나서 좋아하며 엄마가 주는 과자 접시를 하나씩 받아 드는데, 욕심쟁이 종문이는 특별히 크고 많이 담긴 접시를 받아 들고 입이 귀까지 돌아갔는데, 중기 오빠는 술상을 받고 술타령이 시작됐는데, 원옥이는 색동저고리에 빨간 치마를 입고 바삐 심부름 했지만, 저는 한복이 너무 불편해서 금년엔 입지 않았습니다.

중기 오빠 애들이 설쳐대서 정신없는 설날이 저물어가니 애들은 모두 갔고, 집안이 조용해졌기에 저는 정신을 차릴 수 있었지만, 작은 오빠는 소란스럽거나 말거나 중간 방에서 하루 종일 책만 읽고 있었습니다.

초사흘 날 오후에 엄마와 고모가 만두를 빚고 있을 때 건인이가 오랜만에 찾아와서 인사하더니

"떡국 안 주우? 떡국 한 그릇 먹을라고 왔는데."

"우쨴 일이네이? 여태 안 오다가. 그래 떡국 주고말고, 쪼끔 기대리라."

하고 고모가 반가워하는데 엄마가 부엌으로 나가 만둣국을 끓여 갖다주며

"그동안 못 보겠더니 어디 가 있었니?"

"네, 미군 부대 이발사로 있다가 그만두고 버드적버드적해서 뻐쓰한 대를 장만해서 인천서 그걸 운행하느라고 바뻐서 못 왔어요."

"육이오 사변 나기 전 명주동에 와서 명순이 머리 깎아 주느라고 애쓰다가 가놓고 다시 안 오더니. 그때 힘들었지?"

하고 얘기했는데 건인이 부모들은 우리 할아버지 할머니에게 의지하여 소작하면서 집이 가난했기에 할머니의 도움을 많이 받았는데, 할

머니가 졸도하셔서 임종을 맞을 때 밭에 나가 일하고 있는 고모에게 건인이 엄마가 알려주었고, 할머니가 졸도하시자마자 큰아빠의 후처로 들어와 있던 점쟁이 큰엄마는 농 속부터 뒤져내어 패물이며 옷가지들을 싸서 건인이 집에 갔다 숨겨놓아 장례가 끝나고 점쟁이 큰엄마를 협박해서 맡아 가지고 있던 패물 일부를 뺏어내어 논밭을 장만했다는 얘기를 고모에게서 들었는데, 육이오 사변 전 제가 태어나 사물을 알아볼 때부터 우리 집에 자주 찾아오는 건인이를 볼 수 있었습니다.

  엄마는 점점이 바빠서 눈코 뜰 새 없이 볼일이 많아 외출을 자주 하여 집에 없을 때가 많았는데, 큰오빠는 전보다 더 심한 춤바람이 나서 정신이 없었고, 밤마다 외출해서 자정 무렵에나 집에 들어왔는데, 이 때에는 밤 열두 시부터 다음 날 새벽 네 시까지 통행금지 시간이어서, 이것을 알리느라고 경찰서에서는 자정에는 사이렌을 울렸는데, 큰오빠가 들어올 때면 사이렌 소리가 들려왔습니다.

  밤이 깊어서 들어온 큰오빠는 늦게 자고 한낮이 돼서도 일어날 줄 모르는데, 어느 날 낮에 광수 오빠의 장모가 될 여편네가 짙은 화장을 하고 찾아와 큰오빠를 찾으니 그때까지도 일어나지 않던 큰오빠는 급히 일어나 세수를 겨우 하고 그 여편네를 따라 나갔는데, 은행 지점장 부인이라는 이 여편네는 앞으로 사위가 되는 광수 오빠며, 그 친구들을 데리고 댄스홀로 춤추러 다녔고, 이렇게 큰오빠를 불러낼 때 나갔던 원옥이한테 노란 껌 두 개를 줘서 들고 들어온 원옥이는 저한테
  "언니야, 이기 얼마짜리나? 싸나?"
하고 물었습니다.

이럴 때 고양이 녀석도 이젠 한 마리의 수컷이 됐다고 밤마다 소리 소리 지르며 암컷을 찾기 시작하니, 그토록 고양이가 귀할 때인데도 어디서인지 고양이들이 몰려들어 깜깜한 뒷곁 텃밭에서 서로 싸우며 듣기 싫은 소리를 내며 소란을 피우다가 끝내 나비 녀석은 색시를 찾아나가 집에 안 들어오고 있었습니다.

어느 날 저녁때 저녁밥 하느라고 엄마가 바쁠 때 큰오빠는 부엌으로 나와 부뚜막에 쭈그리고 앉아 바쁜 엄마에게

"어머니, 외가에서 학교로 통학하자면 너무 멀어서 하숙할까 봐요."

"뭐? 아무 소리 말고 가만히 있어라. 아버지가 아시면 큰일 나려고? 네 멋대로 해? 난 네 마음 다 안다. 못된 자식."

"어머니 그런 게 아니고…."

"듣기 싫다."

하고 냉정하게 쏘아붙였습니다.

방학이 끝나서 큰오빠는 서울로 갔고, 며칠 있다가 엄마는 황보씨 부탁으로 심부름할 애들 구해서 데려다주느라고 서울로 갔는데 엄마는 이종국씨에게 큰오빠 일을 의논하니까 이종국씨는

"본인이 원한다면 해줘야지. 창기라면 사람이 착실해서 아무리 굴려도 걱정이 없을 텐데 무슨 걱정이야?"

하고 큰오빠 듣는 데서 이런 소릴 했기에 큰오빠는 엄마를 더욱 졸랐고 엄마는 근심이 되어 있을 때 이종국씨는 엄마에게

"뭐 하고 있어? 아무 걱정하지 말고 하숙시키라니까. 걱정도 팔자네."

하고 재촉했는데 황보씨는 이 말을 듣더니 짐짝 하나 덜어서 시원해하면서

"누님, 장면 박사 집에 심부름하는 애 좀 구해 주세요. 그 집 애가 곧 시집간다고 제집으로 간대요."

하고 엄마에게 졸랐고 엄마는 큰오빠에게 졸리다 못해 성대 부근인 명륜동 하숙을 정해서 큰오빠를 하숙시키느라 시간이 걸릴 때 원옥이에게는 마귀의 손길이 뻗치기 시작했습니다.

서울에서 엄마가 아직 안 왔을 때인 어느 날 낮에 원옥이는 저한테

"언니야, 나 참 이상한 꿈꿨어."

"어떤 꿈인데?"

"나를 데려온 부남이 신랑 있잖아. 나보고 '느 엄마가 나를 꽃차에 태워서 학교에 보내준다고 오래' 하고 말해서 내가 '엄마가 어디 있어?' 하고 물으니까 '저게 와 있어 날 따라와.' 하다가 깼어."

"원옥아, 엄마도 없는데 조심해. 혹시 부남이 신랑이라는 사람이 와서 그러거든 따라가지 마라. 엄마도 못 보게 돼. 너 엄마 좋다며?"

"그래서 나도 안 따라가겠다고 했잖아? 그런데 언니야, 내가 대문 밖을 쓸고 있을 때 부남이 신랑이 지나가다가 '니, 이 집에 있나? 이 집이 초당 집보다 좋제?' 하기에 '좋지, 뭐 나쁠라고?' 하니까 '니, 느 엄마 보고 싶지 않나? 느 엄마가 여기 와서 장 보고 있더라. 한번 느 엄마 보게 해주랴?' 이러잖나."

"그래서 넌 뭐랬니? 보게 해 달랬어?"

"그래서 내가 '치, 우리 엄마가 요게 오문 우리 집에 들를 텐데 집을 몰라서? 이 집 엄마가 가르쳐 줬는데.' 하니까 뭐라 하는지 아나? '느

동생이 아프다고 느 집에 들를 새 없다고 하더라. 그래서 내가 느 엄마보고 원옥이 보고 싶지 않냐고. 원옥이를 데대다 보면 되지 않냐고 하니까 데려온다면 꽃차를 태워서 학교 보내줄 텐데.' 하면서 '지금은 부자로 잘살기 때문에 니를 학교에 보내는 건 문제없다고 하더라. 갈라나? 나 매칠 있다가 오께.' 이러드라."
하고 얘기한 것을 서울에서 돌아온 엄마에게 제가 말했더니 엄마는
"원옥아, 네 엄마가 강릉에 오면 우리 집에 먼저 들르지. 네 동생이 아프다고 그냥 가는 법이 어디 있니? 또 아픈 네 동생을 두고 멀리까지 장 보러 오는 엄마가 어디 있니? 그리고 너희 집이 부자가 됐다면 네 엄마가 나를 찾아와서 이제는 이렇게 잘살게 됐으니 딸을 데려가겠다고 하지. 그까짓 나쁜 녀석한테 심부름시키겠니? 그러니 앞으로 그 나쁜 녀석 말 아예 듣지 마라."
"네"
하고 원옥이는 엄마가 타이르는 말을 알아들은 듯했습니다.
　이러고 나서 며칠 뒤인 어느 날 낮에 뜻밖에도 금옥이가 찾아오니까 원옥이는 이제는 자랐기에 몸도 컸고 힘이 장사여서 금옥이를 원수 대하듯 하며
"뭐 하러 왔어? 나를 그렇게 못살게 굴더니. 니가 가니까 내가 아주 시원하더라."
하며 싸우려고 하는 걸 엄마가 못 하게 하니 금옥이는 자기네 집에 있기가 갑갑해서 대화에서 식당 하던 집이 강릉으로 이사해서 식료품 가게를 하는데, 이 집에 가서 지내며 심부름 나온 길에 우리 집을 못 잊어서 잠깐 들러봤더니 원옥이가 저렇게 싸우려고 든다며 눈물이

글썽글썽해지는 것을 엄마가 달래주어 갔습니다.

  지난가을 추석 때 금옥이는 자기 집으로 갔고 겨울이 되었을 때 삼십 대의 금옥이 오빠가 찾아와서 우리 집에서 하룻밤 자면서 금옥이를 여러 가지로 잘 가르쳐 주어 고맙다고 하면서 금옥이가 도로 오겠다고 원하니 데리고 있어 달라고 부탁하는 것을 엄마는 금옥이가 그만큼 배웠으니 이제는 좋은데 시집갈 수 있을 거라며 집에서 곱게 있다가 시집보내라고 말했는데 며칠 후 또 찾아온 금옥이 오빠는 자기네 집에 가서 금옥이를 보고 니가 뭘 잘못했기에 그 댁에서 너를 안 데리고 있겠다고 하더라며 막 나무랬다고 하며 엄마에게 금옥이를 데리고 있어 달라고 부탁하다가 간 적도 있었습니다.

  또 어느 날 뜻밖에도 명진이 언니가 남편과 애기를 업고 지나가던 길이라며 들렀는데 명진이 언니는 애기에게 젖을 먹인 뒤 눕혀 놓는 걸 제가 이뻐서 들여다보고 있으니까

  "애기 이뻐? 누구 닮았어? 언니 닮았지?"

  "아냐, 언니 닮긴?"

  "그럼, 누굴 닮았어?"

하고 명진이 언니가 제게 물으니까 애기 아빠가 있다가

  "나 닮았지? 아무것도 모르고 괜히 자기 닮았대."

  "네. 아빠 닮았어요."

  "봐. 나 닮았다는데, 내 아들이니까 나 닮았지."

하며 한바탕 웃고 점심밥을 먹은 뒤 갔는데 명진이 언니의 결혼식 때 엄마가 양양에 갔다가 선녀 언니네 집으로 찾아갔더니 선녀 언니는 엄마한테

"할머니 왔어? 밥해 먹고 가."
"할머니가 뭐야? 아주머니지. 너 보러 왔으니 나가서 세수하고 와."
"세수하면 뭐 줄래? 세수하고 오께, 나 이쁘게 하게 분 사 줘."
"그래, 빨리 세수하고 와. 시간 없다."
하니까 선녀 언니는 좋아서 뛰어나가 세수하고 들어오기에 엄마가
"아이고, 세수하니 이렇게 이쁜 걸 왜 세수 안 해? 옷 바꿔 입고 나하고 장에 가자."
하고 데리고 양양 장터로 나와 옷 한 벌 사 입히고 먹을 것을 사 먹이고 나서 선녀 언니를 집으로 데려다주고는 선녀 언니한테 돈을 주었더니
"이 돈은 내가 돼지 새끼를 팔아서 할머니한테…."
"또 할머니야?"
"그럼, 뭐야?"
"아주머니지 뭐."
"응 참, 내가 잊어버렸어. 아주머니한테 맡겨놓은 돈이야."
"맡거 놓은 돈이고 뭐고 아주머니가 주는 거니 잘 두었다가 써."
하고 버스 시간에 쫓기며 돌아왔다고 엄마가 얘기했는데, 그때 결혼했던 명진이 언니는 일 년이 지난 이때에는 벌써 애기 엄마가 되어 있었습니다.

이러고 며칠 안 된 어느 날 예고도 없이 언니는 출장 오는 형부를 따라왔는데, 그동안 저는 언니를 보기만 하면 조르고 부탁한 인형을 사 와서 제게 주는데 받아보니, 좋은 플라스틱으로 되어있었고, 머리카락은 금발인데 인형을 눕히면 파란 눈을 감아버리는 불란서 인형

이 천으로 된 고운 옷을 입고 있어 제가 좋아하는 걸 본 언니는
"이 인형이 얼마나 비싼지 알아? 네가 하도 나한테 볼 적마다 졸라서 이번에 형부가 큰맘 먹고 샀어. 형부보고 고맙습니다 그래."
하며 바나나를 꺼내어 껍질을 벗겨주어 저는 난생처음으로 바나나를 먹으면서 언니에게 부탁하기를
"저번에 순현이한테 하던 식으로 원옥이한테 나쁜 버릇 들여놓지 마. 나쁜 버릇 들였단 봐라, 순현이한테 내가 변덕스럽고 말이 뻣뻣하다고 못된 소리해서 두고두고 그 계집애가 날 괴롭혀. 그렇게 안 하면 너, 집에도 오지 못하게 할 거야."
"아이고, 동생 하나 때문에 친정에도 못 오겠네. 세상에 이렇게 억울할 데가 어디 있어?"
하며 웃었는데 바람이 나서 한번 집을 나가면 며칠씩 들어오지 않던 고양이 녀석은 형부와 언니가 안방에서 엄마랑 얘기하고 있는데 흰 바탕에 검은 점이 군데군데 있는 아가씨 고양이를 데리고 들어오며
"이게 우리 집이야. 우리 피곤하니 따뜻한 아랫목으로 가서 한잠 자자. 어서 겁내지 말고 나 따라와."
하는 것처럼 돌아보며 야옹거리면서 제가 앞장서서 안방 아랫목으로 들어오자마자 툭 쓰러져 세상모르고 잠이 들어버렸는데 색시 고양이는 신랑이 좋아서 따라 들어왔다가 낯선 사람들이 있으니까 마루에서 방안을 들여다보다가 뒤돌아 튀어나갔습니다.
이 모양을 본 형부는 저 녀석도 사내라고 계집을 얻어 데리고 들어온다고 우습다고 했는데, 언니 내외는 이틀 동안 있다가 가고 난 뒤에 엄마는 전번에 서울에 갔을 때 이종국씨 맏딸인 경숙이가 독창회를

하는데, 꼭 와달라고 하는 부탁을 받았기에 서울로 또 가서 경숙이 언니의 독창회에 참석하고 나서 곧 돌아오려고 할 때, 큰오빠가 나가는 대학 생물과 실험실에서 과학전람회에 출품되었던 게 좋은 성적을 거두었다고 하며 교수들이랑 실험실 조교들이 한턱내라고 해서 요리집에서 한턱내주고 오려는데 언니가 옷이 없다고 엄마를 백화점에 무조건 데려가서 마음에 드는 것을 골라놓기에 엄마가
"이다음에 사 주지, 지금은 돈이 없다."
"고래만 봐라."
하며 언니는 불만 때문에 엄마에게 눈을 흘기더라고 했는데, 한편 강릉에서는 엄마가 서울 간 지 삼 일째 되던 날 아침에 아빠는 나가시려고 하시면서
"오늘 저녁은 너희들끼리 먹어라. 나는 오늘 저녁에 사법서사 회의가 있어 저녁을 먹고 들어온단다."
하셨기에 저녁에 학교에서 돌아온 작은오빠에게 말해서 저녁밥을 일찍 먹고 나서 원옥이는 부지런히 설거지를 해치우고 머리를 감고 나서 새 옷으로 갈아입고 안방에 와서 앉았기에 제가 이상해시
"왜 머리는 감고 새 옷을 입니?"
"깨끗한 기 좋지 뭐."
하고 앉았는데 조금 있다가 여명이 사라지며 사방이 점점 어둑해지니까 원옥이는 앞마당 쪽 안의 한지 바른 창문을 살그머니 열고 유리창 너머로 밖을 내다보더니 창문을 닫고 나서 볼일이 있어 나가는 것처럼 부엌으로 나간 뒤에 조금 기다려 봐도 원옥이는 들어오지 않으니까 수상한 것을 눈치채고 있던 작은오빠가 부엌으로 나가서 앞마

당 현관으로 돌아오며 살펴봐도 원옥이는 안 보였고 집안 어디에도 없어서 안방으로 들어온 작은오빠는 어두워진 안방 전등을 켜면서
"원옥이가 없다. 얘가 도망간 게 아닐까?"
하고 저에게 말했는데 아빠가 들어오시니까 작은오빠는
"아버지, 원옥이가 없어졌습니다. 도망간 게 아닐까 생각되는데 손전등을 가지고 나가서 확인해 보겠습니다."
하고 손전등을 가지고 큰방 앞 담장 구석 판자가 떨어진 곳의 바닥을 비추어 보고 들어와서
"원옥이가 도망쳤습니다. 판자 틈 앞 땅바닥에 원옥이 발자국이 나 있습니다."
하고 말씀드리는 것을 듣고 저는 원옥이가 꼬임에 빠져 달아났으니 이제는 두 번 다시 보고 싶어도 못 보는 사이가 되었구나! 하고 생각했습니다.

　서울에서 돌아온 엄마는 원옥이가 도망갔다는 얘기를 듣고 기가 막혀서 하다가 우선 원옥이 엄마에게 알려줘야 한다고 며칠 후 원옥이네 집으로 찾아갔더니 밭에서 일하다 말고 엄마를 반기는데 엄마가 원옥이 얘기를 했더니, 원옥이 엄마는 울며 그럴 줄 알았다며 꾀여 가면 누가 꾀여 갔겠느냐고 하면서 원옥이를 훔쳐 간 그놈이 꾀여 갔으면서, 나보고 하는 말이 내가 강릉에 가봤더니 원옥이가 앓아서 일어나지도 못하는데 약탕관을 끓이면서 이게 빨리 죽어야 하는데 아직 죽지 않아서 귀찮은데 이 약 먹이면 죽을 거라며 약을 짜다가 먹이니 아가 곧 죽었는데 죽은 아를 갖다가 파묻는 걸 보고 왔다고 하더라는 얘기를 하기에 엄마가

"원옥이가 앓기는? 토실토실하게 살이 찐 것을 데리고 왔을 때 보았지?"

"글쎄, 그런데 죽었다고 거짓말하는 고얀 놈이 어디 있소? 우리 원옥이를 찾는 데까지 찾아서, 혹시 찾거든 잘 길러주세요."

"그렇게 힘써 보는 데는 원옥이 꾀여 간 놈이 와서 또 그런 소리 하거든 지서에 같이 가서 얘기해 달라고, 그리고 지서에 같이 가도록 해. 내가 지서에 얘기해 놓을 테니 원옥이를 찾고 싶거든 꼭 그렇게 해."

하고 엄마는 강릉으로 돌아와 지낼 때의 어느 날, 청주가 고향이라며 충청도 사투리를 쓰는 인삼 장사 아줌마가 일부러 들러서 엄마에게 주문진에서 자기가 보니 어느 집에 원옥이 같은 애가 있는데 살이 빠지고 머리칼을 양쪽으로 갈라서 매고 있더라고 해서 엄마는 이 아줌마가 가봤다는 집을 자세하게 물어 두었고, 이튿날 오후에 주문진을 다녀올 예정이었는데, 점심때쯤 진순이 언니의 남편 한 서방과 진순이 언니의 이모가 주문진으로 가는 길이라며 들어와서 한 서방은 염치가 없는 긴지 배짱이 좋은 긴지 몰라도 엄마에게 하는 소리가

"장모가 그러던데 우리 사위 한 서방이 두고 먹을 북어 한 쾌하고, 머리가 시리니 장모가 쓸 털모자 하나 짜서 보내 달라고 전하라던데. 내가 마른 북어를 그렇게 좋아하잖소. 그리고 내가 모처럼 왔으니 불고기 좀 해주시우."

"아이, 어떡하나? 집에 두었던 애가 꼬임에 빠져 도망쳤는데, 그 애 엄마가 꼭 좀 찾아달라고 하기에 알아봤더니 누가 주문진에서 봤다고 해서 찾아가 보려고 나서려던 참인데, 불고기는 다음에 하고, 가만

있자 뭐가 좋을까? 음식점에서 만둣국을 시켜다 주지. 어때?"

"그럼, 할 수 없지요. 술이나 주시우."

하고 요구하기에 엄마는 얼른 주전자에 소주를 부어 만든 산머루 주를 가득 담아다가 배달된 만둣국과 같이 주니 한승룡씨는 처이모와 서로 술을 권하며 목마른 사람 냉수 마시듯 마시며 기분이 좋아졌는지 한다는 소리가

"부부 싸움하는 게 뭐 사람이요? 나는 혜숙이 엄마 머리카락 하나 안 건드려 보았소."

"그래야지. 싸우면 되나."

하고 엄마가 맞장구쳐 주니 신이 난 한 서방은

"그런데 듣자 하니 정순씨는 부부싸움 해가지고 얻어맞는다고 하던데 그럴라문 뭐 하러 결혼했는지 난 도무지 이해가 안 가요. 혜숙이 엄마가 요번에도 또 딸을 낳았지만 내가 애 낳느라고 수고했다고 했더니 아들을 못 낳아 면목 없다고는 해서 내가 아들이 없으면 딸만 데리고 살면 되잖냐 하고 달래줬지요!"

하면서 늘 오기만 하면 그렇듯이 제 자랑을 장황하게 늘어놓으면서 쉴 새 없이 그것도 재빨리 마셔대는 술의 양이 엄청나서 겁이 나건만, 빈 주전자를 들어 보이고 엄마에게 술을 더 달라고 하며 같이 주문진으로 가자는 엄마 말에도 막무가내로 술을 더 달라고 떼를 쓰니 엄마는 할 수 없이 주전자에다 조금 담아다 주었는데 진순이 언니 이모가 빨리 가자고 재촉해서 할 수 없이 일어서다가 술에 대한 미련이 있어 주전자를 기울여 술 따라 마시던 커다란 유리컵에 마저 따르더니 선 채로 냉수 마시듯 하고 가는데, 엄마도 같이 갔다가 저녁에 돌아온 엄

마가 저녁 밥상을 받고 계시는 아빠에게 얘기하는데, 버스를 탄 한승룡 씨는 버스가 출발할 때는 의자에 점잖게 앉았더니 조금 가다가 잠이 든 채로 통로에 굴러떨어져, 흙먼지 속에 코를 박고 곯아떨어져서, 버스에서 내리고 타는 사람들이 누워 주무시는 한승룡씨를 넘어 다녔다고 얘기했고, 주문진에 도착해서 처이모가 애를 쓰고 깨워 흙 몽둥이가 된 한승룡씨를 버스 조수 총각의 도움을 받아 끌어 내렸고, 엄마는 시간이 바빠서 인삼 장사 아줌마가 일러준 집을 찾아갔더니 원옥이가 아닌 다른 아이어서 허행을 했다고 했습니다.

이튿날 말산에서 고모가 와서 하는 말이

"양양 집 새댁 월수 엄마가 미쳤잖는가. 글쎄 지가 하느님 딸이라고 하면서 미친 짓 하다가 먹을 기 생기문 저쪽 구석에 가지고 가서 뭐라고 뭐라고 하다가 아들도 주고 지도 먹고 이래는데, 이상해서 누구한테 비느냐고 물으니 성황님한테 빈다고 하기에, 하느님 딸이라맨서 왜서 서낭한테 비나고 하고 웃었는데, 아이고 신이 지팼다고 사램들이 우떠도 떠드는지 모리겠싸. 난 원 신이고 뭐고 미쳤다고 보는데 사람들은 새로 점쟁이가 났다고 좋아들 하잖은기. 참 지끔에는 말산에 일꺼리가 음싸. 그래나 내가 일하는 아도 음는데 며칠 있으면서 자네 좀 도와줌세."

하고는 벽장 속에 쑤셔 박았던 빨랫거리를 모조리 뒤져내어 빨고 온 집안을 윤나게 치워주고, 밤마다 엄마가 신던 빨아 놓은 버선을 뒤집어 솜을 놓거나 떨어진 버선은 곱게 기워놓으면서 늘 그렇듯 고모는 바빴습니다.

이럴 때 주문진 갔던 진순이 언니 남편인 한승룡씨가 와서 대관령

넘어 유촌의 자기 집으로 가는 길이라며 엄마에게 또 술을 달래서 퍼 마시면서 한다는 소리가

"술은 나처럼 이렇게 마셔야지 남자지, 한 잔도 못 마시고 취하는 게 어데 남자요? 남자라면 그래도 술도 마실 줄 알고 그래야 하는 법 이요!"

하고 술 못 마시는 제 형부를 빗대어 말하며 버스 바닥에 쓰러져 돼지 처럼 실려 다니던 일 같은 건 잊은 듯이 말하다가 엄마가 준비해 놓은 마른 북어 한 쾌와 용호 할머니가 쓸 털모자를 가지고 갔는데, 유촌까 지 무사히 가기나 했는지 궁금하다고 엄마가 말했습니다.

언니와 큰오빠가 학교 다니느라고 가 있었던 서울 마포에 사는 엄 마의 작은고모 사위인 양호 아빠가 왔는데 맏아들인 양호는 제 언니 보다 세 살 아래였고, 양호 아빠 이 서방은 지금까지 지게 품팔이하며 지냈는데, 요즈음에는 일거리가 없어서 곤란하다며 지게꾼은 찾지 않는 반면에 손수레는 불티가 나게 찾는다며, 손수레만 가지면 그날 그날 벌이를 걱정 없이 할 수 있다고 얘기해서 아빠가 들으시고 모처 럼 강릉에 내려왔으니 며칠 놀며 기다려 보라고 하셔서, 양호 아빠는 오죽헌 승택이 아저씨네 집에도 가서 며칠 놀다가 왔는데, 엄마는 온 식구들의 안 입는 옷가지들을 모두 싸서 보따리로 꾸려주고 손수레 살 돈을 해주어 서울로 보냈습니다.

옷 보따리를 가져간 양호 아빠는 옷이 귀한 때여서 아빠가 꼭 한 번 입으시고 덥고 공기가 안 통해 못 쓰겠다고 안 입으시던 그 당시 유행 하던 옷감인 나일론으로 만든 흰색 반팔 남방셔츠를 입어보며 마음 에 들어 하면서, 내가 살다가 보니 이런 옷이 생겼다고 좋아했고, 손

수레가 생겨 벌이가 좋아서 온 식구가 좋아하며 지내던 어느 날 아침, 양호 아빠가 일하러 나가보니 새로 장만해 돈을 벌게 해주던 손수레의 자물쇠, 채워놓은 쇠사슬이 끊어져 있고 손수레는 도둑을 따라가 버렸기에 사람들은 양호 아빠의 복이 그뿐이라고 했습니다.

양호 아빠가 왔다 가고 나서 엄마는 국회의원 선거에 입후보했던 전환자 아줌마나 지원장 부인에게 말하기를 내가 다른 사람에게 적게 베풀면 적게 받고 많이 베풀면 많이 받더라고 하면서, 옛날 우리 큰딸 여고 시절에 한 학년 위가 되는 애가 집에 놀러도 오고 자주 드나들었는데, 애 아버지는 원산에 있다가 삼팔선이 생기면서 소식이 끊겼고, 엄마도 죽고 외숙이 돌보아주는데, 우리 집에 와서 놀다가 어머니 제 화장품이 없어요! 하기도 했고, 학교에 가져갈 수예 숙제가 있는데 그걸 만들 재료를 마련할 수가 없다고 할 때, 응 그래? 내가 마련해 주마며 어려운 사정을 봐줬는데, 부산 피난 가서 만나 시집가서 두 애의 엄마가 되어 있으면서, 된장도 갖다주고 김치도 갖다주고 하기에 그때 아, 내가 이럴 줄 알았다면 더 많이 베풀어 줄 걸 하고 생각하면서, 내가 이 애에게 조금 베풀었으니 고만큼밖에 못 받는구나! 하고 느꼈다고 말했습니다.

이 말을 듣고 저는 부산 화야에 집에서 만났던 엄마 얘기의 주인공 현우 언니 생각이 났는데, 화야네 집에 있을 때의 어느 겨울날 저녁 때, 창밖에서 부산 사투리가 약간 밴 억양으로

"정순아 이리 나온나. 날씨가 칩데이."

하던 말소리가 제 귀에 들리는 것 같았고, 나가서 오랫동안 있다가 들어온 언니는 제 손에 건빵을 들려주며

"언니가 이걸 명순이 갖다주라더라."
하던 생각이 났습니다.

저는 작년부터 안방 동쪽 창문을 열고 내다보면 진구네 집 앞마당이 보였는데, 손을 잘 보아 심어 놓은 화초들이 보이는데, 진구 집도 꽃이 많아서 내다보다가 이상한 것이 눈에 띄어서 부러워한 것은 진구 집 현관 옆 오동나무 가지에 매어 놓은 그네였습니다.

창문으로 내다보는 저에게 보인 것은 애들이 놀다가 그네에 올라앉아 흔들흔들하는 것이 좋아 보여 매일같이 오후가 되면 진구네 집 뜰을 내다보다가 참다못한 저는 엄마한테

"엄마, 우리도 그네 해."

"너는 아직 그네 못 탄다."

하고 대답하다가 제가 걸음도 조금 늘고 몸도 조금 가눌 수 있게 된 올 봄이 지나갈 때, 제 소원이 풀려서 뒤꼍 포도나무 덕에 그네를 매어주어 저는 곧잘 그네에 앉아 흔들거리다가 들어오곤 했는데, 그네에 앉아 흔들거릴 때나 방에 들어와 있을 때나 저는 새로운 공상을 시작했는데, 그동안 동화만이 아니라 아직은 유치했지만 제가 볼만한 책도 제 딴에는 좀 보았고, 또 라디오의 어린이 시간에 성서 얘기도 가끔 들었고, 〈새벗〉 잡지의 하느님 얘기도 읽었기에 저는

'착한 일 선한 일을 하면 이다음에 죽어서 아주 좋고 호화롭고 이런 데에 간다더라. 난 이게 뭐야? 옷이 더러워지면 빨아 입어야 하고 귀찮아. 옷 안 입고 산다면, 그래도 부끄럽지 않다면… . 신기 오빠 할머니가 들려준 대로 저 하늘나라에 가서 예수님이랑 성모님이랑 이쁘게 생긴 그분하고 얘기도 하고, 하느님은 어떻게 생겼을까, 하늘이 파

라니까 파란 옷을 입었을 거야. 틀림없어. 그래서 하늘나라를 마음대로 올라가고, 그러다가 엄마 보고 싶으면 내려왔다가 또 가고. 참, 외가 언니들이 미국에 공부하러 갔다 왔다지? 거기도 가보고 그리고 음, 지옥이라는 데가 있지? 나쁜 짓하고 미운 사람은, 아냐 밉게 밉게 생긴 사람이 가겠지. 가면 그 나라에도 왕이 있겠지. 왕비도 있고, 그런데 내가 들으니 거기 가면 아주아주 아프게 하고 지지고 기름 가마 속에다 집어넣는다는데, 에이 거긴 안가. 가거라 가거라 해도 안가. 난 이쁜 것만 볼 테야.'

이런 공상을 하고 지내는 어느 날, 점심때 월수 엄마가 오니까 엄마는
"아이고, 이렇게 오고 어쩐 일이야?"
"네, 신령님이 실렸어요. 아마 제가 살던 집 할머니가 모시던 신령님이 실린가 봐요."
하고 지나온 얘기를 하다가 엄마에게
"제 말이 틀림없을 테니 들어보세요. 아주머니 큰아들은 지금은 부모한테 잘하고 기대에 어긋나는 일이 없지만…. 이런 말 안 하겠어요. 그렇게만 아세요. 점심으로 찬밥이나 한술 주세요."
하니까 엄마는 월수 엄마가 하다만 얘기를 듣고 싶어 했지만, 월수 엄마는 아무 말을 하지 않고 있다가 엄마가 차려주는 밥을 국에다 말아 동쪽 방향에다 놓고 꿇어앉아 한참 동안 뭐라고 중얼거리더니 가져와 먹고 갔는데, 이러고 나서는 두 번 다시 월수 엄마를 볼 수 없었지만, 들리는 소문에는 점 보러 오는 사람들이 많이 몰려들어서 그 동네 점쟁이들이 시샘이 나서 어쩔 줄 몰라 한다고 들었고, 월수 엄마가 있는 말산에도 점쟁이가 대여섯이 서로 헐뜯으며 산다고 했습니다.

심부름하는 애도 없이 지내자니 엄마는 눈코 뜰 새 없이 더 바빠서 아침 밥상도 못 치우고 나갈 때가 많아 저는 쟁반을 가져와서 밥상 위의 그릇들을 모두 주워 담아 밀고, 부엌으로 나가 신발을 신고 내려가서, 아침이면 물을 길어다 놓은 것이 있어 그 물로 설거지를 해놓으면, 엄마가 보기에도 깜짝 놀라게 깨끗이 할 때도 있었지만 쟁반의 그릇을 부엌으로 내어 가다가 둘러엎어 사기그릇들을 산산조각 내어놓아 들어온 엄마가 보고 기가 막혀 할 때도 많았지만, 저는 이렇게 힘들여 일하다 보니 일하는 것도 조금씩 익숙해지고 다리에 힘이 붙어서 부엌문 밖에 나가 펌프질을 해서 물을 길을 수도 있게 되었습니다.

그래서 저는 행주며 손수건을 가지고 나가 빨아놓고 엄마가 오면 널어달라고 하고서 다음에는 간단한 제 내의도 빨기 시작했는데, 어느 날 오전에 햇갱이 엄마가 와서 솥에 있는 눌은밥을 긁어 먹느라고 하다가, 나중에는 솥째 들고 들이마시는 게 마치 솥을 뒤집어쓰는 것 같이 보여 웃었습니다.

이러고 며칠 후, 오후에 엄마는 시장에 갔다가 바다 생선 우럭 큰 것을 사서 올 때 옛날 승택이 아저씨네 집의 종의 딸인 춘금이 아줌마를 만나 데리고 와서 부뚜막에 밥을 차려주니 맛있게 먹던 춘금이 아줌마가

"여게 있던 아가 어데 갔소? 혼차 해 잡숫기가 심들겠소. 아 하나 안 둘라오? 우리 예식아가 인제 핵교르 졸업 했는기 지지바가 남어 집에 안 갈라 해서 억지로 보낼라 하는데, 여게 아가 음씨니 보내 드리께 두고 부리시우. 운제 데루고 오라우? 그램 낼이나 모레 데루고 오게 보시우."

하고 말하는 춘금이 아줌마는 얼굴에 비해 눈이 쪼끄매 엄마가 처녀 적에 보고 우습기도 했고, 돌아다니는 게 귀엽기도 해서 일부러 뭘 잘못했다고 야단치는 척하면, 겁이 나서 그 쪼그만 눈을 깜박거리며 겁이 난 표정이 우스워, 엄마는 크게 우스워 곧잘 춘금이를 불러 야단치는 척하기도 했다고 얘기했습니다.

 음흉한 계획을 흉중에 품고 있는 춘금이 아줌마는 말대로 삼일 후에 야무지고 냉랭한 얼굴의 계집아이를 데리고 와서
 "바로 야잖소. 야가 살살 씨기문 잘 들아요."
하고 딸을 떼어 놓고 혼자 갔는데, 이 애는 오자마자 중간 방 구석에 앉아 제가 보던 책을 들고 앉아 엄마가 혼자 일하며 바빠해도 눈길도 한 번 안 보내고 있다가, 엄마가 차려놓은 저녁밥을 먹고 나서 또 잘 때까지 손끝 하나 까딱하지 않았는데, 이튿날 조반 후 엄마가 외출 준비를 하면서 꼼짝하지 않고 있는 이 애를 보고
 "얘, 내가 나갔다 올 테니까 설거지 좀 해라."
하고 말하니까, 그렇지 않아도 차가운 얼굴에 표정까지 싸늘해지며 냉랭한 목소리로
 "나는요, 집에서 그런 거 안 해 봤잖소. 그래서 할라 해도 모해요."
 "그럼 넌 뭣 하러 왔니?"
 "우리 어머니가 자꾸만 보내서 왔잖소."
 "그럼, 집에 가서 아무것도 하지 말고 있거라. 난 너 같은 애를 집에 둘 수 없다. 그래도 난 네가 똑똑해 보여서 여기서 일 좀 하고 있는 동안 예의범절을 가르쳐서 서울로 보낼까 했는데."
 "야? 서울이요? 서울으는 그리 좋다맨서요? 난 갈래요."

"어디로 가?"

"서울에요."

"서울에선 손끝도 까딱 안 하는 너 같은 애를 좋다고 하니?"

"거 가서 하라는 대로 하문 되잖소."

"그래, 여기서도 해버릇 해야지 내가 전화했을 때 보내 달라면 너를 보내주잖아?"

"그램, 설거지르 내가 하께요."

하고 재빠른 동작으로 부엌에 나가 설거지도 깨끗이 휙딱 해놓고 끝까지 깨끗이 가셔놓고 들어와서 저한테

"야, 내가 집에선 일도 안 했는기 해보니 하겠다야. 우리 허이가 하나 있는 기 어래서 다리르 다쳤고 등창이 났잖나. 그래서 꼽새가 됐싸."

"그래? 집에 있니?"

"남어 집에 갔지. 뭐 그랜 기 고자야 야."

"고자가 뭐니?"

"고자도 모리나? 남재도 아니고 여재도 아닌 기 고자잖나. 인제 알았나? 우리 허이를 생각하문 불쌍한 아야. 우리 어머이가 저에게 예양에 갖다 놓고, 거도 남어 집이야."

"그래?"

"그래서 나는 남어 집에 안 간다 했잖나."

이러고 묻지도 않은 말을 늘어놓고 있을 때 나갔다 들어온 엄마는 이 아이를 보고 서울에 전화했더니 학교 졸업한 아이는 싫다고 했다는 얘기를 하고 이렇게 됐으니 너는 집으로 돌아가 있으라고 돌려보

냈는데, 엄마는 춘금이 아줌마가 이 애를 얘기할 때 잘 가르쳐서 황보씨에게 보내줄 생각이었고, 엄마가 다른 일로 황보씨에게 전화하며 이 애 얘기를 했더니 황보씨는

"아이 누님, 학교 나온 애를 둬보니 못 쓰겠어요. 연숙이때 보니 책만 들고 다니고 일은 꾀피우고 아주 못 쓰겠던데요. 이번 애는 그만두겠어요."

하더라고 하면서 엄마가 볼 적에도 이 애 하는 것이 못 쓰겠더라고 했습니다.

　봄볕이 따뜻해질 때, 저는 어린이 시간을 놓치지 않으려고 시계를 보고 지키고 있다가 스위치를 켜면 어린이 뉴스에 이승만 대통령이 훌륭하시다는 찬사도 나왔고, 이어서 동요가 나오는데, 이 대통령 할아버지는, '우리 대통령' 하는 노래를 불러서 저는 이상하게 들었는데, 어른들이 서로 하는 얘기를 들어보니 대통령 선거가 곧 있다고 했고, 이해의 삼월 달은 몹시 어수선하더니 민주당 대통령 후보인 조병옥씨가 병을 치료하러 미국에 갔다가 사망했다고 술렁이고, 얼마 안 있어 대통령 선거를 한다며 그 유명한 삼인조 투표를 했다고 들었지만, 저는 이럴 때는 삼인조 투표가 뭔지 몰랐다가 나중에 제가 커서 들으니 세 사람씩 조를 짜서 투표장에 들어가 기표 후 투표지를 조장에게 확인시킨 후 투표함에 넣는 것이 삼인조 투표였다고 했습니다.

　대통령 선거 날인 이날 낮에 분남이 언니 남편인 남순이 아빠가 와서 엄마에게

"내가요, 선거하고 왔잖소. 도장을 찍고 나니 보자 해서 봬 캐주고

함에 넣싸요. 아참, 우리 어머이는 남선어 에미르 마땅치 않아 해서… . 어저께 우리 집에 도적이 들었잖소. 남순어 에미가 아르 끼고 낮잠이 푹 들어서 아 도적이 돌아와서 곳간 문으 채워놓은 쇠뙤르 뿌시고 거 있는 양석으 다 가주갔잖소. 그러했다고 어머이는 필필 뛰고, 내가 보다 모해 한마디 했잖소, 어머이는 왜서 저러 듣지 모하는 버버리 메누리르 봐놓고 그러 못마땅하문 우쩔 거요? 그래는 기 왜서 어머이는 지키지 모하오? 저러 듣지 모하는 거르 모리오? 그랬더니 아 저것도 사내라고 지 예팬네만 감싼다 하고 펄펄 뛰고 난리 했잖소. 허참 다루 와서, 재수가 음씰라니 그러 땀으 했잖소. 그나저나 숙모요, 올봄 일이 큰일이오. 뭐 먹고 사오 예? 도적놈이 다 가주가서."

"걱정하지 말게. 작은아버지가 봐주실 거야. 분남이만 잘 데리고 살게. 저번처럼 때려주지 말고, 또 때려주면 분남이 데려와서 안 보내겠네."

"야, 안 때래요. 하두 말으 안 드라서 그랬지 뭐요."

하고 기막힌 사정 얘기를 하고 엄마가 봐주겠다니 조금 안심이 되어 점심을 먹고 갔는데, 며칠 후 찾아온 분남이 언니는 손짓으로 시어머니가 호랑이같이 굴고 식량은 없어서 쑥을 캐어 그것만 쪄서 먹으니, 애기에게 줄 젖이 안 나온다고 하니, 엄마가 그렇거든 왜 빨리 오지 않았느냐고 나무라며, 쌀과 돈을 내어주니 분남이 언니는 손으로 가슴을 쓸어내리며 이제 한숨이 나간다는 시늉을 해 보이고, 돈과 쌀을 가지고 부지런히 갔는데, 이럴 때 우리나라 농촌에서는 양식이 떨어진 농가가 속출하는 때였기에 식량은 아주 귀했는데, 다음 날 아침, 엄마는 여느 때처럼 아빠 사무실로 나가려고 머리를 빗고 있을 때 대문이 가만히 열리더니 어떤 아저씨가 들어오는 걸 엄마가 보고 뒤쫓아 가보니 사십 대의 이 사내는 손에 새끼줄을 많이 뭉쳐 들고 있어 엄마가 뭐 하러 왔느냐고 물으니 어물어물해서 엄마는 이렇게 남의 집 것을 가만히 가져가려고 하면 되느냐고 나무라고는, 먹을 것을 나누어줄 테니 이런 짓은 하지 말라고 하며 창고로 데려가 쌀과 보리쌀을 나누어 주었더니, 이 남자는 한숨을 쉬면서 이제 살았다며 식구들은 많고 먹을 것은 없어서 쑥으로 연명하다가, 견딜 수 없어서 몇 집 다니며 사정 얘기를 했지만 동정은커녕 멀쩡한 사람이 구걸하냐고 면박이나 주었기에 할 수 없이 도둑질할 생각으로 들어왔다고 실토하면서 나누어준 양식을 가져갔는데, 이 일이 있은 후부터 이 아저씨는 우리 집에 자주 찾아와서 나무도 쪼개어 주고, 오랍들이도 치워주고, 어렵고 힘든 일도 해주어 엄마는 이 아저씨한테 밥도 주고 쌀과 돈을 주었습니다.

　집안에만 있는 저도 느끼고 있을 때 토끼 사건 이후 처음으로 찾아온 영길 엄마는 엄마한테

　"우리 시어머이가 안죽 살아 기신데 영무 어머이가 모신다는 이 늘긍이르 아 글쎄 팔으 버쩍 잡아댕게서 심줄이 늘어났는지 팔에 맥이 음고 이리 넘어가고 저리 넘어가고 하잖소. 지금 내가 할 기 음싸서 보따리 장새르 시작했는데 이거 좀 구경해 보시우."

하고 이고 왔던 보따리를 풀어놓고 치마며 블라우스를 꺼내어 보이면서

　"이거는 아주머이가 입으문 똑 좋겠소. 하나 팔아 주시우 예?"

하다가 마침 점심때라 엄마가 차려주는 밥과 떡을 먹고 갔습니다.

이럴 때 저는 양손에 신발을 꿰고 엉금엉금 기는 두꺼비 신세를 면하고 양손을 쳐들고 몹시 흔들거렸지만 그래도 걸어 다닐 수 있어서, 남 보기에는 제가 걷는 모습이 너무도 병신스러워 흉내도 낼 수 없었겠지만, 저는 자유롭게 왔다 갔다 할 수 있어 심심하면 내문을 빼꼼 열고 대문 밖 골목길을 내다보기도 했는데, 이럴 때면 저는 두려운 게 한 가지 있었는데 다른 게 아니라 십여 살쯤 된 사내애들로, 이 애들은 아무 상관도 없으면서 장애자라는 이유 하나 때문에 저를 보기만 하면 저에게 돌을 집어 던져서 저 혼자일 때는 저쪽에서 애들 소리가 나면 대문을 얼른 닫고 애들이 지나가길 기다렸다가 대문을 다시 열고 내다보았는데, 하루는 어떤 아줌마가 오더니 대문간에 선 저한테
　"예수를 믿어요. 전도관으로 오시면 무슨 병이든지 다 고쳐 줍니다."
하고 말했는데 이때 사이비 종교로 신문에 오르내리는 박태선 장로의 전도관에서 나온 아줌마였기에 저는
　"엄마 없어요."
　"애기두 예수님을 믿어. 그래야지 병이 낫지. 안 낫는다. 꼭 믿어."
　"네. 그러잖아도 믿어요."
하고 얼떨결에 저는 이렇게 대답했는데 훗날 이 말대로 저는 가톨릭 신자가 되었습니다.
　이럴 때 대통령과 부통령 선거가 부정이 있었다고 3.15 부정선거를 규탄하는 데모가 일어나 전국에서 데모를 하고 어수선해지더니 휴교령이 내리고 작은오빠는 학교에 못 가고 쉬고 있을 때 4월 19일 데모로 이어지더니, 이 대통령의 하야 성명이 나오고 부통령 당선자

이기붕씨 일가 자살 사건에 이어 허정 과도정부가 세워지며 대통령 선거를 다시 한다고 했고, 이승만 전 대통령은 하와이로 망명했다고 하고 선거를 치르더니, 민주당의 윤보선 씨가 대통령이 되었고, 장면 씨는 국무총리가 되어 어수선하던 게 가라앉는 것 같았습니다.

이러고 날씨가 더워지면서 성급한 아이들은 반팔 옷을 입기 시작했지만, 저는 긴팔 옷에 얇은 내복을 입고 있을 때, 포교당 쪽에서 바람을 타고 아카시아 꽃향기가 실려 오는데 햇갱이 엄마가 오니까, 엄마가

"저 아카시아꽃을 따서 데쳐서 나물 무치면 숙주나물 같다며?"

"야, 우리 집 모테이에 많아요. 내가 올 직에 좀 따 오라우? 우리 그거르 삶아서 맛있게 무쳐 먹읍시다. 난 첨 듣는 소린데 그것도 먹는구만."

하고 갔다가 이튿날 함지에다 가득히 아카시아꽃을 따가지고 온 걸 보니, 꽃이 모두 활짝 피어서 끝이 말라버린 것이 태반이라서 엄마가 보고 웃으며

"꽃이 시들기 시작한 걸 따오면 어떡해? 꽃봉오리가 많은 걸 따 왔으면 좋았을걸."

"나는 이래도 되나 했더니 이거는 못 씨는구만."

하고 엄마와 얘기하다가 밥을 먹고 갔는데 며칠 후 5월 5일 어린이날이 되자, 오후에 피난길을 같이 갔던 길자 엄마가 막내 성자를 데리고 왔는데, 이 애는 우리와 피난 갔다 와서 낳은 딸이었습니다.

안방에서 엄마와 얘기하던 길자 엄마는 옆에 앉은 성자를 가리키며

"야가 피란 중에 생겨서 멀구 덤불 밑에 있을 적에 산신이(호랑이) 와서 몰개르 획 끼얹고 돌으 둘둘둘둘 굴래서 무습구 고만에 겁이 덜

컥 나서 아 고만에 살래 달라 했더니만 고만둡디다. 아이고, 그 생각 하문 지금도 가심이 들컥들컥 해요. 그래고 나서 야르 낳더니 그래, 그랜지 아가 우떠 괴팍한지. 아, 글쎄 지가 뭐르 하겠다 한마디 하는 거르 안 들어 주문 지 머리껭이를 있는 대로 쉐뜯어서 너리숱이 음짚소. 작년 운동회 때만 해도 그렇지. 저게 뭔가 똑 소두배이 같은 거 맞부디치는 거, 그거 하겠다 하니 선상들이 안들어 줬던가 보오. 아, 집에 와서 또 지 머리르 줴뜯기에 내가 가서 '선상님, 야가 소두배이 같은 거 하겠다 하니 좀 씨게 주시우. 지머리깨 이르 줴뜯어서 어미인 내 보기에 못 봐주겠소.' 하니 선상이 '네, 걱정 말고 가시우. 그거야 못 씨게 주겠소?' 해서 집에 와서 '야, 머리깨이 줴뜯지 않아도 된다. 내가 가서 말으 했잖나.' 했더니 머리르 줴뜯던 아가 금방 고만두고 '엄마, 밥 줘. 나 배고파.' 해서 내가 '그래.' 하고 반가와서 얼픈 밥으 채래 줬잖소. 아이구, 뭔 지지바가 그러 못되 빠잤는지."
하고 얘기하다가 점심밥을 먹고 나서 엄마가

"우리 고양이가 수놈이 돼서 바람이 나서 한번 나가더니 안 들어오잖아. 어디로 갔는지도 몰라."

"아, 그 고내이 말이요? 빛이 우떻드라?"

"노란 고양이지 뭐."

"수고내이라고 했지요? 아이고, 그 고내이가 우떠 됐는지 아오? 저어데 사는 중국 사람이 노란 수고내이를 잡아갔고 약으 한다고 중국 사람들이 씨는 커단 식칼로 퍽 찍아 가주고 잡아 먹었잖소."
이러고 거침없이 옆에서 본 것 같이 얘기하니까 쪼끄만 성자가 끼어들며

"뭐이, 뭐이. 내 친구 집에 고내이가 들어오니 붙잡아서 방에 가둬 놓더니만 식칼로 푹 찔러 죽였대."

"뭔 빛이라더냐?"

"노란 고내이래."

하고 얘기했는데 아빠가 저녁 진지 드실 때 엄마는 낮에 길자 엄마에게 들은 얘기를 하며 길자 엄마 소리를 믿을 수 있겠느냐고 했습니다.

엄마는 올봄 들어 아낙네들이 머리에 이고 와서 파는 장작을 사들이는데 장작 팔러온 사람 중에는 조금 늙수그레한 아낙네도 있고, 새파랗게 젊고 애기를 업은 아낙네도 있었는데, 엄마가 아낙네들이 머리에 이고 오는 장작을 사들이는 것은 다름이 아니라 황보씨가 부탁한 심부름할 마땅한 여자애를 구하기 위해서였습니다.

아침 일찍부터 멀리서 장작을 머리에 이고 와서 점심도 거른 허기진 아낙네들은 밥과 국을 끓여 놓았다가 한 그릇 먹게 해주니 달게 먹고들 갔는데, 가운데 방으로 가득히 와서 먹고 가면 햇갱이 엄마가 시장에 왔다가 들러 같이 점심을 먹고 나서 밥 시중이며 설거지며 다 해주고 갔는데, 어느 날 그동안 오지 않던 춘금이 아줌마가 저녁때쯤 오더니

"우리 지지바 뒤보니 못 씨겠어서 보냈소? 아이고 그놈이 지지바 때문에 큰 탈이래요. 그놈이 지지바는 그렇고. 아, 내가 시집가서 아르 낳는다는 기 첫 아가 고자잖소. 그래 예식아 옷으 입에서 키웠더니만 재수 음싸서 등창이 나서 꼽새가 됐잖소. 그래는 기 그런대로 커가 주고 인제는 스무 살이잖소. 그래서 연줄연줄 해서 예양 어떤 집 두 내우 사는 집으로 보내서 거 가서 월급을 받고 있는 기 세사 일이 고

돼서 내가 데려왔잖소. 팬한데 골라 줄라 애씨다가 은행 지점장 집에 가게 돼서 거 보냈더니만 그 집 아들이 많아서 날 보고 아무래도 모 있겠다고 집으로 가겠다고. 그래서 내가 그래문 오너라. 집에 와있다 보문 니가 일으 그러 잘하니 편한 데가 생기겠지. 이래고 시내는데 동상 지지바가 여 왔다 갔다 하니 야가 어머이, 나 그 집에 가게 해 주게. 그래서 오냐 내 그 집 아주머니한테 가서 말으 해보고, 하고는 이러 왔잖소. 아는 일으 잘해요. 맘도 순하고 착하잖소. 가가 있던 집마다 가 생각하고 도로 오라 하잖소. 월급이고 뭐고 고만두시우 예? 한번 둬보문 아는 참 일 잘하고 뭐던지 잘해서 조화요. 내가 내 새끼라고 이러 말하는 기 아니라 둬만 보시우."

하며 장황하게 떠들다가 밥을 먹고 갔는데 이튿날 아침 엄마는 아빠 사무실로 나가려고 머리를 빗고 있을 때, 춘금이 아줌마는 파마머리를 한 키가 쪼끄매 국민학교 학생 키만 한 애를 데리고 왔는데 조그만 키에 비해 얼굴은 크고 나이든 어른 얼굴이었고 곱추면서 몸체에 비해 팔다리는 너무 짧은 데다 손은 어른 손이었고, 얼굴을 어떻게 보면 남자 기운이 심하게 흐르고 징그러운 게, 서커스의 난쟁이 남자가 여장을 한 것 같아 가까이 오는 것도 싫을 정도였습니다.

이 애가 온 지 사흘쯤 되었을까 하는 날, 엄마는 시장에 가서 촌 아낙네가 가져온 감자를 사서, 이 아줌마는 함지에 담은 감자를 이고 엄마 따라왔다가 마당을 쓸고 있던 이 애를 보더니

"너, 여게 와있나? 우째 오게 됐네이?"

하고 알은체하더니 부엌으로 와서 감자를 내려놓으며 엄마가 주는 밥을 먹으면서 엄마한테 가만히

"아주머이, 자르 우떻게 두게 됐소? 자네 집하고 좀 떨어졌지만, 한동네 살아서 그래는데 자르 두문 뿡아리 빠자요. 자 어머이가 우떤 사람인지 아요? 아 하나 주고 피까지 빨아먹는 그머리래요. 인제 두고 보오. 내 말이 그지뿔이나 참말이나. 매칠만 지내보문 알 수 있을 기요. 아이고, 자가요 돈 맿게 두고 그래는 그 뭐라더라? 거게다 맻겠다 달라 해서 씨는 데 있잖소."

"은행?"

"야, 은행요. 아이구 내가 잊아빼랬구만, 거 높은 집에 가 있었잖소. 그래는 기 세사 자 어머이가 댕기맨 뭐 우쨌다고 돈 다와 하고 또 그 집에 들래서 아무도 음실 거 같으문 자르 가마이 씨게서 이거 다와, 저거 다와, 해가주고 한 보따리 해오잖소. 그래니 배기다 모해 자르 내쫓았지 뭐요. 그런 아래요. 그런 줄이나 아시우 예. 한 사날 지내보오. 뭐 아가 음싸서 저런 아르 두겠소?"

하고 얘기하며 밥을 맛있게 먹고 갔습니다.

사일구 혁명 후 새로 선거가 있은 후, 민주당 정권이 시작되자 육이오 전쟁 초기까지 경찰 간부로 있다가 공군 법무관으로 있었던 형부는 다시 경찰 간부로 임명되어 처음에는 강원도 경찰국장으로 임명됐다고 방송과 신문에 발표되었다가, 다음 날 치안국 경무과장으로 임명되었다고 정정 발표가 되니까, 사람들은 아빠 엄마에게 축하 인사를 했는데, 아빠 엄마의 태도며 언행은 전이나 이럴 때나 조금도 변함이 없었기에 사람들은 점잖게 보고 더욱 존경했습니다.

춘금이 아줌마는 정숙이가 온 지 사흘째 되던 날, 그 동네에 사는 처녀애 하나가 찾아와서 엄마에게 얘기하기를 언니가 따로 살림을 나게 되면 거기 가서 일하겠다고 했는데, 이 처녀는 성격이 왈가닥이고 어떻게 보면 분수가 없어 보였기에 정숙이는 자신의 처지도 잊어버리고 멸시했기 때문에 훗날 이 처녀에게 심한 욕을 먹었습니다.

이렇게 되어 엄마는 이 처녀를 삼사일 데리고 있으면서 잘 타이르고 달래서 자기 집으로 돌려보냈는데, 그 후 반년이 지난 뒤 이 처녀는 병호 아저씨가 데리고 있는 근실한 전공과 결혼해서 금슬 좋게 살게 되었는데, 이때 엄마는 볼일이 있어 옥천동 구멍가게 앞을 지나는데 가게 앞에 목이 묶여있는 커다란 노란 수고양이가 엄마를 쳐다보며 야옹거리면서 엄마를 부르기에, 엄마가 가게 안으로 들어서니 반갑다며 제 몸을 갖다 비비며 매달리기에 나비 녀석인 줄 알아차린 엄마는 가게 주인을 찾으니 마침 가게 주인은 없고 애들만 있어서, 엄마는 그냥 돌아왔다가 밤에 작은오빠를 데리고 그 구멍가게로 찾아가서 주인을 만나 우리 고양이라고 말했더니 가게 주인은 두말하지 않고 고양이 묶였던 줄을 풀어주어 작은오빠가 안고 왔는데, 그동안 굶주려서 삐쩍 마른 녀석이 엄마가 주는 밥을 맛있게 먹고 나서 아랫목에 드러누워 쉬고 있는데 아빠가

"저 녀석 자꾸 바람피우러 나가니 안 되겠다. 이쁜 색시 사다 주께. 잘 데리고 있어라."

하고 말씀하시자 나비 녀석은 알아듣고 누워서 아빠를 쳐다보며 대답하더니 얼른 일어나서 아빠한테 제 몸을 갖다 비비며 팔에 매달리며 아빠 손을 핥으며 한동안 좋아서 어쩔 줄을 몰라 했습니다.

이튿날 저녁에 들어오신 아빠는 저녁을 잡수신 후 엄마하고 미리 약속된 경찰서장 관사로 가서서 그 집 고양이가 낳은 막 젖 떨어진 새

끼 고양이, 암컷 한 마리를 얻어오셨는데, 집안이 낯설어 사방을 둘러보던 새끼 고양이는 조금 후 조심조심 방안을 돌아다녀 보기 시작하는데, 가만히 들여다보고 있던 나비 녀석은 제 앞에 온 새끼 고양이를 앞발로 누르고 목뒤를 가볍게 물더니 쥐 놀리듯 흔들자 겁에 질린 아기 고양이는 비명을 질렀고, 깜짝 놀란 엄마는 아기 고양이를 뺏어

"이게, 네 색시가 될 텐데 이런 짓하면 너한테 안 준다."

야단치나 나비 녀석은 아기 고양이를 빤히 들여다보고 있는 걸 아빠가

"저 녀석, 그렇게 하면 넌 내쫓고 네 처는 너한테 안 준다."

말씀하시자 나비 녀석은 듣기 싫다는 듯이 밖으로 나갔습니다.

밤새도록 나가 있던 나비 녀석은 이튿날 아침에야 안방으로 들어와서 아랫목에 드러누웠다가 아기 고양이가 곁으로 가자 앞발로 껴안고 아기 고양이 얼굴이며 머리를 핥아 주었고, 그래서 안심한 아기 고양이는 나비 녀석 꼬리도 잡아보고 등위에 올라가기도 하고 귀도 깨물어 보고 하며 장난했는데, 밤새도록 나가 있던 나비 녀석이 곤히 잠든 낮에 아기 고양이가 또 달려들어 장난하니까 나비 녀석은 앞발로 아기 고양이를 꼭 껴안아 커다란 제 품에 품고는 아기 고양이 머리를 핥아주며 달래자, 아기 고양이는 나비 녀석의 팔을 베고 낮잠에 빠져들어 곤하게 잤습니다.

정숙이가 올 적에 입은 옷뿐이고 빈손으로 왔기에, 엄마는 갈아입을 옷으로 엄마가 입던 옷을 주어 갈아입었는데 며칠 지나지 않아 엄마에게

"어머이요, 나 외출복하게 옷감 좀 끊어주우. 그래고 이러 있기 심

심하니 수놓게 수예감 좀 해주우."

하고 졸라서 엄마는 정숙이를 데리고 시장에 나가 옷감도 끊어주고 수예감과 수실을 사주었는데, 정숙이는 수예감과 수실을 기가 막히게 많이 요구해 사가지고 와서, 가져온 옷감으로 치마와 블라우스를 만들어 놓고 시장 갈 적에 입고 다녔는데, 정숙이가 온 지 닷새째 되던 날, 춘금이 아줌마가 정숙이를 보러 온 것처럼 왔다가 요구하는 것이 여름철 장마 때 품팔이도 못하니 가마니라도 짜서 팔아야 살겠기에, 가마니 짜는 기계를 살 돈이 필요하다며 엄마에게 돈 요구를 하니 엄마가 지금 집에 돈이 없는데 갑자기 어디서 돈이 생기느냐고 하니까, 이삼일 후에 정숙이를 제집에 보낼 적에 돈도 함께 보내 달라고 하면서 그렇게 해주면 가마니를 부지런히 짜서 팔아 그 돈을 갖다주겠다고 약속하고 갔는데, 이 말을 듣고 있던 정숙이는 자기 엄마가 간 뒤에

"아수우문 지가 오지 바쁜 나르 왜서 오라 그래? 내가 어래서 우떠 됐는지 아오? 여덟 살, 여덟 살이 뭐야? 여나무 살 되도록 이름으 안 제주고 있다가, 그때 가서야 이름으 제주고, 등창이 나서 고상으 할 적에도 원체 가난해서 그랬다 해도 고약 하나 안부체 주더니 이러 뱅신이 됐잖소. 그뿐인 줄 아오? 소 멕이라고 해서 소 끌고 댕기다가 이놈의 소가 내가 고삐를 잡고 있는데 힘껏 뛔서 저만치 내가 따라가다가 심이나 있소? 잘 먹지도 모한 기, 그래서 고만에 엎어져가주고 다리가 부러졌잖소. 그래서 또 고상같이 하다가 다리가 이러 크지 모해 짝째기가 됐잖소. 그래는 기 우떠 연줄연줄 해서 예양 어떤 집 아주머이하고 아저씨만 사는 집에 가게 됐잖소, 그 집 아주머니가 참 인정시

럽고 딸처럼 해주는 거르 갖다가 이놈어 어머이가 할루 오더니 쥔아주마이하고 뭐라 하더니만 고만에 대두리나게 싸우고. 나는요, 그 집 아주머이하고 정이 푹 들어서 오기 싫던데요. 그래서 막 울았잖소. 그러다가 오니까 또 지점장 집에 우떠 말했는지 글루 가라 해서 세사 가서 있다 보니 그 집 아주머이가요 쥔아저씨 몰래 아들 같은 사나드를 끌구 댕기맨서 춤추잖소 글쎄. 크단 딸이 저 어데 직장으 댕기는 딸이 있는기. 아이고, 그런 구경도 했잖소."

하고 얘기했는데, 다음날 저녁때 정숙이가 머리를 감고 나서 수건질 하는 걸 보다가 저는

"야, 머리 감으니 더 곱슬곱슬해 이쁘다. 이전 있던 집에서 월급 받아 파마했지?"

"월급? 아이구야 월급 같은 소리 한다. 뭐 나 씨라고 내뻬레둔다더냐? 월급 받을 때가 되면 우리 어머인지 뭔지 와가주고 지가 가주고 내빼잖나. 그래두 그 집에선 인심이 조화야. 그 집 아주머이가 입던 옷도 주고 화장품도 같이 썼잖나. 느 어머이 같은 기 음쌰. 니르 그러우하고 그래기에 어머이 속 쌕이지 마라. 어머니가 해주거던 아무 소리 말고 있쌰. 왜서 저 먼저께 옷 해준다 하는데도 싫다 했나? 이러 헐렁한 옷이 뭐이 좋나? 그래고 어머이보고 모재 사달라 그래. 까만 치매에 하얀 부라우스 입고 하얀 모재르 씨문 움매나 이쁠까 봐 그랬나. 그래고 날 보고 왜서 언니라 안 하나? 언니라 그래지 않고 기양 말하고 아가 못됐쌰. 지점장 집 아들은 다섯 살인 기 즈 어머이보고 뭐라 하는지 아나? 이 개간나 또 어데 가나? 춤추러 가제? 난 다 안다. 나 자동차 안 사주문 니는 알아서 해라. 아버지한테 다 이른다. 이래문

가 어머이가 쩔쩔매잖나. 그런 아도 나보고 '누나'라고 하는데 내가 여 와서 니한테 언니 소리 한 번 못 들어봤잖나."
하고 저한테 얘기했는데 이삼일 후 춘금이 아줌마가 오더니 엄마에게
"우떠됐소 예? 아도 안 보내고."
하고 엄마와 얘기하다가 엄마가 가마니 짜는 기계 살 돈을 주는 걸 본 정숙이가
"뭐 하러 완? 내가 바쁘니 안 갔지. 뭐"
"니가 뭐시 바쁘네이?"
"빨래도 하고 집 안 청소도 하고 밥도 하고."
"아이고, 야가 집에서는 그러 안 했는지 일이 너머 되지 안?"
"코 같은 소리 하지 마라. 여적지 월급도 와서 가루채더니만. 어여 가, 꼴 보기 시라."
"뭔 아가 저러 냉냉하제? 니가 암만 잘 났다 해도 내가 낳주지 않았시문 니는 우떻게 나왔나? 그래도 낼모레가 느 아버지 생일이잖나. 암만 모해도 미역국으는 끄레야 하잖나. 니 안올라나? 니 동상이 언니 보고 싶다 하고 지금도 따라온다 하는 거르 안 데리고 왔잖나."
하고 얼버무리며 수다 떨다가 갔는데 저녁때가 될 때 정숙이는 집에 가고 싶어진 모양으로 엄마한테
"어머이요, 낼모레 동상으 좀 보고 얼픈 오꺼니 좀 가게 해주. 자지는 않아요."
하고 졸라서 엄마가 허락해 주었는데 나비 녀석이 방으로 들어오더니 방금 배달된 신문을 발톱으로 찢기에 제가
"엄마, 나비가 신문 찢어."

"그래? 이 녀석, 신문을 아빠도 보시기 전에 찢으면 어떡해?"
하니 나비 녀석은 얼른 그만두고 아랫목에 드러누워 자는 척했는데 조금 있다가 아빠가 들어오시며

"나비, 잘 놀았나?"
하시는데도 평소 같으면 먼저 나서서 반갑다고 할 녀석이 자는 척하고 능청을 떨 때 신문 찢어 놓은 걸 보신 아빠가

"이건 누가 그랬나? 신문 망친 놈이 누구야? 명순아, 이 신문 네가 찢었나?"

"아니."

"그럼, 누가 찢었지? 어떤 놈이야? 어떤 놈인지 매 좀 맞아야겠다."
하시니까 자는 척하고 능청을 떨던 나비 녀석은 앞발로 제 눈을 가리고 못 들은 척하고 있기에 아빠는

"나비야, 일어나서 이것 좀 봐라."
하시니까 졸리는데 억지로 일어난 것처럼 일어나 기지개를 늘어지게 하고 난 녀석한테 아빠는 신문을 들어 코앞에 대고

"이건 누가 그랬느냐 말이다."
하시니까 내가 좀 그랬기로 그걸 가지고 하는 듯이 아빠를 쳐다보고 야옹거리더니 옷걸이에 걸려 방바닥에 닿을락 말락 한 엄마 치마를 들치고는 그 속에 들어가 숨는 것을 아빠는 웃음을 참으시며

"저 녀석 안 보면 젤이야?"
하시니까 숨어있던 나비 녀석은 그 속에서 도로 나오며 '에이, 귀찮아.'하듯 투덜거리며 진구네 집쪽 창문으로 나가버렸습니다.

재작년 여름 아빠는 십자매 한 쌍과 금화조 한 쌍을 사 오셔서 새장

을 안방 윗목에 놓아두고 기르셨는데, 작은오빠가 새장 청소도 해주고 모이도 넣어주어 돌보고 있었는데, 나비 녀석은 새를 보자 새장 앞에 가 앉아서 앞발을 쳐들고 새를 잡겠다고 하다가 엄마랑 아빠한테 꾸중을 듣고부터는 새장은 아예 거들떠보지도 않았는데, 첫 바람이 난 나비 녀석이 며칠씩 집에 안 들어오던 겨울에 아빠는 칠면조 병아리 한 쌍을 가져오셔서 방안에서 기르고 있을 때인 낮에 안방으로 들어온 나비 녀석은 병아리들을 보자 순식간에 다 잡아먹고 잘 먹었다는 듯이 세수까지 하더니, 아랫목 따뜻한 곳에서 늘어지게 잠들었다가 저녁에 아빠한테 꾸중 듣자, 아빠를 쳐다보며 '내가 좀 잡아먹었기로….' 하는 듯이 야옹거리며 투덜대다가 나갔는데, 아기 고양이를 데리고 노는 이때에도 새장은 거들떠보지도 않았고, 아기 고양이가 새장 앞으로 가거나 하면

"그건 건드리지 마라. 이리와 나하고 놀자."

하듯 야옹거리고 불러서 데리고 놀았고, 밤에 사냥한 쥐는 가죽까지 벗겨서 아기 고양이를 불러 먹이기도 했습니다.

엄마는 제가 학교에 가지 못하고 있었지만, 여학생 교복처럼 까만 스커트에 흰 블라우스를 만들어 안방 벽에다 걸어 놓아 주었는데, 아빠 사무실 주인집 아줌마가 왔다가 보고 엄마한테

"아이, 이게 누구 꺼예요? 학생도 없는데 여학생복을 걸어놨으니, 학생이 있어요?"

"아니, 우리 딸 옷이야."

"어느 딸요?"

"우리 딸이 또 있나? 저애 꺼지."

"아이고, 옷도 이뻐라."

하고 엄마와 얘기하다 갔는데, 이 아줌마도 전환자 아줌마가 나가는 감리교회의 열렬한 신자였습니다.

정숙이는 빨래를 하다가 작년 설에 제가 입었던 색동저고리와 빨간 치마를 보더니 잘 손질하여 간수해 두었다가 춘금이 아줌마가 오니까, 마침 엄마가 외출 중일 때라 마음 놓고

"어머니, 이거 막내 입히게. 맹순인 모입아."

"그래, 니가 자꾸 봤났다가 마크 날다와. 그래고 저 먼저께 니가 왔다 갔잖나. 영숙이가 뭐라 한지 아나? '허이야는 왔다 가나 마나지. 과재도 안 갖다주고 그랠라문 뭐 하러 왔나.' 이래더라. 우리 영수로 뭐라 했는지 아나? '누난지 뭔지 왔다가 바램처럼 가는 기 남어 집에 있다고 그러 자유가 음나? 어머이 매칠 무케서 보내지 왜서 하마 보내는가? 그 놈어 집구석은 사램이 집으로 간다문 아들이 이러 많은데 개눈깔이 한 개도 음고 뭔 인심이 그따구야? 어머이 걱정 말게. 내가 가서 지랄 빼문 안 그래겠지 뭐.' 하고 나세는 거르 내가 '아이구 야야, 그래지 마라.' 하고 빌고 빌고 또 빌았잖나."

하고 기고만장해서 큰 소리로 떠들고 있을 때 엄마가 열린 대문으로 들어와 현관에서 듣고 있다가

"무슨 소리야? 지랄하다가 어떻게 되려구? 혼나려면 무슨 짓을 못해?"

"아니래요, 아들이 철딱서니가 음싸서. 인제 고만에 가봐야지. 안녕히 거세우 예."

하며 당황해서 꽁지가 빠져라 달아났습니다.

이러고 포교당에 사람들이 드나들며 우리 대문 앞 골목길이 붐비더니 이튿날은 사월 초파일이 되어 아침부터 많은 사람들로 붐비더니 점심때가 조금 지나 엄마가 없을 때 길자 엄마가 와서 제게 누룽지를 주며

"이기 절에 솥골기야. 이거 먹고 니 걸으라고 내가 갖다주는 거니 먹아. 먹고 얼픈 걸어야지. 절에서 이기 세가 나는데 내가 니르 생각하고 쫌 으더 가주고 왔잖나."

하고 갔고, 누룽지 조각이 너무 딱딱해서 저는 먹을 생각도 못 했는데, 이럴 때 저는 무릎에 빈틈없이 종기가 나면서 옮기느라고 오한이 나기에 중앙병원 간호원들이 번갈아 드나들며 주사를 놓아주면서 지냈는데, 중앙병원 간호원들이 바쁠 적에는 중기 오빠가 데리고 있는 간호원이 대신 와서 주사를 놓아주었습니다.

　간호원들이 주사 놓아주러 오면 엄마는 더운 날씨에 왔다고 미숫가루도 타 주고 혹 점심때 오면 점심도 먹여 보냈기에 간호원들은 서로 다투어 오려고 했는데 이때 저나 작은오빠는 떡을 거들떠보지도 않았건만 엄마는 시루떡을 해놓고 간호원들에게나 집에 찾아오는 사람들에게 주었는데, 이날도 아빠 점심 미음을 가지고 간 엄마는 다른 볼일도 있어 한낮이 기운 때에 집으로 돌아와 진숙이와 떡을 먹고 있을 때 마침 상선이 오빠가 와서

"안녕하세요? 어머니!"

"어서 오너라. 들어오너라. 너 떡 먹을 줄 아니?"

하고 말하자 상선이 오빠는 얼른 방으로 들어와 엄마가 차려주는 떡을 맛있게 먹는 걸 보고 엄마는

"이제 봤더니 상선이가 떡을 먹을 줄 아는구나. 그래 아무거나 잘 먹어야지. 우리 창기같이 아무거나 안 먹으면 보기에도 나쁘고 미움을 사기 쉽단다. 너는 수수해서 좋다."
하며 칭찬해 주었습니다.

춘금이 아줌마는 가마니 짜는 기계 살 돈을 가져간 지 꼭 일주일밖에 안 됐는데 엄마에게 찾아와서 벌써 고장이 났다고 하며 고쳐야 한다고 돈을 요구해 엄마는 기가 막혀서 하며 수리비를 주자 부지런히 내빼는데 대문간에서 같은 동네 산다는 감자 팔러왔던 아줌마와 마주쳤는데 이 아줌마는 집에 들어와 엄마한테

"저기 우째 왔다 갔소?"

"가마니 짜는 기계가 고장이 났다고 고칠 돈을 달래서 가져갔지. 뭐"

"세사, 저것 좀 보오. 그거 산 지 매칠이나 된다고 고장 나긴 뭐가 고장 나요? 안 났싸요. 저 먼저께 내가 한 말이 우떻소? 그뿐인 줄 아오? 인제 두고 보시우. 깝데기르 홀랑 베낄 테니, 사람이 그래문 못씨는 건데."
하고 얘기하다가 엄마가 주는 시루떡을 맛있게 먹고 갔습니다.

아침 밥상을 차리려고 할 때 저는 순이 큰아버지가 저를 이쁘다고 하던 생각이 나서 아빠한테

"순이 큰아버지 왜 안 와? 어디 갔어?"

"음."

"어디?"

"저어, 저승길로 가셨다. 벌써."

"아이 언제?"

"재작년에 가셨단다."

"난 그것도 모르고 어디 갔나 했지. 우리 집에 오면 나 이쁘다고 할 텐데."

하고 나서 저는 지난날 일들이 생각나는데 언니가 여학교 선생으로 있을 때 순이 큰아버지가 오신 걸 보고

"아저씨, 오늘이 음력으로 며칠이지요?"

"오늘이 이월 스무닷새 아니냐. 그것도 모린?"

"친구가 결혼한다고 하는데 스물아홉 된 신랑이면 무슨 띠지요?"

"스물아홉이면 소띠지. 대학에서는 육갑 안 배운?"

하시고 미소를 띠시며 묻는데 옆에서 듣고 있던 엄마가

"그러게 말이에요. 대학에서 그런 것도 안 배우고 뭘 배우는지?"

하고 웃었는데 어느 초여름 날 오셔서는 엄마한테 얘기하시기를

"그놈의 작(자식)들이 속을 썩애서 내가 이놈어 작들 이러 느리대고 운제 밭에 나가 김으 매냐? 밭에 나가 봐라 하고 야단치니 마지 모해 나가서 김으 맨다고, 아이구 요새 아드르는 왜서 그닷하는지."

하고 말씀하시는데 순이 큰아버지는 자식들이라고 하지 않고 작들이라고 하셔서 제가 웃었는데 돌아가시던 해 더위가 한물갔을 무렵 포도를 따다가 드렸더니 포도를 씨째 아작아작 씹어 먹는데 엄마가

"치아가 아주 튼튼하십니다."

하니까 웃으시면서

"씨까지 먹어야 먹은 거 같지, 그래지 않으문 먹은 거 같소?"

하시던 생각도 났습니다.

큰오빠는 아빠 엄마를 속이고 정미자와 계속해 만나는 눈치니까, 엄마는 이때 학비 때문에 휴학하고 강릉에 내려와 있던 원희 오빠가 자주 왔는데, 큰오빠 일은 원희 오빠에게 물어보기도 하더니, 큰오빠가 정미자를 만나지 않도록 설득시켜 달라고 부탁하면서

"친구 중에 올바른 정신을 가진 사람은 너밖에 없어 네게 부탁한다."

"네. 힘닿는 데까지 해보는 데까지 해보지만, 본인이 들어줘야지요. 어머니, 너무 기대하지 마세요. 창기와 저는 다릅니다. 저는 제 장래를 생각하고 사귀던 애를 지금 떨쳐버리려고 애쓰는 중이고, 언젠가는 그 애도 저를 단념하겠지요. 어머니, 창기 동생이 참 애가 똑똑합니다. 제가 보기에는 앞으로 창기와 다를 겁니다. 작은아들에게 기대를 거시지요. 창기는 친구지만 좀 뭐랄까 맺고 끊는 게 없어요. 대신 이게 있습니다. 사내다운 고집 말이에요. 어떻게 보면 좀 덜됐지요. 어머니 죄송합니다."

"그러게 말이다. 아버지가 아시면 얼마나 실망하실지. 그리고 얼마나 낙심하실지. 그래서 난 걱정이란다."

하고 얘기하다가 엄마에게 인사하고 원희 오빠는 갔지만, 엄마는 아빠 듣는 데는 여전히 큰오빠 칭찬만 늘어놓기에 바빴습니다.

이러고 단오가 되니, 남대천 모래사장에 단오 터가 생겼고, 사람들이 구경하러 몰려갔는데 정숙이 아빠도 구경 왔다가 들렀다며 우리 집에 찾아와서 엄마한테 춘금이 아줌마가 자궁외임신이 되어서 빨리 병원에서 수술받아야 한다며 정숙이를 빨리 보내달라고 하면서 정숙이를 보낼 때 병원비도 함께 보내달라며 점심을 얻어먹고 갔습니다.

제집으로 가기로 한 날 아침, 밥상 설거지를 해놓고 정숙이는 그동안 바느질해서 만들어 놓았던 새 옷으로 갈아입고 찾아온 자기 아버지를 따라 단오 터 구경을 가서 한나절 보내다가 석양이 질 무렵 오더니, 그동안 해놓은 수예품이며 옷가지들을 모두 싸면서 제가 바라보고 있으니까

"이기 여 있싸야 짐만 되지. 우리 집에 가주가서 처박아야 하겠다. 이거르 갓다 놓고 오 꺼니."

"아이, 보따리 크다."

"이러 커보예도 아무것도 음싸."

"가서 오래 있을 거야?"

"가봐야지 알아. 우리 어머니가 괜찮으면 빨리 오고, 잘 있싸."

하고 엄마도 없는데 싸두었던 크고 작은 보따리들을 큰 보자기에 뭉뚱그려 싼 커다란 보따리 세 개를 하나는 머리에 이고 양손에 나누어 쥔 정숙이가 대문으로 나가는 게 이상하게 보였습니다.

이럴 때 뒷집 마당에는 가지가 늘어지게 많이 열린 앵두와 버찌가 보였지만, 남씨네는 하나 먹어보라고 주는 법이 없었고 저도 뒤꼍에 나갔다가 바라만 보았지 먹고 싶은 생각도 별로 없었습니다.

상당히 오래 있을 것 같던 정숙이는 며칠 안 있어 돌아왔는데 그 보따리는 모두 어쨌는지 빈손으로 와서

"어머이요, 집에 갔더니 우리 어머이가 멀쩡하잖소. 그래 보기만 하고 왔는데 며칠 있다가 또 오라 하잖소. 그래서 보따리를 그대로 처박아놓고 와서 갈아입을 옷이 음싸요. 우떠하문 좋소 예?"

"아무 옷이나 입어라."

하며 엄마가 옷을 찾아주니 정숙이는

"아이구, 이거는 너무 크네. 이거는 너무 작고. 우떠 입소? 입은 거는 어데 나갈 직에 입아야지."

"아무거나 입어라."

"그럼, 안 입아요."

하고 제집으로 제 옷은 모두 싸 갔으면서 새로 옷을 마련해 주지 않는데서 화가 난 정숙이는 애꿎은 펌프를 화나는 대로 요란하게 저었습니다.

며칠 있다가 이내 간다던 정숙이는 자기네 집으로 가지 않고 오래 있을 작정을 해서 엄마는 또 옷감을 끊어다 주어 옷을 만들어 입었는데 엄마한테

"어머이요, 수예품 거리 사주. 우리 어머이가 오란 말 안 하니 오래 있을 거 같아서 심심해 못 살겠소."

"그럼, 시장 갈 때 같이 가자."

하고 조금 있다가 시장 가면서 엄마는 정숙이를 데리고 나가서 또 헝겊과 색실을 사주어 왔는데 나비 녀석과 아기 고양이는 정숙이가 가져온 색실을 보더니 야옹거리며 '이게 뭐야? 참 이쁘다.' 하는 것 같이 앞발로 건드리면서 놀려고 하니까 정숙이는 화를 내며

"이 고내이 절로 안 가나?"

하며 손에 들고 있던 물건 묶어온 포장 끈으로 힘껏 때리니 아기 고양이의 눈에 맞아 눈을 못 뜨며 아프다고 보채는 것을 엄마가 보고

"저런 인정머리 없는 애 좀 봐라. 아무리 말 못 하는 짐승이라도 이렇게 때리는 데가 어디 있어?"

하며 아기 고양이를 안아 달래며 얻어맞은 눈에서 흐르는 눈물을 닦아주니 다행히 눈을 떴는데, 눈이 빨갛게 충혈된 것을 보고 엄마가
 "이거 봐라. 인정머리 없는 것과 너도 한번 이렇게 때려 보라?"
하며 정숙이를 야단쳤습니다.
 아빠는 감자를 좋아하셔서 끼니때마다 밥에 둔 감자를 한두 개씩 꼭 드셨기 때문에 정숙이는 밥 지을 때 굵은 감자를 밥 속에 두어 밥을 했지만 굵은 감자를 통째로 넣었기에 속이 제대로 무르지 않아 아빠는
 "정숙아, 밥할 적에 큰 감자는 반으로 갈라 넣어라. 그래야지, 무른 건 무르고 안무른 건 그대로 있잖으냐!"
하셔서 정숙이는 대답만은 철석같이 잘해놓고 감자를 밥에 통째로 두었다가 밥을 풀 적에 칼로 감자를 반씩 쪼개어 놓기가 일쑤였습니다.
 이럴 때 저는 아기 고양이 이름을 구슬이라고 지어 불렀는데 아빠가 아침에 나가시면서
 "나비야, 구슬이 잘 데리고 있어라. 잘 봐줘라."
하시면 나비 녀석은 아빠를 쳐다보며 '그건, 염려 마세요.' 하듯이 야옹거리며 대답했는데, 구슬이는 나비를 따라다니며 재롱을 한창 피우면서 놀다가 나비 녀석이 안방 아랫목에 가서 드러누우며
 "얘 구슬아, 이리와 낮잠 자자. 피로하잖니."
하고 부르면 구슬이는 나비 곁으로 조르르 달려가서 나비 앞발을 얼어 베고 쌔근쌔근 잠이 들었습니다.
 여름 방학을 맞은 큰오빠는 집에 내려와 있었고, 얼마 뒤 작은오빠도 방학이 되었지만 고등학교 삼 학년이어서 과외 공부하러 학교에

아침 일찍 왔다가 저녁에 돌아오고 하며 놀지 못하고 있을 때, 큰오빠에게 원희 오빠가 놀러 와서 놀다가 아무도 없을 때 원희 오빠는
 "창기야, 내 말 잘 들어봐."
하고 영어로 얘기하는 걸 듣고 있다가 큰오빠는 영어로 대답하기도 하고 때로는 우리말로
 "너나 잘해 이 자식, 남의 걱정하지 말고."
하고 신경질까지 냈는데 아무것도 모르는 제 눈에도 정미자와 사귀지 말라고 말해주는 눈치여서 원희 오빠가 고맙게 생각되었는데, 하루는 광수 오빠 애인인 강영애가 광수 오빠하고 와서 놀다가 정숙이를 보고는 갈 때 엄마에게
 "저 애가 여기 있어요? 여기 온 지 얼마나 돼요? 그럼 안녕히 계세요."
하고 엄마에게 묻더니 공손하게 인사하고 갔습니다.
 그러나 엄마가 눈여겨 두고 봐도 큰오빠는 정미자와 여전히 편지질하고 있는 걸 보고 안방 앞마당 쪽 새장 옆 창문틀에 걸터앉아 있는 큰오빠한테 정미자와의 관계를 추궁하면서 야단치기 시작하니까, 처음에는 극구 부인하던 큰오빠는 꼼짝없는 증거가 드러나자 비웃음마저 입가에 올리고 엄마에게 대들다가 발길로 새장을 냅다 걷어차서 새 모이며 물그릇의 물이며 새장 바닥의 모래가 방바닥으로 하나 가득 흩어져서 화가 난 엄마는 큰방으로 건너가
 "내가 이것을 받아 놓은 것이 불찰이다."
하며 정미자가 보내온 인형을 들고나와 현관 밖으로 휙 던지니 유리상자는 산산조각이 났고, 이것을 본 큰오빠는 미친놈같이 되어 엄마

한테 죽고 싶으냐고 하며 엄마를 붙들고 목욕탕으로 끌고 가서 엄마 목을 조르다가 그만두고, 맨발로 뛰어나가 굴러떨어진 인형을 집어다가 감추는데, 이런 난리의 와중에서 극도로 흥분되어 있는 저를 정숙이가 업고 뒤꼍으로 나가더니

"사램 같은 거 우쨌나?"

"뭐? 너 정신이 있니? 내가 그걸 볼 정신이나 있어?"

"그램, 어데 갔나? 아끔에 니 업고 오다 보니 음더라."

"그건 왜 찾니?"

"이쁘잖나."

했는데 큰오빠는 이때부터 패륜아가 되어갈 기미를 보이기 시작했지만, 아무튼 엄마는 믿었던 아들에게 당한 배신으로 속이 상해 어쩔 줄 몰라 하며 큰오빠를 야단쳤고, 큰오빠는 이토록 부모를 속였으면서도 엄마에게 대들며 한참 싸우다가 무슨 마음에서인지 울면서 엄마한테

"어머니, 제가 잘못했습니다. 다시는 안 만나겠습니다. 두고 보세요. 저도 사냅니다. 용서하세요. 다시는 그 애와 안 만나겠습니다."

하고 빌면서 울다가 잠이 들었고, 큰오빠의 이 말에 속은 엄마는 마음이 편안해져 시장으로 장 보러 나가서 생선을 사가지고 돌아와 저녁 준비에 바빴는데, 하필이면 이럴 때 정숙이는 자기 집으로 간다고 보따리를 싸가지고 나서니 엄마가 보고

"그래, 갔다 와서 또 옷 해달라고 하지 마라. 저무득 네 집으로 옷을 가져다 두고 빈손으로 와서 또 옷 타령이나 하면 무슨 수로 그 옷을 다 만드니? 그리고 갈려거든 아주 가거라."

"어머어요, 갔다가 금방 와요. 이 보따리는 여 놔둬야 짐만 되잖소. 그래니 입을 옷만 냉게 놓고 이거 갖다 두고 얼픈 와요. 이 기요 딴 기 아니고 수놓은 거래요."
하며 보따리를 풀어 옷은 내놓고 도로 싸 들고 부지런히 갔다가 제 말대로 일찍 돌아오면서 치마 하나와 블라우스 하나를 가져왔습니다.

정숙이가 제집에 다녀온 지 며칠도 안 됐을 때인 어느 날 아침에 정숙이의 사내 동생 애가 왔는데 잘되어야 열네댓 되어 보이는 애가 불량한 태도로 현관밖에 선 채 엄마에게

"우리 어머니가요, 아가 까꿀로 배겠다 해서 동제병원에 입원으 했는데 아르 꺼내고 보니 언니 집이 맹해서 그그르 꺼내야 산다 하잖소. 이 일으 우떠하면 좋소 예? 배기다 모해 아버지가 일루 가보라 해서 왔잖소."

"정숙이가 너희 집에 갔다 온 지 며칠 됐지? 그럴 적엔 아무렇지 않다가 이제 와서 이 무슨 거짓말이냐? 나하고 같이 가서 동제병원 의사에게 알아볼까. 그러려거든 네 누나를 아주 데려가거라. 애가 없어서 그런 집 애를 두겠니?"

하고 야단치자, 이 사내애는 화가 나서 제 누나한테 큰 소리로

"찍소리 말고 가마이 처배케 있지 모하고 니가 뭐이 잘 났다고 댕기맨서 떠드나? 개소리 말고 가마이 좀 있싸."

하고 소리치더니 불량스럽기 짝이 없는 태도로 부리나케 갔습니다.

이러고 며칠 뒤 춘금이 아줌마가 오더니 엄마한테

"내가 아르 밴지 여덟 달 만에 그러 됐는기 동제 병원에 가니 아기집으 드러내야 산다지 않소. 그래니 우떠하오? 급해서 이우제서 돈으

최가주고 수술으 받는데 으사가 고무장갑은 이러 끼우고 내 배르 째더니 아르 꺼내놓고 아기 집으 이러(흡사 씻고 있는 푸성귀를 두 손으로 건져내 듯 시늉을 해 보이며) 들아내는데 나는 고만에 아파서 소리소리 질렀잖소. 그러 소래기르 지르다가 수술이 다 됐다 해서 꺼내는 언나르 안고 집으로 갔더니 아 글쎄 언니가 죽습니다. 그래니 이거르 본 동네 사람들으는 아이고 고추가 아깝구만. 이래고 떠돌잖소."

하고 있지도 않은 수술받던 얘기를 장황하게 늘어놓으면서 아팠다는 대목에 가서는 그 쪼끄만 눈을 꼭꼭 감으며 떠들다가 수술비로 꾸어 쓴 돈이 급하기에 찾아왔으니 마련해 달라고 입술에 침도 안 바르고 조르는 걸 엄마가 듣다가

"얘 춘금아, 자식 하나 남에게 맡기고 그 자식 뼈까지 갈아 먹는 그런 어미·아비가 세상에 어디 있니? 네가 병원에서 애기 집을 드러냈다면 지금 내 앞에 이렇게 올 수 있니? 네 수술 자국을 보여라. 몸도 성치 않은 애를 이렇게 이용해야 하겠니? 그리고 내 들으니, 저번에는 명순이 설빔으로 했던 한복을 한 번밖에 입지 않은 것도 내 허락 없이 가져갔다며? 가마니 짜는 기계를 사주면 부지런히 일해서 갖다 갚는다고 하더니 그건 고사하고 뭐가 어쩌고 어째? 그런 짓 말아라. 죄 받는다. 내가 아이가 없어 네 자식을 갖다 두겠니? 이러려거든 당장 데려가거라."

"야, 잘못했싸요. 인제는 다시 안 그래요."

"안 그러나 마나 난 너 하는 짓이 정떨어졌으니 이제는 네 자식을 안 둘린다."

"다 내 잘못했씨니 며칠만 두고 부리시우."

하며 내뺐는데 며칠 후 겨울에 땔 통나무들을 사서 장작 패는 날인데 인부들이 많이 와서 톱질하고 장작을 빠갤 때 점심때가 되어 밥과 반찬을 하느라고 바쁜 때에 정숙이는 일할 생각은 않고 화장하고 앉았더니 보따리를 꾸려가지고 자기 집으로 갔다 온다고 나서는 것을 아무 말 하지 않고 보고만 있던 엄마가

"그래, 잘 가거라. 이것이 마지막이니까 이제 다시 오지 마라."

"어머이요, 왜서 그래시우?"

"왜 그러긴 왜 그래? 넌 오지 말라면 안 오면 될 게 아니냐? 이렇게 바쁜 날 집에 간다는 애를 또 오라겠니? 빨리 가거라."

하고 엄마는 정숙이를 보내놓고 시장에 나갔다가 푸성귀 필러 온 햇갱이 엄마를 데려와 점심 준비를 시켰습니다.

인부들에게 점심을 차려주고 나서 엄마는 햇갱이 엄마더러

"그동안 왜 안 왔는가?"

"저 먼저께 왔더니만 아 그놈아가 우떠두 맹하게 구는지 속이 올라와서 꼴 보기 시라 안 왔잖소. 가가 갔시니 인제는 자주 와서 일해 드래야지 뭐요."

하고 얘기했는데 인부들이 점심을 먹고 나서 설거지해 놓고 새참도 해서 먹이고 저녁까지 해놓고 간다고 하기에 저녁밥 먹고 가라고 하니까

"아끔에 마시운 거르 우떠두 마이 먹았는지 배가 안 꺼자 못 먹겠잖소."

하니까 엄마는 돈을 가져다주면서

"이거 가져가 아쉬운데 쓰게."

"야, 뭔 돈으르 이러 주시우, 우리 첨지가 그래지 않아도 여 오지 못해 하는 기 아들이 못 가게 하잖소. 늘궁이가 뭐 남어 집에 가나고 하면서 가문 우떠 생각하는지도 모리고 읍신예기라고, 이래서 모오잖소."

"그 애들이 몰라서 그렇지. 옛날부터 드나들었는데, 업신여기긴 왜 업신여겨? 오고 싶거든 오라고 그러게. 애들 말 듣지 말고, 원 별소리 다 한다."

"야, 그래지요 뭐."

하고 갔습니다.

큰오빠는 정미자 일 때문에 엄마와 싸우고 나서 엄마 일을 도와 펌프 물도 길어주고 엄마가 바쁠 때면 설거지도 대신 해놓고 소제도 하면서 엄마의 환심을 사느라고 듣기 좋은 말만 하면서 엄마가 누워있으면

"어머니 피로하시지요?"

하면서 엄마의 다리도 주물러 주어 엄마는 이전의 착한 아들로 돌아왔다고 좋아하며 안심했습니다.

3. 죄악   143

Chapter 4

두 번째 시련

두 번째 시련

큰오빠가 착해진 바로 이때 전에 같이 있으면서 저를 그토록 괴롭힌 마귀 같은 순현이가 무더운 여름 날씨에 찾아와서
"여 있을 때가 젤 조핫잖소. 그래니 모잇아서 이러 또 왔잖소. 햇수로는 삼 년이라 하지만 달수로는 일 년 배께 안 돼요. 내가 여 있실 때 언니하고 마이 싸왔지만 지금은 좀 커서 안 그래요."
하고서 시키지도 않았는데 소제도 하고 빨래도 깨끗이 해놓고 눈치 빠르게 엄마의 일을 거들며 저녁밥까지 해놓고는 아직 해지기도 전인데 저녁밥을 먹고 갔습니다.
이렇게 순현이가 드나들고부터 온 집 안 구석구석까지 윤이 나게 깨끗해지고 엄마는 편해진 반면에 저는 이전에 이 애에게서 받던 괴롭힘이 소름 끼쳐져서 순현이가 오는 걸 싫어할 때 큰오빠가 저한테
"순현이가 고생을 많이 해봐서 이제는 그때처럼 나쁘게 안 할 거야. 그러니까 엄마 하라는 대로 해."
하고 설득시켰는데 순현이는 올 적마다
"아주머니, 뭐 할 일이 요것뿐이요? 있거던 내놓으시우."
하고 몸을 안 아끼고 재빨리 깨끗이 해놓았습니다.
정숙이가 자기 집으로 아주 가기 얼마 전인데 바람난 수고양이가 우리 집 구슬이 아가씨를 찾아왔다가 나비 녀석과 싸우고 있는 것을 정숙이가 용케도 붙잡아 목을 매어 놓은 것을 엄마가 끌러주다가 이

고양이가 엄마의 오른 팔목을 물어 엄마는 중앙병원으로 갔더니 외상 치료만 해주었는데, 뚫린 자리에서 진물이 흐르면서 저리고 아파서 중화당 한약방에 갔더니 박하잎을 짓찧어 붙이라고 해서 그대로 했더니 진물이 몹시 흐르면서 저리고 아픈 통증이 가라앉으며 낫기 시작했는데, 한창 엄마가 고통을 받을 적에 우리 집에 드나들던 촌 아낙네들은

"아이고 큰 탈 났네. 고내이한테 깨물리문 약이 음데요. 슥달 만에 고내이 소리 하맨서 죽는대요."

하고 들어줄 수 없는 소리도 했는데 정숙이가 다시는 오지 말라는 엄마의 말을 듣고 갔다가 삼일 후에 온 것을 엄마가 너희 집으로 돌아가라는 말을 듣고 내키지 않는 발걸음으로 돌아가서 제 부모를 보고

"괘니 남 팬 하게 있는 거르 있지 모하게 돈을 울궈 내니라고 해서 나는 월급도 타지 못하게 맨드라 가주고 나는 우떠하라고, 어머이 아버지가 아니라 원수야."

하고 원망하더라고 이웃에 사는 감자 팔러 왔던 아낙네가 와서 얘기하며

"아르 두거던요. 잘 보고 그 어머이 아버지도 보고 두시우. 그래지 않으문 깝데기 홀랑 벗아요."

하며 밥을 얻어먹고는 팔다 남은 복숭아를 내놓고 갔습니다.

이럴 때 저녁에 놀러 왔던 원희 오빠는

"내가 명순이 구경 좀 시켜줘야지."

하고 저를 업고 극장으로 갔는데 사람들이 어찌나 많았던지 자리를 못 잡아 원희 오빠는 저를 업은 채 영화를 보는데 코미디 영화여서 구

경하는 사람들은 우습다고 웃어댔는데 영화 속의 주인공은 어떤 집에서 나오며

"이 빵이 참 맛있어."

하며 바보스러운 표정과 몸짓으로 조금씩 깨물어 먹는 걸 보고 나들 우습다고 극장 안이 떠나가라 웃는데, 영화 속에서는 할아버지 차림의 희극배우가 등장해서 손에 든 빵을 휙 뺏어 한입에 처넣고 먹는 게 보였고, 저도 훗날 알게 되었지만 영화 속의 배우들은 이때 유명해서 아이들까지 모두 알고 있는 희극 배우들이었습니다.

순현이는 매일같이 와서 엄마 일을 도우며 환심을 사다가 끝내 큰오빠가 방학이 끝나 서울에 갈 무렵 우리 집에 아주 와있게 되었는데, 큰오빠가 서울로 간 뒤에는 마귀 같은 얼굴에 표정마저 화난 것 같이 뾰로통해 가지고 있었습니다.

이러고 순현이는 그동안 한글도 배웠다며 신문이고 제가 보는 책이고 본다며 더듬거리면서 듣기 싫게 읽기도 하다가 낮에 아무도 없을 때면 어려서 와는 전혀 다르게 포악하게 굴면서 저를 괴롭히는 것을 재미로 삼고 있었습니다.

이럴 때도 엄마는 저녁밥 먹은 후 저를 걸음마 시키느라고 새 옷으로 갈아입히고 거리로 나가 저를 걸리다가 양과점으로 들어가 힘들어하는 저를 쉬게 하면서 아이스크림을 사주며 저를 부축해 따라온 순현이 보고

"봐라. 내가 이것을 왜 사주는지 아니? 언니한테 잘하라고 그래서 사주는 거야."

"예, 잘하고말고요. 그래지 않아도 잘해요."

4. 두 번째 시련 147

하고 거짓말을 하면서 아이스크림을 열심히 퍼먹었습니다.

　그러나 순현이는 저를 날마다 괴롭히면서 엄마가 들어올 때쯤이면 저한테 협박하기를

　"느 어머이한테 이르기만 해라. 그래문 담에 더 못살게 한다."

하며 치째진 눈을 흘기면서 흉악한 표정이 되어 있었고, 이러면서 매일 저를 괴롭혔는데 이렇게 저를 괴롭히느라고 순현이는 일하는 것도 엄마가 나갔다 들어올 때쯤 돼서야 그때까지 내버려두었던 설거지를 마지못해 했는데, 엄마는 밥하기 몇 시간 전부터 쌀을 씻어 놓아 불은 쌀로 밥을 짓기 때문에 순현이한테도 그렇게 시켰지만 순현이는 저를 괴롭히느라고 그때까지 안 하던 일을 하다가 엄마에게 들켜 혼나면 그 화풀이로 저를 더욱 못살게 하기가 일쑤였는데, 이러다가도 저녁때만 되면 낮에 저를 괴롭히던 게 금방 바뀌어 언제 그랬더냐? 싶게 저에게 잘해주는 척했습니다.

　이러던 어느 날 저녁에 엄마가 저를 데리고 나가서 거닐다가 경안 집으로 갔더니 경안 집 며느리가 저를 맞아드려 침대에 앉혀놓고는

　"이기 출렁출렁하는 거 모리지?"

하며 손으로 침대를 꾹꾹 누르니 제가 앉은 자리가 말대로 올라갔다 내려갔다 하는 것을 느끼며 앉았는데 경안 집 아들이 들어오다가 저를 보고

　"귀한 손님이 왔는데, 대접 좀 해라."

하고 말하자 경안 집 며느리는 과자와 사탕을 내놓았지만 제가 잘 안 먹으니까 밖에 나가서 금방 과일을 사다가 복숭아, 참외, 수박을 모두 깎아서 내놓는 걸 순현이까지 맛있게 실컷 먹고 돌아왔습니다.

이런 일이 있고 나서 며칠 안 되어 이날도 저녁에 엄마는 저를 걸리기 위해 현관으로 나가서 대문으로 가는데 어떤 사내애가 들어서며
　　"여기가 대서 보는 집이 맞아요?"
하는데 엄마의 작은고모 막내딸 우이숙 아줌마가 세 살짜리 딸을 업고 들어서며
　　"아이구, 나는 성 집을 찾느라고 애가 마를 뻔했어. 여긴 줄 모르고 저 위에 가서 찾느라고 헤맸지 뭐유."
했는데 집을 가르쳐준 사내애는 즉시 가고 없었고, 엄마는 이숙이 아줌마보고
　　"그래, 어서 오너라. 어떻게 이렇게 왔니?"
　　"집에 있어야 할 일도 없고 심심해서 성이 어떻게 사나? 보고 싶어서 내가 애를 쓰고 왔어요."
　　"그래, 저녁밥이나 먹어라."
하고서 순현이를 시켜서 밥을 차려주어 먹고 나서 제 서방이 못났다고 푸념하기에 엄마가
　　"이 서방이 어때서? 무던한 사람인데, 남편 탓하지 마라."
　　"성은 또 그런 소리…."
하고 중간 방에서 얘기하다가 이숙이 아줌마는 엄마한테
　　"성, 나 어디서 자우?"
　　"이 방에서 자라. 이부자리 갖다줄게."
　　"이부자리는 뭔 이부자리, 포대기나 하나 주세요."
　　"그래도 애기가 있는데."
　　"아이, 괜찮아요."

애기가 우이숙 아줌마에게 안기니 젖을 주는데 애기를 들여다보며 엄마는 이쁘다고 머리를 쓸어주면서

"애 이름이 뭐니?"

"순애예요."

"아이, 순애가 이렇게 왔는데 내가 맛있는 것 해줘야지. 잘 자거라."

하고 엄마는 저를 데리고 안방으로 건너왔습니다.

피부가 하얀 순애는 이쁘게 재롱을 떠느라고 하얗고 조그만 손을 이마에 대고

"만~"

하고 재롱을 떨었는데 마귀 같은 순현이는 우이숙 아줌마가 보고 있는 앞에서도 저를 괴롭히는데, 그것을 보고 있으면서도 이숙이 아줌마는 야단 한마디 안치고 오히려 저에게 하는 소리가

"얘, 너 엄마 생각하고 그저 참아야 한다."

하니까 이 말을 들은 마귀 같은 순현이는

"고거 바라. 저 아주머니가 저래잖나."

하며 순애를 업어주며 더 잘 보아주었습니다.

이렇게 되니 우이숙 아줌마는 옳고 그른 것은 생각 밖이고 당장 눈앞에 보이는 이익 때문에 저는 희생시키고 오히려 순현이를 감싸며 엄마가 들어오니

"성, 글쎄 명순이가 저 애를 막 다구쳐 못살게 합니다."

"아니다. 저 애가 버릇이 못됐다. 그래서 우리 딸이 엄마 생각을 하고 잘 참는다. 넌 알지도 못하면서 저 애를 감싸니?"

하고서 아빠의 점심 미음을 준비하여 가지고 나가려고 하면서
"이숙아 점심 먹어라. 애들하고 같이."
하고는 부지런히 갔습니다.

이럴 때 작은오빠는 이른 아침에 학교에 가면 저녁 어두워질 때에 집으로 왔는데 틈이 있으면 제가 하는 얘기를 듣고 순현이를 부르면 순현이는 마지못해 작은오빠에게 가면서 저한테 눈을 흘기며 두고 보자는 식으로 가서 때로는 팔을 들고 벌을 설 때도 있었고 때로는 종아리를 맞고 다리를 절며 나왔지만, 그 이튿날이면 순현이는 지난밤 혼난 것은 생각지 않고 여전히 저를 못 견디게 약을 올려놓고는 제가 대꾸라도 할 눈치면 말을 못하게 하느라고 옆에서 시끄럽게 떠들어 제 정신을 쑥 뽑아놓기가 일쑤였습니다.

우이숙 아줌마가 온 지 사흘째였는데 엄마가 말하는 대로 홑이불도 빨고 다른 빨래도 빨고 했지만, 이숙이 아줌마는 아침 늦도록 자다가 엄마가 부엌에 나가 아침밥을 짓고 반찬을 만들고 있을 때에야 부스스 일어나 순애를 업고 뒤꼍으로 나가 왔다 갔다 하다가 아침 밥상을 차려놓고 엄마가
"이숙아 밥 먹자."
해야지 겨우 방으로 들어왔는데 보다 못한 엄마는 아침밥 먹은 후 집안이 조용할 때 이숙이 아줌마에게
"너는 네 집에서 하던 버릇 오나가나 하는구나. 늙으신 어머니 밥 시켜 먹고 너는 애기나 업고 할 일 없이 왔다 갔다 하는 것을 여기서도 하니, 너는 형부 보기가 부끄럽지도 않니? 형부가 있거나 말거나

애나 끼고 늦도록 자고 나서 애를 업구 왔다 갔다 하게."
하며 야단했습니다.

이러다가 이숙이 아줌마는 옥형이네 집으로 가서 한 사흘 있다가 오더니 간다고 하며 엄마에게 잃어버린 손수레 타령을 했지만, 엄마는 들어주지 않고 순애를 위해 원피스를 사다가 입히니 말도 못하는 순애는 좋아서 제 옷을 내려다보고 또 보고 하는 것을 보고 엄마가
"아이고, 고것도 눈이라고 새 옷은 좋아서."
하며 떡 한다고 떡살을 기가 막히게 담가서 이숙이 아줌마보고
"떡이나 가져가렴."
하고 이숙이 아줌마에게 머리에 이게 해서 방앗간으로 가져가 떡쌀을 찧어다가 떡을 하는데 마침 귀자와 정남이 언니가 왔다가 금방 한 떡을 먹는데 순애가 가까이 있으니까 정남이 언니는 이쁘다며 이리 오라고 부르니 귀자는 싫어하는 고약한 표정이 되어
"어머이, 뭐 하러 오라 하는가? 남어 아르. 푼사가 음싸."
하여 제 엄마인 정남이 언니에게 눈을 흘겼습니다.

이럴 때 귀자는 작은오빠가 다니는 고등학교 선생과 결혼을 한 지 반년이 조금 더 됐을 때인데 귀자가 결혼하고 며칠 지나서 엄마는 두 내외를 불러서 저녁 식사를 했는데 귀자 남편은 작은오빠보고
"아무리 아저씨지만 잘못하면 내가 때릴 수도 있다."
하며 무슨 이유 때문인지 이런 말을 한 귀자 남편은 작은오빠가 졸업할 때까지 수학 과목은 다른 선생님에게서 배웠다고 했습니다.

우이숙 아줌마가 서울로 떠나기 전날 엄마는 온 식구들의 안 입는 옷을 찾아서 보따리를 싸주느라고 바쁘게 움직이고 있을 때인 오전

열 시쯤일 때 경안 집 작은아들이 오더니 엄마한테

"밥이 있소? 밥 있거던 한술 주. 하, 참. 디루와서. 지가 나가 돈을 번다고 날 가주고 학대하고 내쫓았잖소. 글쎄 내가 자다가 일어나서야, 밥 좀 가주오너라 했더니만 밥이 어데 있나고, 한나절 되도록 여적지 자빠져 자고 밥으 먹을 염체가 있나고 이래더니 인제부터는 나가서 벌아먹던지 우떠하던지 나가. 꼴 보기 시라. 이래잖소. 참 디루와서."

이러면서 한숨을 치쉬고 내리쉬고 하면서 있다가 엄마가 주는 밥을 먹고 나더니 엄마한테

"우리 행수나 어머이가 오거던 이 얘기 하지 마시우."

했는데 마침 볼일이 있어 지나가던 경안 집 큰며느리가 들렀다가 보더니

"잉? 우짼 일이제? 왜서 여 와서 밥 으더 먹소? 그러 늦잠만 자더니 마누래한테 쪼깨나더니. 앞으로 우떠 할 작정이요?"

"글쎄."

"글쎄고 뭐고 마누래한테 가서 빌우. 혼자 가기 뭐하거던 나하고 같이 갑시다."

하며 저에게 과일 사다 대접하던 경안 집 큰며느리는 시동생을 끌고 가는 것을 보더니 이숙이 아줌마가

"아이구, 저래 가지고 어떻게 살우?"

하고 평소 자신의 행실은 생각하지 않으니 엄마는

"남의 소리 한다. 넌 어떻니? 그렇게 많은 식구를 벌어먹이는 이 서방을 쩍하면 못났느니, 저런 서방하고 사는 내가 뭐 어떻다느니 하고

남편 탓만 했지. 네 복이 없어서 그렇다고 생각이나 해봤니? 그러면서 남은 가지고 어쩌고 어쩌고 하느냐?"
하고 나무랐는데 이럴 때 아빠와 엄마는 앞으로 작은오빠도 공부를 해야 했기에 서울에다 오빠들이 공부하며 있을 집을 지을 생각으로 언니네하고 불광동에 대지를 한 필지씩 장만해 놓았는데 언니네가 회기동에 집을 짓는다고 돈이 필요하대서 대지를 처분하기 위해 이튿날 이숙이 아줌마를 데리고 서울로 갔습니다.
　엄마가 없으니 순현이는 마음 놓고 저를 더욱 괴롭히다가 그것도 지쳤는지 한낮에 저한테 얘기하기를
"내가 느 집에 있다가 우리 어머이 집에 가서 며칠 있다가 서울로 갔잖나. 가서 보니 우리 오라버댁이 아 낳니라고 방안에서 가마이 있더니 갑제기 아프다고 나보고, 야 산파르 얼픈 불러와. 이래니 내가 우떠 불러오나? 그래서 가마이 있시라고 그랬더니 아 지랄을 하잖나. 그래다가 지 서방이 들어오면서 산파르 데루구 와서 그래 아르 낳잖나. 나는 그 치닥거리 다 하고 나니 있는 맥이 다 빠자서. 그때가 겨울 기야 야. 바램으 쐬고 온다 하고 어정어정 백으로 나갔다가 길으 이레 베랬잖나. 그래 가주고 그것들이 나르 이레 베랬다고 지서 순갱으 내세 와서 나르 붙잡아 이림도 묻고 왜서 나왔나 하고 묻잖나. 그래서 시른 집에 도로 들어갔더니, 아 두 내우가 지랄으 하잖나. 니 때문에 순갱한테 돈을 줬다고 하면서 그래더니 나보고 그랠라거던 얼픈 가라 하면서 니 놈어 지지바는 집에 둘 수 음따고 아래더니 그 오라버댁이 되판 지랄 빼잖나. 그래다가 그 길로 왔싸 야."
　이렇게 떠들고 있다가 갑자기

"느 오빤 왜서 때리문 대남구로 때리나? 대남구가 뭔지 아나? 무당이 신이 내릴 직에 큰 대남구로 잡고 막 이러 흔들잖나. 이 대남구로 사램으 때리문 사램이 바짝 마르잖나."

하면서 먼지떨이를 늘고 막 흔들년서 뭐라고 중얼내미 무당 흉내를 냈습니다. 우리 집 큰방 쪽 옆집은 남씨네가 뒷집으로 이사 갈 때 팔아서 그 집으로 이사 온 집은 고무신 가게를 했기에 우리는 고무신 집이라고 불렀고 이 집에는 두 남매가 아직 국민학교에 다녔고 심부름하는 애가 있어 아이들이 학교에 간 뒤면 혼자서 있었는데 제가 현관에서 신을 신고 앞마당으로 해서 큰방 옆 담장 사이로 해서 뒷마당으로 가려고 할 때 저희 집 판자 틈으로 저를 보고 묻기를

"야, 느네 큰오빠가 바램이 났제? 전축으 그러 씨끄롭게 돌아놔서 밤에 잘라 하문 귀가 아파야."

하고 얘기하더니 올봄에는 저한테

"야, 느 전축 팔아먹았나? 음매 받고 팔아먹았나? 누귀한테 팔아먹았나? 아이구야, 전축이 음씨니 참 조화야?"

이렇게 말하던 애가 순현이 하고 사귀더니 순현이는 아침밥만 먹으면 밥상도 안 치우고 이 애와 수다를 떨며 노느라고 정신이 없었고 저는 그러는 동안이나마 편안히 있으면서 공상하면서 나비 녀석과 구슬이가 노는 것을 바라보다가 같이 재미있게 노는 걸 보고 있노라면 어느새 마귀 같은 순현이가 와서 저한테

"니 머리 빗게 주래?"

하고서 제 머리를 벗겨놓고 핀을 꽂아준다며. 머리카락 한 올만 골라서 무거운 장식 핀을 매달아 놓으니 저는 머리카락이 땅겨 아프고 귀

찮은데, 귀찮은 데다가 계속되는 고통에 짜증이 나서 화를 내게 되면 순현이는 재미있어하며 새로 꽂아준다며 역시 첫 번과 같이 해주어 저는 고통과 화 때문에 참다 참다 못해서 울음을 터뜨렸고 참았던 감정이 일시에 폭발되어 온 동네가 떠나가라 울어서 옆집 진구 아빠는 순현이의 못된 것을 알고 있는 데다가 매일같이 제 울음소리를 듣게 되니 점심 먹으러 들어왔다가

"이놈어 지지바, 아르 왜서 저러 울리나? 이놈어 지지바르 내가 가마이 놔둘 수가 음싸."

하고 벌떡 일어서면 진구 낳은 엄마가 진구 아빠의 허리춤을 붙들고 달려왔는데 이때 또 제 울음소리가 나니까 진구 아빠는

"제집에서는 아르 잡을라 하나? 저런 지지바르 뭐 하러 둬가주고 암만 생각해도 모리겠싸."

하고 화를 내면서 진구 낳은 엄마를 보고

"야, 니가 가만가만 가봐라. 가보고 아놈어 지지바르 혼띠미 씨게 놔라. 암만 생각으 해도 안 되겠싸."

"아이, 남어집 아르 우떠 하우? 어여 즘슴이나 잡수."

하고 얘기를 주고받았다는데 이럴 때 순현이의 못된 짓을 방관만 하며 제 호소 같은 건 들은 체도 않는 엄마의 처사는 진구 아빠가 아무리 생각해도 모르겠다고 한 것처럼 저도 늙어가는 나이인 지금 생각해도 도저히 이해할 수 없습니다.

견디다 못한 저는 늘 학교에서 늦게 돌아오는 작은오빠에게 얘기하니 제 얘기를 다 듣고 난 작은오빠는 순현이를 혼내주었는데 매 맞고 울던 순현이는 자기 집으로 간다고 나서는 걸 붙들어 놓고 작은오

빠는 아빠가 들어오신 뒤 아빠한테 전후 사실을 자세하게 말씀드리니 다 듣고 나신 아빠는

"네 못된 짓은 생각하지 않고 애비 없는 자식이라는 그 표를 하려고 네가 그런 짓을 하느냐? 여기서 올바로 잘 자라 시집가면 못 쓰셌기에 그러느냐? 갈려거든 가거라. 너 같은 애는 내 집에 둘 수 없다."

하시고 순현이를 눈이 빠져라 꾸중하셨지만, 다음 날이면 저는 순현이에게서 지옥의 고통을 겪어야 했는데, 엄마는 예상보다 일찍이 서울에서 돌아와 평소와 같이 아침이면 아빠 사무실로 나갔다가 점심때가 되어서야 들어와 아빠의 점심 미음을 만들어 가지고 또 나갔다가 저녁때가 되어 갈 때에야 들어와서 시장에 갔다가 돌아와 저녁 반찬을 해서 아빠 들어오시면 온 식구가 저녁밥을 먹고 나서 엄마는 하루의 피로를 푸느라고 누워 쉬고 있을 때 마귀 같은 순현이는 미리 계획한 것이 있는 눈치로 엄마한테

"어머이요, 언니가 갑갑해하잖소. 그래서 내가 잘 데루 댕기께. 나가게 해주."

하며 가장 저를 위하는 척하고 말하니 엄마는 순현이의 얼굴에 순간 떠올랐다가 사라진 간악한 표정을 못 보았는지

"너, 참 잘한 생각이다. 그러지 않아도 내가 바쁘고 고단해서 언니를 못 데리고 나가면 걸음이 줄까 봐 걱정했다."

하기에 저는 순현이에게 어떤 괴로움을 받을지 몰라서

"엄마, 싫어. 엄마하고 나가면 나갔지 싫어."

"엄마하고 어떻게 나가니? 엄마가 이렇게 고단한데."

"그럼, 관두는 거지 뭐. 엄마, 아까 낮에 어떤 일이 있었는지 알아?

저 계집애 안 내보내면 나 죽을 줄 알아. 점점 더하다."
하고 말하다가 낮에 제가 순현이에게 당했던 참혹하기까지 한 일들 때문에 울화가 걷잡을 수 없이 치밀어 우니까 엄마는

"세상을 살다 보면 이보다 더한 일이 있단다. 미리 겪어봐야 어려운 일을 이길 수 있지. 곱게 있다가 이보다 더한 어려운 일을 당해 봐라 어떻게 살겠니? 그러니까 네가 참아라."
하고 말하는 것을 듣게 되니 저는 더구나 속이 상해서 큰 소리로 울었고, 이때 엄마의 말은 훗날 엄마 자신과 저와 작은오빠까지 모두 겪어야 할 예언일 줄은 엄마 자신도 몰랐습니다.

아무튼 제가 더욱 큰 소리로 울어대자 화를 내며 엄마는 저를 때려주다가 재미있다는 표정으로 구경하며 생글거리는 순현이 보고

"너는 왜 사람을 볶아야 하니? 또 이렇게 볶을 테냐?"
하고 엄마가 물으니 순현이는 갑자기 화를 발칵 내며

"안 돼요. 안 그랠라 해도 안 돼요. 나는요 그저 사람을 볶아야 해요. 그래지 않으문 내가 가마이 있지만 모하게 돼요."
하고 기막힌 실토를 했는데 듣기에 소름 끼치는 말이었지만 지금 생각하면 순현이의 마음에서 우러나오는 참으로 정직한 실토였다고 생각되며 마귀의 도구가 되어 어려서부터 이렇게 자란 순현이는 끝내 제 갈등을 이겨내지 못하고 젊은 나이에 추악한 생애를 자살로써 마감했습니다.

이렇게 순현이는 자신도 알지 못하고 마귀가 시키는 말을 하기에 저는 너무도 분해서, 더욱더 소리소리 지르며 울었더니 그제서야 정신을 차린 엄마가

"언니 앞에 와서 잘못했다고 그래."
하고 호령하니까 순현이는 할 수 없이 제 앞에 미적거리며 오는 걸 기다리고 있던 저는 울음을 멈추고 달려들어 순현이 머리카락을 양손으로 움켜쥐고 인정사정없이 그야말로 죽기 살기를 무릅쓰고 쥐어뜯으며 악에 받친 저는 순현이의 얼굴도 쥐어뜯어 살점을 뜯어 놓았지만 악에 받쳐있던 저는 그것도 의식 못한 채 어쩔 줄을 몰라 하는데 순현이의 얼굴을 본 엄마는 당황해서
"아이고, 남의 애 얼굴을 못 쓰게 해놨잖아?"
하며 저를 떼어놓고 급히 약을 가져와 발라주었습니다.

저는 분노에서 벗어나서 내일이면 순현이에게 무자비한 보복을 받을 거라는 생각을 하면서도 우선 그동안 쌓이고 쌓였던 울분을 조금 풀고 나니 속이 다 시원하고 후련했는데, 훗날 세례를 받은 제가 성당에서 그것도 딱 한 번 순현이를 정면으로 마주했을 때 그 애 얼굴에는 이때 제가 내어놓은 흉터가 또렷하게 남아 있었고 순현이는 저와 마주치고 나서 두 번 다시 성당에 안 나오고 발길을 끊었습니다.

이럴 때 대학 입시 준비를 하느라고 오빠는 학교에서 늦게 집으로 왔고 집에서도 바쁘기 때문에 저의 이런 사정은 몰랐는데, 어느 날 저녁 순현이는 또 엄마에게 아양을 떨어 허락을 얻어낸 순현이는 저를 데리고 나가 우리 집에서 그리 멀지 않은 시장 거리에 있는 상이군인들이 운영하는 영화관인 재생관 앞으로 저를 끌고 가서 저 혼자 서 있게 하고는 순현이는 미리 약속된 어느 계집아이와 만나 제가 볼 수 없는 곳으로 가서 있을 때 극장 벽에 붙어서 판자 틈으로 영화를 훔쳐보던 열서너 살쯤 되어 보이는 사내애가 저를 보고

"이놈어 간나 가까이 있싸. 남 구경하는데."
하고 욕설하기에 저는 그 아이를 피해 저만치 떨어진 곳으로 옮겨갔는데, 얼마나 시간이 흐른 뒤에 제게 온 순현이는 제 의사는 무시하고 제멋대로 저를 끌고 경안 집으로 가서 저에게

"누가 나오거던 나 명순이래요 해. 알았싸?"
하고 저를 그 집 대문 앞에 세워 놓고는 대문을 왈칵 열어젖혀 놓으며 순현이는 재빨리 몸을 숨겼는데 갑자기 대문 열리는 소리에 경안 집 큰며느리가 창문을 통해 내다보더니 자기 아이들을 가르치는 가정교사를 내보내 나온 가정교사가

"니 어데서 왔나? 가거라."
하고 대문을 쿡 닫고 들어간 뒤에 숨었던 순현이가 제게 와서

"왜서 내가 씨기는 대로 안 하나?"
하면서 저를 끌고 집으로 오면서

"니 집에 가서 이런 얘기 했단 봐라. 니는 알아서 해."
하고 협박하는 것을 잊지 않으며 집으로 오니까 엄마가 저를 보고 묻기를

"잘 걷다가 왔어?"
"응. 그런데 엄마, 순현이가 재생관 앞에 나를 갖다 놓고 저는 딴 애하고 무슨 얘긴지 한참 하더니 가자고 그래서 난 집으로 오나 했더니 경안 집 있잖아. 그 집 앞에다 날 세워놓고 저는 살짝 빠져서 숨어 있다가 경안 집 며느리가 내다보고…."
하고 여기까지 얘기했을 때 밖에 나갔다 들어오던 순현이는 재빨리 제 말을 가로채며

"언니가요, 자꾸만 그 집에 가자 해서 그 집에 갔더니 들어오라 이래는데 고만에 밤이 늦어서 부뜨는 거르 뿌리치고 왔잖소."
하고 둘러대니까 아빠는 제 얘기는 듣지 않고
"왜 밤늦게 남의 집에 가서 놀려고 그러느냐? 남이 싫어하는지 좋아하는지도 알지 못하고, 나이가 그만한 게 나잇값도 못하고."
"아빠, 그 얘기가 아니라…."
"듣기 싫다. 잠이나 자라."
하시니까 순현이는 고소하고 재미있어 입가에 웃음을 띠고 저를 바라보았고, 저는 죄 없이 꾸중까지 듣고 속이 상해 자는지 마는지 하며 뜬눈으로 있다가 새벽녘 포교당의 목탁 소리가 들릴 때 잠깐 잠이 들었다가 아침에 일어났습니다.

 조반 후 엄마는 외출하려고 세수하고 나서 화장하고 있을 때 순현이는 엄마에게
"어머이요, 내가 여 오기 전에 야학했잖소. 거 댕기는 기 돈 한 푼 안드라요. 지약 일곱 시부터 시작하는 기 아홉 시에 끝나요. 어저께 거 댕기는 아르 만내서 얘기했더니 나보고 왜서 안 나오나? 해서 내가 야, 남어 집에도 있는가 우떠 나가나 했더니 쥔한테 얘기해서 나오라 하잖소."
"그러려거든 가거라. 가서 나보다 후한 주인을 만나서 야학에 나가면 되잖느냐. 나는 집안일도 많아서 너를 야학에 보낼 수 없다. 언제 갈 테냐? 야학에 가려거든 빨리 가거라. 네가 우리 집에 올 때 처음부터 야학 얘기한 것도 아니고 어제저녁 언니 걸린다고 핑계 대고 나가서 못된 계집애 만나 무슨 얘기를 했니? 그 애는 야학 다닌다면서 그

시간에 못된 극장 앞에 있어야 했니? 그리고 야학 다닌다면서 밤마다 나가서 무슨 짓을 하려고 하니? 가제나 언니를 매일같이 괴롭히는 못된 계집애를 의붓아비한테서 구박받는 게 안 돼서 두니까 뭐 어쩌고 어째? 이 계집애가 어디서 이렇게 염치 빠진 소릴 하니? 네 농간에 모두 속아 넘는다고 생각했니?"
하고 야단친 뒤 엄마는 바삐 나갔는데 마귀 같은 순현이는 마루에 드러누워 저를 쳐다보며

"느 어머이도 그렇지. 거 보내 주문 돈 한 푼 들까 봐 그러나?"
하고 순현이는 불평을 시작하더니 욕을 시작해서 입에 못 담을 그것도 제가 알게 된 생전 처음 들어보는 더러운 욕을 하는 걸 듣다못해

"왜 나보고 그런 소릴 하니? 우리 엄마 보고 그런 소리하지 왜."
"니가 서울도 못 가봤시면서 서울 가본 것처럼 서울말 하나? 나는 서울 가서 구경했는데, 나 봐라. 너처럼 서울말 하나? 건방지잖나."
하며 또 입에 못 담을 욕을 하길래

"오늘이 무슨 날이기에 쌍욕을 하니?"
"오늘이 쌍날이야. 그래서 내가 이러 욕하잖나."
하며 계속해서 엄마 욕을 하는 것을 듣다못해 저는 분에 못 이겨 동네가 떠나가라 울었더니 진구 아빠가 점심 먹으러 들어왔다가 제 울음소리를 듣고 우리 집으로 불이 나게 오더니

"이놈어 지지바 잘 만났다. 그래지 않아도 내가 배르고 뱉렸는데 이놈어 지지바 왜서 멀쩡한 아르 그러 울리나? 이놈어 지지바 내 손에 죽아봐라."
하고 순현이를 붙잡아 뺨을 이리치고 저리 치는데 순현이는 독 오른

눈을 치뜨고 대들기를

"병신이 못되게 굴아서 내가 욕으 좀 했더니 저러 울아대는데 내가 뭔 잘못이 있다고 사람으 이러 때라우. 내가 뭔 잘못이 있소 예?"

"이놈어 지지바 봐라? 니 날마두 니 한 짓 모리나? 이놈어 지지바 내 오늘은 가마이 둘지 아나? 경찰서에 가자."

하고 진구 아버지는 순현이를 힘껏 잡아끄니 그제서야 겁이 난 순현이는

"아이고, 하라범이요 내가 잘모 했소. 인제 다신 안 그럴게. 이번만 살래주. 예? 하라버이요."

이렇게 순현이가 빌기 시작하니 화가 나서 얼굴까지 벌겋게 된 진구 아버지는

"원, 이러두 맨날 씨끄럽게 아르 울리더니 인제서 항복하는구만."

하면서 노인인 진구 아빠는 힘이 들어 한숨을 돌리고 있을 때 진구 낳은 엄마가 어느새 왔는지 보고 있다가

"이왕 손댄 김에 더 때려 주시우. 이놈어 지지바는 혼띠미가 나야지 다신 안 그래지. 이놈어 지지바야 명순이를 가만 놔둬 봐라. 혼자서 숭글숭글 댕기면서 그러 잘 노는 아르 우째라고 그러 울리나? 그래니 밥이 나오더나 떡이 나오더나? 이놈어 지지바 한 번만 더 그래문 니는 알아서 해라."

하고 야단치고 진구 아빠와 엄마가 가니까 순현이는

"휴- 살았다. 그놈어 하라버이 괜히 와 가주고 지랄 빼잖나. 언니야, 이거르 오빠한테 이르지 마라."

하고 당부했는데 엄마가 들어오니까 진구 낳은 엄마가 와서

"아주머이, 오늘 어떤 일이 있었는지 아우? 맨날 명순이가 울어서 우리 아들 아버지가 이놈어 지지바르 내가 가서 때래 잡아야 한다고 하면 아르 저러 울리는 저런 지지바르 뭐 하러 둬서 아 잡을라고 작정을 했나? 하는 거르 내가 허리춤으 붙들어 앉히고 앉히고 했는데, 오늘은 내가 물 뜨르 간 새에 아들 아버지가 쫓아와서 이놈어 지지바르 때래주니 아 그러 맞으면서도 내가 뭔 잘못을 했다고 되잡아 눈을 부릅뜨고 뎀배들기에 경찰서에 가자고 잡아끄니 그제서야 항복하잖소. 저러 독한 지지바르 뭣 땜에 두시우? 뭐, 아가 음싸서 그래시우? 내쫓치우. 아이고, 보기가 딱해서, 명순이가 뭔 죄가 있소. 그래, 가들 아버지가 혼띠미르 씨게 놓고 와서 남어 집 실내르 드르가서 안 됐지만 그래고 나니 속이 다 시원하다 야. 이래잖소."

"내가 바쁘다 보니 이웃에 폐를 끼쳤구먼. 바빠서 애를 구하지 못해 이렇잖아. 내 주의 시킬게."

하고 말았는데 순현이는 아무도 없을 때면 여전히 저를 놀리고 괴롭히고 하는 것이 오전 중에서 오후로 시간이 바뀌었을 뿐이었습니다.

이런 일이 있고 나서 엄마는 집에 들어와 볼 때도 있었지만 순현이는 안 그런 척하고 엄마에게 아양을 떨면 엄마는 제 말을 들을 사이 없이 바삐 나갔는데, 이러다가 가끔 순현이로 봐서는 운이 나쁘게 들킬 때가 있어 그때마다 순현이는 엄마에게 호되게 야단 듣고 엄마가 언니 앞에 와서 빌라고 하면 저는 그 기회를 놓칠세라 순현이의 머리칼을 움켜쥐고 잡아당기다가 분함을 못 이겨 저는 이놈의 머릿속은 사람 괴롭히는 생각만 잔뜩 들어있는 머리기 때문에 깨어 놓아야 한다고 재빨리 기어가서 다듬잇방망이를 집어 들고 와서 휘두르기가 일쑤였는데 평소에도 제 팔과 손은 흔들거려 제 마음대로 가누지도 못하는데 흥분된 상태에서 더욱 제 뜻대로 되지 않았는데, 어쩌다 딱 한 번 제가 휘두르던 다듬잇방망이가 순현이의 머리를 정통으로 때려서 밤톨만 한 혹이 났는데 기급한 엄마는 통쾌해하는 제 손에서 다듬잇방망이를 빼앗고 나서부터는 제가 다듬잇방망이만 집어 들면 얼른 빼앗기부터 해서 저는 분풀이를 제대로 못해 엄마에게 그런다고 대들기 일쑤였습니다.

엄마는 계를 들어 곗돈을 타고 목돈을 만들어 형부의 부탁대로 언니네 살림날 집을 사주기 위해 강릉을 떠나 서울로 가면서 떠나기 전에 순현이를 불러 단단히 다짐을 받고 갔는데 순현이는 엄마와의 약속을 지킨다고는 했지만, 여전히 저를 볶고 괴롭혀 견디다 못한 저는 밤늦게 학교에서 오는 작은오빠에게 얘기해 작은오빠는 순현이를 불러 종아리에 피가 맺히도록 때려주니 그 분풀이로 다음 날 낮이면

"니 때문에 이거 좀 봐라."

매 자국이 멍들어 있는 것을 보이며 제가 말할 틈도 주지 않고 시끄럽게 욕을 하고 있다가 밖에 나가 고무신 집 심부름하는 애와 수다 떨고 놀다가 싸움하는 게 일쑤였고, 이 애와 사이가 나빠진 순현이는 앞집 경망스러운 노파에게 세 들어 사는 집 순현이 또래의 심부름하는 애와 사귀어 순현이는 그 애와 놀다가 이내 싸움을 하고는 들어오는데, 이때 순현이의 모습은 본래 보기 싫은 얼굴인 데다가 화가 나서 마귀와 같이 독이 올라 소름이 끼쳤고, 눈은 번들번들한 게 꼭 독 오른 독사의 눈과 같아서 몸서리치고 있을 때, 운 나쁘게 밥이나 얻어먹을까 하고 들른 햇갱이 엄마가 순현이의 독을 흠뻑 뒤집어쓰고 분에

못 이겨 펄펄 뛰다가 당할 수 없으니, 털썩 주저앉아 엉엉 울다가 가고 나서 엄마가 서울서 돌아오고 난 뒤까지 우리 집에 오지 않았습니다.

이러고 나서 어느 날 오후에 순현이는 이웃집 심부름하는 계집아이와 놀다가 또 싸움이 붙어 동네가 시끄럽게 싸우고 들어오더니 집안 소제를 한다고 저보고 밖에 나가라고 해서 저는 신발을 신고 저축저축 현관 밖으로 나와서 시멘트 바닥에 쭈그리고 앉아 있는데 뒤따라 나온 순현이는 화풀이로 공연한 트집을 하는데

"건 왜서? 안방 아랫목이냐? 거 주저앉았게."

하고 소리치며 다가와 저를 자빠뜨리고 깔고 뭉개기 시작하는데 때마침 대문 밖에서 엿보고 있던 이제는 여고생이 된 진이가 대문 안으로 들어서며

"니가 가마이 있는 아한테 이따구로 굴잖나. 내 가마이 있을 줄 아나? 명순아, 일어나."

하고 저를 일으켜 주면서 순현이 보고

"내 첨부터 다 보고 있었싸. 니 우리 아버지한테 들 혼났구만. 내 가서 우리 아버지한테 알래서 니 혼띠미 씨기라고 할 꺼다."

하며 단호한 태도로 대문 쪽으로 부지런히 가니까 급하게 된 순현이는 재빨리 진이를 붙들고

"내가 우째다가 이랬잖나. 언니야, 한 번만 봐 봐다와 응. 야, 내가 또 그래거던 일라."

사정사정하자 진이는 엄격하게 다짐을 받아놓고 갔습니다.

다음날 낮에 심심해하던 순현이는 저한테 얘기하는 것이

"우리 작은집 동네 있잖나. 거게 내 동무가 많아야. 하나는 손버릇

이 그러 거칠잖나. 그래서 남어 신발르 막 홈체 신고 댕기는 기 나하고 젤 친한 아 신도 홈체 신고 댕기면서 다 떨궜는데 가가 그거로 보고 내삐래 둘까 하다가 찾아 신고 왔다 하잖나."

애기하는 순현이를 바라보며 제 속으로
'설마 너같이 나쁘겠니?'
하고 생각하다가 순현이에게
"그래도 마음은 착하겠지. 뭐"
"착한 아가 남어 신발르 홈체 신냐?"
하고 순현이는 제멋대로 떠들다가 하루가 지난 이튿날 고무신 집으로 봐서는 뒷집이고 우리 집으로 봐서는 우리 뒷마당과 판자 담을 사이에 둔 옆집의 판자 담 곁에 바짝 서 있는 감나무에서 끝이 노랗게 물들기 시작한 생감 두 개를 따서 가지고 오더니 저한테 보이며
"이거 니 못 봤제? 내가 판재 담 우에 올라가서 땄더니 그 집 하라버이가 보고 오냐 그거 니 따먹는 거 내 말 안한다. 따먹고 싶은 대로 따먹아라 하더라."
하며 떫은 생감을 깨물어 먹는 것을 보면서 저는 속으로
'아이, 거짓말. 그 영감이 어떤 노랭인데, 뭐? 네 친구가 신발 훔친다고 마음이 고약해? 너보다 더 고약하겠니?'
하고 생각하면서 뻔히 쳐다보고 있었더니 순현이는 내가 생각이 먹고 싶어 보는 줄 알고
"니 먹을라나? 맛이 있싸. 생감은 쪼끔씩 쪼끔씩 먹아야 한다. 그리고 이러 짭짭 짭짭하고 먹아야 맛이 있싸."
하고 먹는 식까지 가르쳐 주는 걸 저는 말없이 바라보고만 있었습니다.

이러다가 감나무잎이 한잎 두잎 떨어지기 시작할 무렵 아무리 기다려도 오지 않는 엄마를 기다리며 순현이는 갑갑하고 짜증스러워

"어머이가 운제 오나? 아이, 빨리 오지는 않고."

하며 자기 짜증에 눈물을 흘리며 울다가 순현이는 밖으로 나가 또 이웃집 감을 따려고 하다가 그 집 노랭이 영감한테 호되게 야단맞고 저녁때가 되어 버스회사 정류장에 나갔다가 맥없이 돌아오곤 했는데 하루는 저녁때 나갔다 오더니 안방 창문 밖에서 창문을 열고 들여다 보며 저한테

"어머이가 왔겠나 안 왔겠나 알아 맞춰봐라."

하더니 큰 옷 가방을 들어 올려 보이며

"이거르 봐라. 니는 어머이가 오는데도 반갑지 않나? 가까이 있게. 난 반갑고 조화야. 이거르 봐라. 이 속에 내가 조화하는 기 마이 들았시문 좋겠다."

하고 좋아하는 순현이를 보며 저는 속으로

'저렇게 사람을 괴롭히는 애지만 좋아할 줄은 아는구나!'

하고 생각했습니다.

엄마가 오고 나서 아빠는 날씨가 선선해지기 전에 방을 수리해야지 불을 때도 방이 골고루 따뜻해지지 않는다고 하셔서 안방 구들을 뜯기 위해 온 식구는 큰방으로 옮겼으며 계열이 아빠 공 서방이 와서 안방 구들을 뜯었는데 이때 저를 보더니

"명순아, 내가 누군지 아나? 아이고 많이 컸다. 야가 날 알아보네."

하고 웃으며 묻는데 옆에서 엄마가 대신

"그럼, 알아보지요."

대답해 주었고, 방수리가 다 끝나고 시멘트 바른 것이 다 말랐을 때 장판 일은 우리와 함께 피난 다녀온 길자 아빠가 와서 혼자서 일하며 염불을 외우곤 했는데 한창 염불을 외우면서 일하고 있을 때 순현이가 또 저를 들볶아 못살게 하는 것을 본 길자 아빠는 순현이를 눈이 빠져라 야단치고 나서 저에게

"명순아, 자가 그래드래도 니는 참아야 한다. 왜서 참아야 하는지 아니? 니는 앞으로 이보다 더한 이르 겪을지 모린다. 그러니 미리 겪고 참아야 한다. 지금 내가 하는 말으 이담에는 알 기다. 우지 마라. 울문 진다. 지문 아무것도 아니다."

저를 달랬는데 지금 생각해 봐도 이상한 것은 엄마도 길자 아빠도 모두 제 앞날에는 이보다 더한 일을 겪는다고 하는 생각을 왜 했는지 알 수는 없어도 이 말이 제에 대한 앞날의 예언일 줄은 아무도 몰랐습니다.

이러고 장판 일이 끝나고 장판 위에 바니스를 칠해서 건조가 되어 안방으로 옮기고 김장을 할 때가 됐을 때 제 불면증을 고쳐주고 걸을 수 있게 해주었던 한의원 하던 중국인한테서 아빠에게 편지가 왔는데 아빠의 도움으로 한의원을 해서 여비를 모아 대만으로 올 수 있었고, 그곳에서 먼저 피난 온 가족들을 만나 잘 지낸다는 소식과 자기가 처방한 약을 먹였으면, 저는 지금쯤 한 발짝씩 걸음을 떼어 놓을 거라는 얘기와 함께, 자신이 이렇게 가족들과 잘 지내게 된 것 모두가 아빠의 도움으로 이루어진 일이기에 일생 잊을 수 없는 고마움이라고 쓰여 있다고 아빠가 말씀하셨습니다.

이럴 때 엄마는 순현이를 데리고 밤마다 감을 깎고 있었는데, 엄마

가 눈만 돌리면 지금까지 엄마한테 아양 떨던 애가 저를 노려보면서 미워 죽겠다는 듯이 눈을 흘겨 대면서 입속으로 욕지거리하기가 일쑤였고, 감을 다 깎아 창고 추녀 밑에 널어 말리면서 이내 김장을 하느라고 엄마가 바빴는데, 순현이는 눈치 빠르게 재빨리 심부름을 해서 엄마는 힘이 안 들었다고 했습니다.

이럴 때 우리 집에 찾아오던 공군 오빠는 벌써 제대해서 자기 집으로 갔기에 소식도 몰랐는데, 편지가 와서 아빠가 보시고 하시는 말씀이 제대하고 자기 집으로 가서 보니 양계를 하고 있지만, 공군에 있을 때의 생각대로 이루어지지 않고 모든 게 뜻대로 안 되어 걱정스럽고, 집에 와서 보니 한숨만 나온다고 했고, 낯선 타향에서 군대 생활을 할 때 많은 폐를 끼쳤다고 쓰여 있다고 했습니다.

김장을 해 넣고 나서 계절은 깊은 겨울로 접어들면서 겨울 방학을 맞은 큰오빠는 집에 와서 있었고, 작은오빠는 대학 입학 시험공부를 위해 서울로 가서 학원에 다니기 위해 크리스마스 때 서울에 가고 나서, 큰오빠는 저한테 어찌나 잘해주는지 저는 큰오빠가 좋기만 해서 제 마음속에 있는 말을 숨김없이 한다는 것이

"큰오빠, 이숙이 아줌마 있잖아. 고 애기가 이쁘더라. 와서 이쁘게 놀다가 갔는데 이숙이 아줌만 미워."

"이숙이 아줌마 애기가 뭐가 이뻐. 나는 그런 애기가 오면 집에도 안 오겠네. 큰오빠가 조금만 있으면 결혼해서 이쁜 애기 낳아서 데려오면 좋잖아? 그치?"

"그렇지만 큰오빠는 엄마 아들이니까 엄마가 말라는 짓은 말아야

지. 뭐 큰오빠가 공부 다 하고 좋은 색시하고 결혼하면 좋지만 정미자는 안 될 거야. 정미자 좋지? 큰오빠, 아빠가 알면 큰일 나."

"너도 그렇게 생각하니? 꼭 원희 자식 하던 말과 같다. 그래 알았어."

하고 평소와 다름없는 태도로 큰방으로 건너갔다가 아무 일 없이 이 날은 지나갔는데 다음 날 아침 일어나 건너온 큰오빠는 저보고

"명순아, 사람은 회충이 많기 때문에 이따금 회충약을 먹어야 해. 그러니까 내가 약을 사 와서 먹여주거든 아무 소리 말고 먹어야 한다."

달래듯 말했는데 큰오빠는 아침밥 먹고 나서 나갔다가 저녁에 들어와서 저에게 하는 말이

"자, 회충약 사 왔다. 내일 아침은 먹지 말고 이 약을 먹어야 해."

이러고 다음 날 제게 아침밥을 굶게 하고 아빠가 나가신 뒤 저에게 회충약을 먹여놓고 조금 있다가 큰오빠는 볼일이 있는 것처럼 외출하고 집에 없었습니다.

이러고 얼마 안 된 오전 열 시쯤 저는 눈앞이 모두 노랗게 보이며 심한 현기증이 나면서 구토가 나며 노란 물까지 토하며 눈을 뜰 수가 없었고, 가슴이 몹시 많이 뛰면서 옥죄어오는 심한 고통을 느끼면서 의식마저 가물거리기 시작할 때, 외출했던 엄마가 급히 돌아와서 제 꼴을 보고 왜 그러냐고 묻는데, 저는 가물거리는 의식 속에 엄마 말은 들었지만, 손끝 하나 꼼짝할 수가 없어 대답도 못 하고 있는 것을 본 엄마는 벽장 속으로 급히 올라가 꿀을 퍼서 내려와서 꿀물을 진하게 타서 숟갈로 떠서 제게 먹이니 꿀물이 넘어가고 얼마 있다가 왈칵 토해지며 조금 있다가 눈을 겨우 뜨고 정신이 나서

"아이고, 내가 죽을 뻔했어. 엄마, 큰오빠가 내 뱃속에 회충이 많다고 회충약을 더 먹어라 더 먹어라 해서 많이 먹었어."

"저런, 빌어먹을 놈의 자식 애를 잡으려고."

이러는데 외출했던 큰오빠가 들어오는 걸 엄마가

"너, 정신이 있니 없니? 그렇게 회충약을 주책없이 많이 먹여서 애가 죽을 뻔했다. 내가 들어와 봤으니 망정이지. 어쩐지 빨리 들어오고 싶더라."

"어머니도 어지간하시지. 그래 뭘 먹여서 살렸어요?"

"이놈의 자식, 그래도 알고 싶니? 꿀을 먹였다. 이 못된 놈의 자식."

"그냥 죽게 내버려두지 뭐 하러 살렸어요? 내가 다 알고 먹였는데, 저게 살면 짐만 되지. 뭐 별 수 있어요? 어머님."

하고 방문을 벼락 치듯 닫고 나가니까 기가 막힌 엄마는 혼잣말로

"저것도 자식이라고 귀엽게 길렀건만 이런 짓을 하다니. 저래도 마음이 돌아서면 사람이 되겠지. 명순아, 아빠한테 얘기하지 마라. 아빠가 아시면 실망하신다."

하고 타일렀는데 제가 고통스러워하면서 토하고 의식을 잃어가는 데도 순현이는 지켜 서서 죽음의 순간을 기다리는 마귀처럼 독살스러운 눈을 깜짝 않고 보고만 있었습니다.

이렇게 되어 이삼일 동안 저는 일어나지도 못하고 중병을 앓고 난 것처럼 누워만 있을 때 저를 죽이려던 큰오빠는 평소와 같이 저를 잘 돌보아 주면서 제가 기운을 차리고 일어난 뒤에도 여전히 저를 잘 보아주었습니다.

양력설이 지나고 할아버지 제사가 가까워져 오자 날씨는 혹독하게

추워졌는데 고모랑 모두 몰려올 테고 그래서 저를 마음대로 괴롭힐 수도 없을 뿐더러 온갖 심부름과 잔소리를 다 들을 테니까 약삭빠른 순현이는 엄마한테

"어머이요, 우리 어머이 집에서요 장새르 하는 데 와서 이르 좀 하라 하던데 우떠하오? 이틀이문 돼요."

하고 말하는 걸 엄마가 허락해서 가고 나니 저는 편안하고 조용해서 아주 좋았는데 약속한 이틀이 지나도 순현이는 오지 않았고 할아버지 제사가 되어 고모와 종만이 엄마와 복순이가 와서 음식 준비를 하고 있을 때 고모가 엄마보고

"아이고, 왜서 명순이 치신이 저렇제?"

하고 물으니까 종만 엄마가 어디서 들었는지

"작은어머니 여 있던 아가 어데 갔싸요? 가 때문에 저 아제가 맨날 운다고 하는 소리를 들었는데."

"여보게, 그노머 지지바 내쫓이게. 아가 읎싸서 그노머 지지바르 두는가? 야 치신으 좀 보게. 이전엔 안 그렇더니, 이놈어 지지바 어데 갔는가? 보냈는가?"

"아니요, 집에 댕기러 갔어요."

"내 말 들아. 내쫓게."

하고 지짐질을 시작했습니다.

큰오빠는 할아버지 제사를 지낼 생각은 안 하고 외출해서 술에 취했는지 어떻게 됐는지 알 수는 없었지만 외박을 하고 안 들어와서 매년 그래왔듯이 이때에도 할아버지 제사에 참례 안 하고 이튿날 들어왔는데 저녁에 들어오신 아빠가

"너는 그래 정신이 있는 애냐 없는 애냐? 몇 년 동안 제사 때 집에 있으면서도 제사에는 참례 안 하고 술이나 퍼마시고, 이제는 외박까지 하니? 그러라고 내가 너를 공부시켰느냐? 이놈의 자식. 너는 보아하니 하라는 공부는 안 하고 애들하고 몰려다니면서 못된 짓이나 배우고, 그러려거든 네 멋대로 해라. 이제부터 학교고 뭐고 난 모른다."

"아버지, 제가 죽을죄를 지었습니다. 이제부터 아버지의 기대에 어긋나는 일이 없도록 하겠습니다."

큰오빠는 아빠한테 빌고 또 빌고 하다가 큰방으로 건너간 뒤에 저는 회충약 때문에 죽을 뻔한 생각이 나서

"아빠, 내가 큰오빠 때문에…."

"음, 오빠 때문에 뭐?"

"혼났다."

하고 말하니까 엄마는 급히

"엄마하고 약속했지?"

하고 제 말을 막았습니다.

할아버지 제사를 지내고 다음 날 고모랑 모두 갔는데 제집으로 갔다가 꼭 일주일 만에 마귀 같은 순현이가 돌아왔지만, 아빠나 엄마 그리고 큰오빠의 눈을 피해 저에게 못되게 굴어 저는 순현이와 말을 안 하게 되면 한 달이나 짧아야 보름이 지나도록 말을 안 했는데 간혹 큰오빠마저 외출하고 저 혼자 있을 때면 순현이는 제가 말을 해야지만 저를 괴롭힐 테니까 문을 갑자기 꽉 닫아 저를 깜짝 놀라게 하거나 아니면 제 곁에서 큰소리로 제 욕을 한다든가 해서 제가 참지 못하고 뭐라고 하면 그제서야 됐다는 듯이 저를 약 올리고 괴롭히기가 일쑤였

는데 하루는 한창 제가 순현이의 괴롭힘을 받고 있을 때 영길 엄마가 왔다가 저를 보고

"왜서 그랜?"

하고 묻기에 제가 괴롭힘을 받는 얘기를 했더니 영길 엄마는

"음, 가마이 있싸. 쪼끔만 참아. 어머이 들어오문 내가 마커 얘기해서 저놈어 지지바르 내 달구게 해야지. 저놈어 지지바르 뒀다가는 아가 말라 죽겠네."

하고 화투장을 집어 들고 늘어놓고 굴리면서 있더라니 엄마가 들어왔기에 영길 엄마는

"아주머이, 저놈어 지지바르 내쫓아야 하우. 야가 어머이 생각으 하맨서 참는다고 우는 거 보니 나도 고만에 눈물이 나서…."

하며 영길 엄마는 눈물을 닦으며

"내가 아르 구해볼 꺼니 저놈어 지지바르 꼭 내쫓으시우, 집안 망할 지지바래서 아가 어데 살겠소?"

이러는데도 엄마는 영길 엄마 말을 들었는지 말았는지 하고는 순현이가 떠는 아양만 받아주고 누가 뭐래도 순현이를 집에 그대로 두어줄 뿐이었습니다.

음력 정월 초하루가 되니 순현이는 으레 제집으로 갈 줄 알고 엄마가 해준 설빔인 노란 저고리에 깃은 색동으로 하고 기장과 끝동은 자주색이고, 치마는 진분홍으로 입고 흰 버선에 고무신을 신고 갔기에, 저는 편안히 지냈는데 사흘 후 저 혼자 있는 낮에 우리 집에 온 순현이는

"아이, 남어 집에 살 기 아니야. 우리 작은집에 갔더니 그 동네 아들

이 날 보고 하는 말이 야 더 노다 가그라 하고 붙드는 거르 내가 남어 집에 있으면 우떠 그러 오래 있겠나 하고 왔잖나."

"그거 나보고 얘기하지 말고, 우리 엄마보고 얘기해."

"내가 뭐 니 들으라고 하는지 아나? 니 어머이보고 얘기하라는 거지. 서울도 못가봤씨맨서 서울말 한다고 지랄이야. 천치 같은 기."

하고서 어디서 얻어왔는지 중학교 국어 교과서를 꺼내어 들고 듣기 싫은 소리로 크게 더듬더듬 읽어댔습니다.

큰오빠는 대략 겨울방학이 끝나갈 때인 제일 먼저 피는 꽃이 필 무렵 서울로 갔지만, 이때에는 학교 실험실에 나가야 한다며 음력설을 쇠자마자 바로 서울로 갔는데 이렇게 되니 낮이면 저 혼자 있는 시간이 많아져서 순현이의 괴롭힘을 받게 되어 괴롭기 짝이 없게 되었고, 허구한 날 겪는 고초는 이루 말할 수 없을 때 큰오빠의 편지가 와서 엄마가 보고는 부모님을 편히 모실 수 있도록 공부 열심히 한다는 말과 함께 학교 실험실에서 써야 할 실험 비용을 보내달라고 쓰여 있다고 했고, 저에게도 편지 한 장을 써 보냈는데,

"보고 싶은 명순이에게

순현이 때문에 얼마나 고생이 많으냐? 큰오빠는 먼 데서 이렇게 걱정한다. 괴롭더라도 참아라. 참기 어렵거든 순현이한테 '너 자꾸 그러면 큰오빠한테 이른다.' 이렇게 말하여라. 그렇게 하면 무서워서 안 그럴 거다. 그럼, 큰오빠를 다시 볼 때까지 몸 건강히 잘 있거라."

이렇게 쓴 것을 엄마는 순현이 듣는 데서 큰소리로 읽어 주었지만

엄마의 의도대로 될 수 없는 것이, 마귀 같은 순현이는 마음속으로 코웃음 치면서 비웃고 있다는 걸 엄마는 모르고 있었을 테지만, 아무도 없는 낮에 내 예상대로 순현이는 이 편지 내용을 쳐들어 저를 놀려대고 괴롭히는 구실로 삼으면서 오히려 어디서 들었는지 저한테

"니 오빠하고 좋아하는 여자가 있다맨?"

"어디서 들었어?"

"고무신 집 아가 그래드라, 그기 느 오라버댁이 되거던 그 오라버댁이 잘못 하더래도 니가 안 그랬다 이래야 한다. 내가 드르니 여자가 맹했다 하더라. 니는 지금 나르 밉다 하지만 그때가 되면 내 고마운 기 생각 날 끼다."

이러면서 기고만장하여 저를 훈계했지만, 엄마는 어찌 된 일인지 요즈음은 부쩍 더 제 말 같은 건 숫제 들으려고도 안 해서 이러는 것도 모를 일이었습니다.

작은오빠의 대학 시험 보는 날짜가 다가오니 엄마는 또 서울로 가고 없을 때, 엄마의 부탁으로 아직 서울에 안간 광수 오빠가 하루 세 번씩 우리 집에 들러주어 저는 순현이에게 비교적 덜 볶이고 있었는데 이 세상은 언제나 그렇듯 순현이의 농간에 광수 오빠는 오히려 순현이를 두둔하고 있었지만, 어쨌든 광수 오빠가 우리 집에 있는 동안만이라도 저는 조금이나마 편히 있을 수가 있었습니다.

이럴 때 작은오빠는 일차 대학에서 떨어지고 이차 대학인 성균관대학에 시험을 쳐서 법학과에 들어갔고, 엄마는 집으로 돌아와서 유난히 큰오빠 잘한 얘기만 했고, 또 이종국씨가 큰오빠를 칭찬한 얘기

만 아빠한테 귀에 딱지가 앉도록 들려주어, 아빠는 아무것도 모르시고 큰아들에 대한 기대가 아주 크게 되었습니다.

 강릉에서 좀 떨어진 촌에서 부농으로 지내면서 육이오 전쟁 때 순경으로 있다가 몸이 아파서 그만둔 아저씨가 집에 있기에 답답하다며 제 형부에게 순경으로 복직시켜 달라며 우리 집에 자주 찾아왔는데, 제가 순현이에게 볶이고 괴로움을 당하는 것을 보더니 안됐어! 하며 엄마한테

 "그놈어 지지바 맹했소. 내가 아르 구해 보 꺼니 그놈어 지지바 내보내시우. 집안 망하겠소."

하고 가더니 애를 하나 구해서 데리고 오니까, 엄마는 순현이를 내보낼 생각은 안 하고 구해주는 애를 이종국씨 집으로 보낼 생각으로 있다가, 이 애가 온 걸 보더니 방에서 앉는 버릇이 나쁘다며 이종국씨는 사람을 잘 보기 때문에 안 되겠다고 하니, 이 아저씨는

 "누가 서울에 보내라 했소? 여 두고 부리고 저놈어 지지바르 내보내라니까."

 "그런 걱정 하지 말고 나하고 서울이나 가세."

 "아이참, 예. 가는 건 가보지요만 아가 어머이 음는 새에 말라 죽겠소."

 "안 죽네."

하고 엄마도 이 아저씨를 데리고 서울로 또 갔고, 저는 순현이에게 온갖 못된 단련과 괴로움을 받고 있을 때 고모가 오더니

 "바로 이놈어 지지바나? 이놈어 지지바야. 너는 우째라고 야르 울리나? 그래 가주고 밥이 나오더냐 떡이 나오더냐?"

"인제 안 그래요. 내가 인제는 조끔 컷잖소."

"한 번만 내 귀에 야르 울랬다는 소리만 듣기문 내가 가마이 안 놔 둘 끼다. 소문이 자자하더라. 어데서 불영깨이 같은 지지바가 드루와 가주고 아르 자꾸만 못살게 하더라고. 그래가주고 니는 잘될 거 같으나? 잘 되거던 내 손에 장으 지제라."

하고 야단치고는 아랫목에 누웠다가 잠이 들었는데, 한참 뒤에 순현이가 책을 읽는다고 그야말로 오랜만에 책을 들고 듣기 싫은 목소리로 더듬거리며 큰소리로 읽고 있으니까, 고모가 깨서

"아이고, 그놈어 지지바 목소리 해가주고 영깨이 패는 소리로 하네. 에이, 그래 가주고 우뗘 잘살기를 바라내이. 우리 동상어댁도 어지간하지. 저런 지지바르 집에다 두고 잘되기를 바라나?"

하고는 바삐 말산으로 갔는데 엄마하고 서울에 갔던 아저씨가 와서

"어머이가 조쯤 있으문 온다 하던데 나는 먼첨 왔싸. 내가 어머이 올 때까지 여 있어 주마."

하고 낮이고 밤이고 제 곁에 있다가 아빠가 들어오시고 나서야 이 아저씨는 돌아갔다가 이튿날 아침이면 또 왔는데, 저를 괴롭히지 못해 안달이 난 순현이는 제 처지는 생각하지 않고 이 아저씨를 멸시해서 자기의 놀림감으로 삼으려고 들었지만 이 아저씨는 저를 가엾게 생각해서 모른 척하고 엄마가 올 때까지 저를 지켜주었는데, 아빠는 제가 이제는 자랐다고 조금만 눈에 거칠 때면 꾸중하시니까 이 아저씨가 보고 아빠한테

"놔두시우."

하고 저를 감싸주었는데 낮에 아무도 없을 적에 순현이는 이 아저씨를

4. 두 번째 시련 179

욕하기를

"호랭이가 지 새끼 잡아먹을까 봐 그래나? 놔두지 우쨀까 봐 놔두시우 하고 자빠졌나. 천치 같은 기."

이러고 욕을 했는데 서울서 엄마가 돌아와서 급히 언니의 심부름할 애를 구해주러 진순이 언니 집에 갔다 왔는데 순현이의 요구대로 엄마는 부침개를 많이 해놓고 또 서울로 갔고, 늘 찾아오던 아저씨는 다른 바쁜 일이 있었는지 아무리 제가 기다려도 오지 않았고, 대신 옛날부터 친하게 지내며 우리 집에 드나들던 사람들은 제 처지를 동정하여 고맙게도 매일같이 한 사람이 왔다가 가면, 다른 사람이 또 와서 저를 지켜 주는 것이 마치 약속이라도 한 것 같았는데, 대신 순현이는 전과 같이 게으름도 피울 수 없게 잔소리들을 해서 밥상도 빨리 치워야 했고, 집안 소제도 깨끗이 해놔야 했고, 또 저를 괴롭히지도 못하게 되니 뒤꼍 닭장으로 가서 애꿎은 수탉을 두드려주어 화풀이를 했습니다.

이럴 때 옆집 진구 누나인 진이는 학교에 갔다 오면 할 일을 다 해놓고 우리 집에 찾아와서 저하고 놀면서 고양이도 들여다보고 있을 때 순현이가 와서 아양을 떨어도 진이는 저하고만 얘기할 뿐 순현이는 본 척도 하지 않고 있다가 갔는데, 하느님의 은총 속에 사는 지금 제가 돌이켜 생각해 보면 순현이가 처음 우리 집에 와서 제게 첫 번째 시련을 안겨줄 때, 제게 모습을 드러낸 마귀를 보았다는 한 가지 이유만으로 제게는 마귀의 저주가 따라와, 마귀의 도구로 쓰이던 순현이에게서 이토록 무서운 시련을 겪게 되었고, 여러 사람들이 저를 지켜준 것도 하느님의 은총이었다는 것을 확실하게 알게 되었지만, 마귀의 저주는 앞으로도 저를 집요하게 따라다니며 저를 끝까지 괴롭히려고 했지만, 다행스럽게도 저는 마음을 비워놓은 기도를 바치며 몸과 마음을 하느님께 헌신했기에 마귀의 저주에서 벗어날 수 있었습니다.

아무튼 서울에서 엄마가 돌아와 며칠이 지났을 때의 어느 날 점심때가 막 지난 낮에 돌연히 순현이의 엄마가 들이닥쳐서 엄마한테

"아이고, 세사 아르 남어 집에 됐더니 이러 주랩이 드러서, 머리를 깜은지 움매나 됐나? 아이구, 머리에 떠케가 앉았네. 그리고 옷 치신 좀 봐. 아르 빨래도 안 해 입히고. 아주머이 내가 오문 잘해줄 생각으 말고 우리 순현이나 잘 거두시우. 아가 저기 뭐요?"

하고 힐책을 시작하자 순현이 엄마에게 먹을 것을 준비해다 주던 엄마는 기가 막혀서

"뭐? 뭐라고? 아니 내가 바쁜 것을 좀 편히 살까 하고 남의 아이를 됐지. 데려다가 그 시중까지 들어주려고 됐나? 우리 딸 꼴 좀 봐. 눈이 있거든. 얼마나 짓볶였으면 꼴이 이럴까? 우리 딸을 못살게 하는 걸 남들이 다 안다. 그래도 내가 의붓아비 밑에서 구박받는 게 불쌍해서 우리 딸보고 참으라고 했는데, 이제 와서 뭐? 어쩌고 어째? 당장 데려가거라. 오냐오냐하니 이제 와선 얕보고 머리를 안 감겨서 떡케가 앉았어? 빨래도 안 해 입혀서 주렙이 들었어? 내가 남의 아이를 데려다가 공주 모시듯 모셔야 하니? 발칙한 것 같으니. 그래 당장 데려가서 네가 그렇게 금선대 위하듯 위해 봐라. 어떻게 잘 모시나 내 두고 볼 거다."

"아이고, 내가 우째다가 이러 실수르 했는지 모리겠소. 며칠만 두

고 부리다가 보내주시우. 그래지 않아 우리 순현이 때문에 자가 못 살겠다 하는 말이 내 귀에 들립디다. 저놈어 지지바가 속이 아주 맹해서 오나가나 그렇잖소. 에미한테 오문 거저 있는지 아오? 거저 있시문 좋겠는 기 우떻게든 의붓아버지 빡빡 죄뜯어서 못살게 하잖소. 그래고 즈 본 작은집에 가도 그 작은 어머이가 속으 못써요. 그랜기 아 고만에 그것도 빡빡 죄뜯어서 펄펄 뛰게 맹글잖소. 오나가나 그 꼴이래서 죽겠싸요."

하고 얘기하다가 이 말을 듣고 제 설움에 사로잡혀 앙앙 울어대는 순현이를 보고

"야 순현아, 물으 한 솥 뜨세놔라. 내가 온 김에 니 머리도 깎게 놓고 가야지. 옷도 뻐서 놔. 내가 빨아 주꺼니."

"뜨순 물 있싸."

"있는기 왜서 그러 머리도 못 감내이."

"내가 하기 시라서."

하는 걸 엄마가

"들었지? 이젠 정이 떨어져서 네 자식 안 두련다. 데려가거라."

"낼모레까지만 봐주시우. 싫드래도"

하고서 순현이 부엌으로 데리고 나가 솥에 있는 더운물을 퍼서 머리를 감겨주고 벗어놓은 순현이의 입던 옷가지들을 빨아놓고 들어와서

"아이고 우째 그로도 찌들게 입았는지 세사 때가 가야지. 두 번 세 번 비누질으 해도 때가 안 가네. 지지바 참. 저래 가주고 우떠 살라고."

하고 있기에 제가

"사람 볶을 줄이나 알겠지. 일하는 건 엄마 있을 적에만 잘하는 척하지. 개차반이야. 순현이 엄마 낼모레 꼭 데려가지! 약속해."
"그러지 않아도 지 발로 갈 끼다. 너머 걱정하지 마라."
하고서 가려고 하니 마귀 같은 순현이가
"어머이, 또 야(자기 엄마가 업고 온 제 의붓동생을 가리키며) 아버지하고 싸울라는가? 싸우기만 해라 어여."
하고 제 엄마의 역성을 들어 의붓아버지를 한바탕 몰아세우겠다는 결의에 가득한 표정이 되니까 순현이 엄마는
"저놈어 지지바. 저 버릇 때문에 큰일이야. 낼모레 꼭 오니라."
하고 갔는데, 저에게는 그 낼모레가 너무나도 길고 긴 시간이었습니다. 마귀 같은 순현이가 가고 나니까, 오랜 세월을 감옥 속에 갇혀있던 죄수가 풀려나서 자유를 환희로 맞이하듯 저도 시원함과 기쁨으로 노래가 저절로 불리는데 저는 애국가의 가사를 바꾸어

"… 하느님이 보우하사 순현이를 보내 버렸네.
　　마귀 같은 순현이가 가 버렸으니
　　우리 집은 평화 속에 지내게 되었네."

하고 큰 소리로 불렀더니 아빠가 들어오시다가 들으시고
"아이, 가사를 제멋대로 바꾸어 저렇게 잘 부르네. 머리 하나는 좋다. 그래 처음부터 다시 불러 봐라 들어보자."
하시며 웃으셨습니다.

Chapter 5

집안 도둑

집안 도둑

애기 고양이였다가 겨울이 되면서 다 큰 구슬이는 봄이 시작되면서 나비 녀석과 결혼을 해서, 벌써 구슬이의 배가 부르면서 곧 애기들을 낳게 되어 가기 때문에 몸이 무거워서, 안방 아랫목에 와서 드러누워 있는 걸 저는 평화로운 마음으로 들여다보는데 엄마는 그동안 제가 순현이한테 볶이고 시달림을 받았다고 당분간 애를 안 두겠다고 했는데, 계절은 벌써 사월 초파일이 지났고, 할머니 제사 때여서 이맘때면 그동안 잘 오지 못하던 먼 곳에 사는 사람들도 우리 집에 찾아들곤 했는데, 엄마는 할머니 제사에 쓸 제물을 사러 시장에 갔다가 어떤 젊은 아줌마의 나물거리 채소를 샀기에 우리 집까지 갖다주러 엄마를 따라와서 하는 말이

"여 있던 지지바 갔소? 똑 영깨이 같은 지지바 말이요. 아이고, 내가 작년에 여 왔다 보니 사람 열으 잡아먹고도 눈도 하나 깜짝 안할 지지바던데, 내가요 작년 갈에 밤 팔러 여 왔잖소. 그때 한번 보니까 지지바가 그러 맹했던 기 참 잘 갔소. 우째다가 그런 지지바르 뒀소야? 우리 집에는요 시누가 그러 많잖소. 우리 시아버이가요 첫 번 장개르 가서 아드르 하나 낳고 상처르 했잖소. 그래서 버버리 치네한테 치네 장개르 들어서 이놈어 버버리, 우리 시어머이지만 아주 그러 못되서 내가 이래자고 하문 아이 안된다 하고 뒤틀기부텀 하는 기 지지바르 그러 마이 낳잖소. 아이구, 우리 시아버이는 금년에 칠십 노인

인데도 곧 아드르 바래서 딸으 그러두 마이 낳놔서 큰아는 집에서 살림으 하고 두째 아는 저 서울 공장에 가고, 세째 아가 있는 기 농새 집에 줘서 이리 되고 배울 꺼도 음고 하다고 하는 기 내가 여 왔다 가고 얘기했더니, 시아버이가 아이고 야야 그 댁에다가 우리 세째 아르 줬시문 우떻겠나고 이래잖소."
하고 얘기하다가 엄마가 주는 밥을 먹고 갔는데 할머니 제사를 지내러 온 고모가
"그 지지바 갔는가? 가르 두문 집안 망하겠던데 불영깨이 같은 놈어 지지바가 잘 갔구만."
하고 얘기하니 듣고 있던 종만 엄마가
"가가 어데 갔는지 아오? 개장국 집에 갔싸요. 보나 마나 거 가서 며칠 못 있겠더구만. 아가 그러도 나쁜데 어데 간들 붙어있겠소?"
하고 얘기하고는 부지런히 음식 준비를 하다 고모가
"우리 복순이 있짢가. 그 지지바가 인제는 다 컷다고 연애질으 하잖는가. 그래니 그 모태이 사나란 사나는 수캐 몰래 들듯 다 몰래 들어서. 아이고, 난 그 꼴 보기 시라. 똑 지에미 식으로 서방질은 해싸서, 그래더니 전라도 사나하고 붙어서 아 전라도로 갔잖는가. 그래니 과수원 일냄이가 그기 부릅다고 그래더니 그 지지바도 바램이 나서, 똑 즈 에미들 꼴이야."
하고 빗대어 점쟁이 큰 엄마와 가운데 큰엄마의 음란한 행실을 욕하며 부지런히 일하다가
"복순이가 바램이 나서 도망으 가니까 혼차 못 살겠다고 아르 구해 둔다는 기 우째문 그러두 느래터잖는지 조반 먹고 설거지한다는 기

하루 죙일 걸리잖는가. 아는 괜찮은 기."
하면서 부지런히 일을 했고 이날 밤 할머니 제사를 지내고 이튿날 다 들 갔습니다.

 이러고 며칠 후인 어느 날 낮에 사람이 좋아 보이는 촌영감이 찾아와서

 "여기가 대서 보는 집이 맞소?"
하고 묻기에 마침 집에 있던 엄마가 맞아들이니 방에 들어와 앉은 이 영감은

 "아이고, 우리 매눌아가 그래더니 집이 참 좋소. 웬 아주머이두 이러 얌전하시다고 그래서 내가 야야 그 댁으 좀 갈춰다와 이랫잖소. 나는요 스무 살 되던 해 장개르 가서 아들을 낳자마자 상처했잖소. 그래서 그 아들으 우리 어머이가 키왔잖소. 키와 가주고 장개르 드래놓고 나니 연줄연줄 나한테 중매가 들우와 말 모하는 치네가 있다 해서 데래왔는데, 아 와가주고 딸은 일곱이나 낳잖소. 그래는 기 메누리하고 뜻이 안 맞아 가주고 메누리가 즈 시어머이 보고 일은 이러하자 하문 부애부텀 내고는 도꾸르 들고 대래 죽인다 해서 내가 암만 생각으 해도 안 되겠싸서 아들 메누리르 딴 살림 내줬잖소. 그래니 팬해요. 우리 큰딸 아는 집에서 살림 보고 둘째 아는 서울 공자에 댕긴다하고 셋째 아는 집에 있시문 배우는 기 뭐 있소? 그래 포남리 농새 집에 줬더니 거 가서 있는지. 내가 나가 많아서 다 데루고 있시문 좋겠지만 내가 운제 죽을지 모리니까 죽으문 시집보낼 일이 큰일이래요. 즈 오래비 하나 있는 기 지 새끼도 많은데 동상드르 우떠 건사하겠소. 하나나가 걱정이래요. 포남리에 가 있다는 아도 그렇지. 가마이 생각해

보니 농사일이나 하고 지내문 아무 장래성이 음잖소. 가르 생각하문 내 가심에 불이 일나요. 내가 와서 보니 이 댁 아주머니가 이러두 얌전하시고 인정시루 와서 이런 쿤댁이래야 배울 기 있잖소. 그래서 이런 댁에서 배울 거 배와가주고 시집이나 잘 가는 기 봤시문 하는데 나는 배울 거 배우는 거만 봐도 돼요. 가가 여 와 있지맨서 잘 배우는 거만 봐도 좋겠잖소. 데래오문 말 안 듣거던 그저 대래줘가맨 갈춰주시우." 하며 엄마가 차려준 점심밥을 반주까지 곁들여 잘 먹고 갔습니다.

며칠 후의 어느 날은 계숙이 언니네 시고모가 와서 엄마한테

"저 남씨 집 딸이 작년 봄에 시집으 갔잖는가. 어데로 간지 안? 바로 우리 친정 조케메누리가 됐는데 저 장물 집(간장 공장 하는 계숙이 언니네)은 큰아고 이건 둘째야. 그런데 저 집 소문 들언? 아 그거도 못 듣고 뭐핸? 저 남씨 어머이 있짢가. 지끔은 죽았지만 그 늘긍이가 미처 가주고 있는 거르 저 남씨 댁이 남새시롭다고 벽장에다 가두고 밥으 안 줘서 고만에 굶아 죽았다 하데. 그런데 남씨 딸으는 소갈머리 못 씨는 거르 남씨댁으는 그거르 역성들고 하니까 우리 조케가 즈 어머이도 죽이고 메누리도 내달구는 그런 어머이 밑에서 뭐르 제대로 배웠겠나고 하맨. 즈 댁내 버릇으 단다이 곤채 놔야 한다 하고 요노머 지지바 말으 안 들으문 막 패줘서 즈 할머이처럼 갖다 가두드래도 나쁜 버릇으는 뚝 잡아 떼놔야 한다고 베르잖는가. 그거는 그렇고 우리 딸 영숙이 때문에 큰일이야. 가가 고등과 졸업하고 머리가 자꾸 아프다구 해서 병원에 가봤더니 수술으 해야 한다고 그래서 음는 돈에 급전으 끌어 잡아 댕개서 수술으 씨게 났더니 머리는 안 아픈데 앞이 안 뵈인다 하잖는가. 병원 의사 말이 곧 뵈킨다 했는데 생전에 뵈케져야

말으 하지. 아이구 답답해서. 뼛속에서 불이 나."
하며 답답한 속마음을 털어놓다가 점심밥을 먹고 갔는데 이 아줌마도 화산 아줌마같이 처녀 적부터 알고 지내던 엄마의 친구들 중의 하나였습니다.

  계절은 벌써 초여름에서 한여름으로 옮겨가는데 나비 녀석과 구슬이 부부는 첫애기를 다섯 마리나 낳았는데 산모가 건강해서 밥도 잘 먹고 쥐도 잘 잡아먹고 해서 젖이 풍부해 애기들이 무럭무럭 잘 자라고 있었습니다.

  나비 녀석은 구슬이가 임신했을 때 엄마가 생선을 주거나 아니면 다른 맛있는 걸 주었을 때 구슬이에게 양보하여 먼저 먹게 했으며 애기 엄마가 됐을 때도 구슬이를 이쁘다고 얼굴도 핥아주고 애기들도 구슬이하고 함께 돌보아주며 남편 노릇과 아빠 노릇을 톡톡히 해서 아빠 엄마의 웃음을 사고 있을 때 마귀 같은 순현이가 입던 옷들 안 가져가고 그대로 두었던 것을 가지러 왔는데 순현이의 계산된 마음을 알고 있는 엄마는 순현이가 쓰던 옷상자를 상자째 내다 주며

  "자, 네 마음대로 가져가라. 가보니 좋니? 여기 있을 적에 마음이랑 행동을 좀 고치나 하고 기다렸건만 그렇게도 못되게 굴더니."

  "여 아르 안 두우?"

  "그런 걱정하지 말고, 너나 가서 쫓겨나지 말고, 잘하고 있어라. 말 들어보니 개장국 집에 있다던데? 부디 말썽이나 일으키지 마라."
하니까 순현이는 입던 옷을 챙겨서 내빼듯 간 뒤에 불안해진 저는

  "엄마, 다신 안 오겠지?"

  "그럼, 뭐 하러 다시 오겠니?"

했기에 겨우 마음이 놓였는데 하루는 아빠가 점심 초대를 받아 중국 요리 집에 가셨다가 보니 순현이가 거기서 일하더라고 하시며

"됐다 봐도 애는 못된 애야. 나를 봐도 인사도 안 하고 얼굴을 푹 숙이고 모른 척하고 심부름하면서 바쁜 척하고 다니기에 뻔히 바라봤더니 그중에 화장까지 진하게 해서 보기 싫은 얼굴이 더 망측하게 됐더라."

하며 말씀하는 걸 듣다가 경안 집 사건이 생각이 나서 저는

"왜? 순현이가 뭐라면 순현이 말만 들더니! 너 이쁘다 이리 오너라 해보지, 왜 안했어? 그때 내가 뭐라면 '빨리 자.' 해놓고, 이제 와서 밉다느니 곱다느니. 에이, 보기 싫어. 남의 얘긴 듣지 않고 엄마도 같더라. 그 계집애 말이라면 잘 듣고 내 말은 하나도 안 듣고 그래 놓고 뭘 어쩌고 어쩌고"

하며 눈을 부릅뜨고 투덜투덜했더니 아빠는

"뭐 그럴 수도 있지. 뭐"

하시며 웃으셨고 엄마는

"아이, 우리 딸이 속 많이 상한 걸 엄마가 왜 몰라? 그렇지만 그런 걸 겪고 나야지 어려운 걸 당해도 이겨낼 수 있어."

하며 저를 달랬습니다.

나비 녀석 부부는 어찌나 금슬이 좋던지 구슬이는 애기들을 재워 놓고 남편인 나비 녀석에게 가서 뭐라고 하면서 나비 녀석의 앞발을 베고 잠을 자기도 하고 나비 녀석과 구슬이는 번갈아 애기들을 돌보며 오줌도 누이고 응가도 누이고 애기들의 털도 다듬어 깨끗하게 해주며 아주 이쁘게 하고 새끼들을 기르는 걸 보고

"아이 야릇해라! 사람보다 낫소 에. 저러두 으가 좋으니. 난 젊어서 두 한 번 저래보지 모했는데 우째 고내이가 저렇제?"
하고 나비 녀석 부부를 부러워하는 아낙네도 있었습니다.

저번에 왔다 간 촌영감이 장날이 되어 장에 왔다가 우리 집에 찾아와서 점심을 먹은 뒤 엄마한테 자기네 집 위치를 자세하게 가르쳐주며 꼭 오라고 해서 엄마는 다음날 택시를 타고 경포 뒤쪽인 고 영감 집에 찾아가 보니 밥걱정 안 하는 제법 잘사는 농가였고 엄마가 갔을 때가 마침 점심때였기에 감자를 쪄내 오고 대접이 융숭했는데 셋째 딸을 데려다 놨다가 엄마에게 딸려 보내서 우리 집에 온 이 애를 제가 보니까 나이는 열한 살이고 얼굴은 얽었는데 콧등이 유난히도 더 많이 얽은 순옥이라는 이름이었지만 처음 오고부터 밥만 먹으면 아무 일도 안 하고 잠만 자는 게 일인 것을 보고 있다가 다음 날 제가 뒤꼍 그네에 앉았을 때 제 곁에 온 순옥이 보고

"순옥아, 저녁 준비해야지. 안 하니?"

"한번 밥하문 자꾸만 하라 해서 안 해. 내가 있던 귀챙이 하라버이 집에서 내가 보리쌀으 삶아 놨더니 자꾸만 그거르 하라 해서 혼났잖나."

하고 말하기에 저는 저녁 밥상에서 엄마에게 얘기하니 엄마는 웃으며

"놔둬라. 애들이 정들 동안에는 본데 그런다. 정이 들면 안하고는 못 배기니까 억지로 시키지 않아도 돼."

하고 말했는데 며칠 지나는 동안 정말 엄마 말대로 순옥이는 소제며 빨래며 모든 집안일을 힘도 안 들이고 쉽게 해치울 때 저는

"순옥아, 뭐 한번 밥하면 자꾸 하라고 해서 귀찮아 안 한다며?"
하고 놀려주었더니 엄마가
"그때는 아무것도 모르고 그랬지. 이제는 잘할 거다."
하니까 순옥이는 소리 없이 헤 웃으며 부지런히 일을 했습니다.

지난 봄 서울 갔다 온 엄마가 얘기하는데 제 외당숙모인 황보씨는 수단이 좋아서 궁중에 있는 수라간 궁녀들의 요리 강습회를 열었는데 육류만 다루는 궁녀가 있고 생선을 다루는 궁녀가 있고 야채를 다루는 궁녀가 있어 제각기 맡아 하던 요리를 해 보느라고 궁중 치장을 하고 제각기 도마를 앞에 놓고 요리를 해서 그것을 나누어 먹으며 상궁들과 얘기하던 엄마는 여름에 해수욕도 할 겸 강릉에 오겠다는 약속이 되어 여러 가지 준비를 해야 한다고 했고 강릉 유지 부인들에게 알려주어 전환자 아줌마며 이때의 강릉 제일 부자였던 최준집씨 부인이며 모두 모두 기대가 컸습니다.

이렇게 되어 엄마는 여름이 오기 전에 귀한 손님들을 편히 쉬게 해주기 위해 이부자리도 손질하고 사람들을 시켜 빨래며 모든 일을 해놓고 이번에는 집 안을 깨끗이 하기 위해 도배며 페인트칠이며 해야 하는데 웬일인지 엄마는 이 일의 전문가들을 부를 생각은 않고 손수 하겠다고 고집부리며 사람들을 불러서 일을 맡기자는 아빠의 권유도 마다하더니 기어코 일이 엉망이 되고 나서야 전문가들을 불렀기에 이 일은 두고두고 아빠에게 놀림당하였습니다.

모든 준비가 다 끝나고 날씨가 찌는 듯이 무더워지기 시작했고 아직 대학은 여름방학을 안 해서 오빠들도 안 왔을 때인데 구황실의 상사가 나서 장례를 치러야 하기 때문에 수라간 상궁들이 강릉으로 갈

수 없다는 황보씨의 편지가 와서 강릉에서 기대했던 분들은 섭섭해 들 하고 있었고 이때 언니네 일 때문에 엄마는 서울 가느라고 순옥이는 온 지 얼마 안 되기에 고모를 데려다 놓고 갔습니다.

이때가 여름이었지만 저는 감기에 걸리기 쉬웠고 감기에 걸리면 그때나 지금이나 마찬가지여서 기침을 하게 되면 아주 오랫동안 고통을 받아야 했기에 남들은 반소매 옷을 입고도 덥다고 하는데도 저는 여전히 소매 긴 옷을 입고 있어야 했습니다.

이럴 때 진순이 언니가 주문진 친척 집에 가느라고 우리 집에 들렀는데 저를 보더니

"아이, 날씨가 이렇게 더운데 옷을 덥게 입었니?"

하는데 뒤꼍에서 방으로 들어오던 고모가

"아이고, 진순이 왔나? 시집가니 우떻드나? 전번에는 딸으 낳다더니 이번에는 뭐 낳나 아들 낳나?"

"그보다도 명순이가 덥겠어요."

"야, 걱정마라. 이러 입아야지 그래지 않으문 고뿔 걸래. 고뿔에 걸리문 귀찮아."

"그래도 날씨가 좀 더워요?"

하고는 나가더니 얼마 안 있어 무늬가 있는 파란 티셔츠를 사다가 저에게 입혀 놓고는

"아이, 이렇게 입히니 내 마음이 다 시원하다. 언니가 돈 많을 적에 이보다 더 좋은 거 사다 입힐 게 우선 이대로 입어."

하니까 보고 있던 고모가

"야, 넌 뭘 지지바르 그러낳나? 그러니 신랭이 암말 안 하더나?"

"네, 이담에 아들 낳지요."
하고 하룻밤 자고 갔습니다.

　엄마가 서울 갔을 때 큰오빠는 생물과에서 설악산으로 식물 채집 여행을 가는 데 따라갔고 지난 겨울 미국 유학을 마치고 귀국해서 서울 음대 성악과 교수로 나가기 시작한 이종국씨 막내딸 이명숙이가 방학 동안에 해수욕하러 오겠다고 해서 이종국씨도 허락해 주어 엄마는 먼저 집으로 오느라고 서울에서 다른 때보다 일찍 왔는데 순옥이는 어리기 때문에 음식 범절이 때 벗은 덕형 엄마에게 도움을 부탁하고 기다릴 즈음 언니에게 이유 없이 붙잡혀서 향수병(Home sick)에 걸렸으면서도 집에 오지 못하던 작은오빠가 서울서 왔는데 작은오빠는 이전 집에서 학교 다니던 때와는 달리 날카로운 눈과 얼굴에는 사나움으로 가득 차 있어서 제가 감히 이전과 같이 말을 붙이기도 어려웠기에 저는 속으로

　'작은오빠는 서울 가서 왜 저렇게 무서워졌을까? 아마 서울에서는 그렇게 되나 보지?'
하고 생각했는데 작은오빠가 온 지 이틀 후의 오후에 형부 혼자서 강릉으로 온다는 언니의 연락을 뜻밖에 받고 작은오빠가 마중 나가서 버스에서 내린 형부와 같이 집으로 왔는데 아빠 엄마는 형부가 관직에 있을 때와 같이 조금도 변함없이 극진하고 정성스럽게 대접해 주니 형부는 좋아하며 만족해했는데 이때는 5·16 군사혁명으로 형부는 경찰에서 물러나 아무 일도 못 하고 실직해 있는 상태였습니다.

　이튿날 형부는 작은오빠와 강릉 남대천 상류로 고기 잡는다고 나간 뒤 한낮이 됐을 때 엄마는 비행장으로 명숙이 언니 마중을 나갔는데

죽헌 아주머니가 찾아왔다가 저한테
 "엄마 어데 갔나?"
 "엄마가 비행장에 갔어요."
 "왜서 갔나?"
 "외가 언니가 온다고 그래서 마중하러 갔어요."
 "그래? 어머이 오거던 내가 왔다가 바빠서 가더라고 그래라."
하고 부지런히 간 뒤에 얼마 안 있어 엄마는 명숙이 언니를 데리고 집으로 오더니
 "피로하지? 요 깔아 주께 드러누워라."
하고 안방에다 요를 깔아주니 명숙이 언니는
 "아이, 시골 같지 않네요. 이렇게 깨끗하고. 이 소제는 누가 하지요?"
 "애들이 하지."
 이러다가 명숙이 언니는 요 위에 누워 책을 보다가 제가 보이니 웃으며 손짓으로 저를 오라고 부르며
 "너 이리 와. 너 참 이쁘다. 몇 살이야?"
 "열여섯."
 "아이 이쁘다. 언니하고 사귀어 보자."
하는데 엄마는 중간 방 사이의 장지문을 닫아주며
 "언니 고단하다. 한잠 자고 나거든 얘기해 봐라."
하고 엄마는 부지런히 외출했습니다.
 한잠 자고 난 명숙이 언니는 장지문을 열고 저를 보며 웃음 띠고 오라고 하기에 저는

"언니 내 말 알아듣겠어?"

"음. 알아듣고말고."

"그럼, 내 말 들어봐."

"뭐야?"

"언니 미국 가서 공부했다 맨?"

"아이, 그런 것 어떻게 아니?"

"왜 몰라? 언니 음대 나왔지? 노래 잘하겠네. 노래해 줘. 내가 들어야겠다."

"이제 봤더니 모르는 게 없잖아? 무슨 노래 듣고 싶니?"

"보리수"

"보리수? 어디서 들었니?"

"라디오. 그리고 들장미, 그 노래가 좋아. 내가 제일 좋아하는 노래야. 그리고 음- 그건 뭐지? 가만있어 봐. 내 생각해 보고. 음- 이제 생각났다."

"뭐야?"

"메기의 추억, 그건 내가 제일 좋아하는 노래야."

"아이, 모르는 것이 없네. 그리고 너 보는 책이 뭐야? 이건 누가 사줬어?"

"응, 우리 아빠가."

"이렇게 커다란 게 아직도 아빠라고? 지가 뭐 애긴가?"

"애기 아니래도 아빠는 아빠지 뭐. 그리고 있잖아. 언니, 우리 집에 고양이 있다. 고양이가 애기 낳았어. 이따가 봐."

하는데 엄마가 시장 갔다 와서 저한테

"왜 언니 쉬게 놔두지 않고 이렇게 귀찮게 구니?"

"얘가 모르는 게 없어요. 노래도 잘 알고 그것도 명곡만 알잖아요? 누가 가르쳐 줬는지 책도 다 보나 봐요. 여기선 얘같이 몸 못 쓰는 사람만 보면 이상해서 보지요? 미국에선 이런 사람들이 직장에도 다니고 또 자기가 할 수 있는 건 다 하기 때문에 다른 사람들은 보통으로 봐요."

이러고 얘기하는데 아빠는 명숙이 언니가 왔다기에 잠깐 틈을 타서 집으로 오셔서 명숙이 언니의 인사를 받은 뒤

"명숙이가 이렇게 먼 데까지 여행하느라고 피곤하지? 우리 집이 불편하더라도 있는 동안 편안히 있다가 가도록 해라. 동해 바다에서 나는 신선한 생선이며 조개들을 많이 먹고 이뻐져야지. 나는 이만 바빠서 나가봐야겠다."

하시고 바삐 나가셨고 엄마는 시장에 갔다가 살아서 움직이는 전복과 해삼, 멍게와 생선을 사가지고 와서 덕형 엄마와 요리를 만들어 명숙이 언니에게 주니 해삼과 멍게는 먹으면서 전복은 잘 못 먹으며 엄마한테

"아주머니, 이게 뭐예요?"

"이거 말이냐? 전복이란다. 왜? 이렇게 놓으니 못 먹겠니?"

"네, 생것이라서. 익혀 먹었으면 좋겠어요."

"그래, 이다음에 익혀 놓으마."

하고 있다가 시간이 흘러 저녁때가 됐고 어두워지기 직전에 형부는 작은오빠와 들어와 저녁밥을 먹고 나서 얘기하고 있다가 잤는데 엄마는 형부한테 극진히 대접하니 형부는 만족해서 좋아하며 싱글벙글하고 있었습니다.

이튿날 명숙이 언니는 습관대로 늦잠을 자고 일어나서 조반 겸 이른 점심을 먹고 엄마와 바다로 갔고, 형부는 냇가에서 낚시를 한다며 작은오빠를 데리고 나갔는데 이렇게 일주일이 지나자 형부는 언니 혼자 있다며 서울로 갔고, 명숙이 언니는 엄마와 매일같이 바다로 가면서 피부를 까맣게 태운다고 별렀지만 힘이 들어 매일같이 늦잠을 자고 나서 아침 겸 이른 점심을 먹고 나니 이날은 바다에도 못 가고 쉬고 있을 때 애기 고양이들이 벌써 좀 자랐다고 방이며 마루에 몰려다니며 저희끼리 레슬링도 하며 재롱을 피우니까 명숙이 언니는 이쁘다며 집이 가까웠으면 한 마리 가져갔으면 좋겠다고 하면서 저 보고
　"고양이들 양엄마 해."
하고 노란 애기고양이를 제 앞에 놓아주는데 명숙이 언니의 손에 이상한 것이 들려 있어 제가
　"언니, 그게 뭐야?"
　"묵주야."
　"묵주가 뭐야?"
　"성당에서 쓰는 거야."
하고 엄마가 대신 대답해 주기에 저는
　"언니, 언니도 성당에 나가? 저 어 뭐지? 음, 예수님 엄마 이쁘지? 언니 집에도 그런 게 있어?"
　"예수님 엄마가 뭐야? 얜 그것도 몰라 바보같이."
　"그럼, 뭐라고 그래?"
　"성모님."

"성모님이 예수님 엄마 아냐? 언니가 바보다."

"요게 언니를 막 놀려. 어디 보자, 나 너하고 안 놀아."

하며 묵주신공을 시작해서 저는 기도하는 것을 보며 천신기 할머니가 기도하던 걸 제가 보았던 생각이 났습니다.

저녁밥 먹은 후에 한가히 아빠는 명숙이 언니랑 얘기하는데 제가 보니까 명숙이 언니의 엄지발톱에 네일 컬러를 발라 빨갛기에 저는

"언니, 발톱이 이쁘다."

하고 손가락으로 꼭 눌렀더니 아빠와 얘기하면서도 저를 손으로 붙들겠다고 하기에 저는 흔들거리는 몸으로 재빨리(?) 피했더니 이따가 보자는 듯이 저를 빤히 보면서 입가엔 미소를 띠고 있다가 엄마가 과일을 가져와 앞에 놓으니까 명숙이 언니는 과일 한쪽을 제게 집어 주며

"자, 이거 먹고 우리 사이좋게 지내자. 싸우지 말고."

"언니, 나 이뻐?"

"응."

"얼마큼 이뻐?"

"아주 많이."

이러는데 듣고 계시던 아빠가

"뭐 커다란 게 이쁘냐고 물어."

"아빠는 내가 입만 벙끗하면 저러더라."

하고 투덜거리며 과일을 먹었습니다.

이러던 어느 날 저녁때가 되어가며 석양이 부엌을 비추기 시작할 때 명숙이 언니는 덕형 엄마가 업고 온 막내아들을 보며

"아이 이뻐. 맘마 먹었니?"

"언니, 애기 이뻐?"

하고 제가 물으니, 명숙이 언니는 고개를 설레설레 저으며

"난, 애기 싫어."

"그럼, 언니 시집 안 가? 시집가면 애기 낳잖아."

"난, 애기 안 낳을 거다. 기르기도 힘들고 귀찮아서."

"뭐, 언니 맘대로 해?"

하고 방금 배달된 신문을 들여다보는 명숙이 언니 곁에서 신문을 들여다보니 신문 광고란에 생리통이라고 쓰여 있는 것이 눈에 띄어

"언니, 생리통이 뭐야?"

"이거? 여자가 성장하면 젖이 생기고 한 달에 한 번씩 나오는 게 있어. 그게 잘 나와야지 여자가 건강하지, 그게 안 나오면 허리가 아프고 배도 아프고 한데 이것이 생리통이야. 그래서 약도 먹고 병원에도 가야 하는 어려움이 있어. 그렇게만 알아둬."

하고 제게 가르쳐 주었지만 저는 이때에도 생리가 시작되지 않았기에 이 말이 이해되지 않았지만 가만히 있었습니다.

명숙이 언니는 이튿날 쉬면서 점심 먹은 후 엄마에게 미국에서는 애기를 재울 적에 눕혀서 재우지 않고 엎어서 재운다며 이렇게 하면 심리적으로 안정감이 있어 애기가 깊은 잠을 잔다고 얘기하고, 또 미국서 집으로 돌아오니 보약으로 녹용이 들어있는 한약을 지어다가 다려주는데 잔남이는 달여진 한약을 먼저 따라 마시고 다시 물을 부어 재탕을 해서 가져오더라고 얘기하니 엄마는 남의 애를 두면 본래 그런 짓을 잘하는데 그것이 어리석은 것이 저에게 맞지 않는 보약을

먹으면 오히려 해가 되는 걸 모르고 그런 짓을 한다고 말을 하기에 저는 이전에 마귀 같은 순현이가 제게 했던 것이 생각나서

"내 약도 도둑맞았어. 엄마 알아? 마귀 같은 애를 두더니, 엄마가 정신이 있었어? 남의 약을 자기가 먼저 따라 먹고 재탕해서 갖다주는 걸 그것도 모르고."

"이전 생각을 하고 또 엄마가 미웠구면."

"밉지 않고!"

"무슨 얘기예요? 아주머니"

"글쎄, 언니 내 말 좀 들어봐. 어디서 얼굴도 밉고 마음도 아주아주 밉고 이런 마귀 같은 애를 둬서 내가 볶이고 또 볶이고 이러는데 엄만 그것도 모르고 그 애만 이쁘다고 그러니 내가 얼마나 속상해? 그러고도 서울인가 뭔가 가서 오래 있고 사람들이 와보고 내쫓아라, 내쫓아라 해도 안 내쫓고. 그랬다고."

"내가 서울도 다녀와야 하고 집에 있어도 바쁜 일이 좀 많니? 그러니까 집에 뒀던 못된 계집아이를 도로 뒀더니 이렇게 원망하잖아? 게다가 창기가 급성 간염으로 병원에 입원했잖아. 거기 가 있느라고 오래 있었더니 애를 어떻게 볶았던지 애가 눈만 걸렸지 뭐야?"

"그런 애를 누가 두래? 둬 가지고 나만…."

하고 저는 그때 순현이한테 당했던 분노가 폭발이 되어 울면서 엄마에게 기어드니 명숙이 언니는 보기에 딱했던지

"아이, 지난 일 가지고 뭘 그래? 이젠 지나갔잖아. 지금 있나 뭐? 내가 봤더라면 눈이 빠지도록 야단칠 텐데."

하고 저를 달래기에 저는 울다 말고

"그 계집애가 어떤 계집애라고, 아무리 야단쳐 봐라, 무서워하기나 하겠나!"

하고 말하고 겨우 진정을 했을 때 엄마는

"명숙아, 오늘은 바다에 안 갈련?"

"오늘은 쉬어요. 너무 피로해요. 아주머니, 여기 성당이 멀어요?"

"왜? 성당에 가려고?"

하고 작은오빠를 불러 성당에 다녀오라고 일러서 명숙이 언니와 나간 뒤에 순옥이 엄마인 농아자가 만삭인 몸으로 찾아와서 순옥이 보고 손짓으로 뭐라 뭐라고 하니까 순옥이는 엄마한테 통역하기를

"어머이가 아르 낳는다고 날 오라 하잖소. 허이는 요새 몸이 아프다고 앓고 있지맨서 날마두 밥두 안 하고 있다 하잖소."

하고 얘기했지만 엄마는 명숙이 언니를 보살펴 주기에 바빴는데 서울 언니네로부터 빨리 오라는 연락을 받고 작은오빠는 서울 갔고 명숙이 언니만 남아서 있을 적인 저녁에 아빠하고 얘기하는 명숙이 언니의 빨간 발톱이 이뻐서 제가 손으로 꼭꼭 누르다가 미처 손을 못 치워 붙들리기 일쑤였고 한번 붙들리면 제 손을 꼭 쥐고 안 놓기 때문에 좀 곤란을 받기도 했는데 하루는 명숙이 언니가 서울로 가야 한다기에 섭섭해서

"언니, 또 올 거야? 내년 여름에."

"글쎄."

"언니 가기 전에 노래해 줘. 언니가 잘 부르는 왜 있잖아. 여자의 마음은 갈대와 같이… 이런 노래 있잖아."

"어디서 들었니?"

"언니가 홍얼홍얼하는 소리 들었지."

"가만있어, 내가 어디 갔다 와야 해."

하고 대문 밖으로 나갔다가 한참 만에 생과자 한 상자를 사 오더니

"이게 너한테 마지막 선물이다."

"아이, 여름에 뭐 과자야? 과일이 좋지."

"그렇더라도 언니가 사다 준 거니 먹어."

하고 있다가 엄마와 항공사로 나가려고 할 때 제가

"언니, 고양이 안 가져가? 이쁘다며?"

"응, 가져가고 싶은데 비행기에 안 태워 주잖니. 그럼, 명순이 잘 있어. 약 잘 먹고."

하고 떠나갔기에 저는 명숙이 언니가 간 것이 섭섭하고 보고 싶어지기도 해서 날마다 명숙이 언니가 하던 말이 제 귀에 들리는 것 같았고 엄마한테

"아주머니, 창기를 기대하지 마세요. 제가 이렇게 말한다고 섭섭하게 생각지 마시고 잘 들어보세요. 딴사람은 이렇게 말 안 하지요? 현재는 안 그럴 것 같지만 이제 얼마 남지 않았어요."

"그러게 말이다. 나도 짐작이 간다. 글쎄, 부모도 없이 떠돌아다니는 애를 사귀어 가지고."

"그러게 말이에요. 그게 문제예요. 둘이 좋아하면 할 수 없지만 눈이 삐었어요."

라고 얘기하던 생각이 제게 자꾸만 떠올랐습니다.

이렇게 모두 서울로 가고 저는 조용하고 한가한 날들을 보내고 있을 때의 어느 날 낮에 순옥이 아버지가 와서 엄마한테

"아이고 쥔댁이 우째 가들 어버이 올 직마두 그러 택시르 태와 보내고 그것도 과분한데 뭐르 그러 사 주시우? 나는 고만에 염채가 음싸서 가들 어머이보고 이 댁에는 가지 말라 했잖소."

"그래요? 나는 서울서 조카딸이 왔기에 그 치송하느라고 왔다 간 것만 아는데요."

"아이구, 큰 탈 났네. 택시르 타고 온 거르 뭔 돈으로 택시르 탔나고 했더니만 이 댁에서 태워 보내더라고 하던데. 아이고, 세사 그럼 저 놈어 지지바르 때때 줘서래도 그 따구 버르재이는 곤체 주시우. 아이고, 난 그래도 이 댁에서 태와 보냈나 했더니만. 아주머이요, 난 저 지지바 꼴 보기 시라서 가겠소."

하며 걱정에 휩싸여서 황황히 간 뒤에 엄마는 순옥이를 불러 닦달하니까

"우리 어머이가요, 말도 모 하는 기 자꾸만 남어 아드르 보라 하맨서 여 올 직마두 남어 아는 집에 올 직마두 그러 마이 가주오는데 너는 뭐하나 이래잖소. 그기 오기만 오문 귀찮아 죽겠잖소."

하고 고백하니 엄마는 다시 그러지 말라고 타이르고 말았는데, 어찌 된 일인지 순옥이의 도벽은 없어지지 않았습니다.

이러고 나서 며칠 안 된 어느 날 그전 정숙이 있을 때 언니 집으로 가겠다고 우리 집에 와있던 처녀가 이제는 결혼을 해서 새색시가 되어 애기를 낳은 산모와 아이를 업은 친정엄마가 같이 와서 엄마한테

"그 뱅신 갔소? 아이고 그러 꼴값 하더니."

"시집가니 좋니?"

"야. 좋지, 뭐요"

하고 대답하니, 업고 온 얘기를 눕혀 놓고 앉았던 친정엄마가 나서며
 "야르 시집으 보낼 직에 뭐르 해줬는지 아오? 신랭 양복 한 벌으 해주고 자부동 세 개나 해주고 횃댓보 한나, 이불 두 채, 요 한 채, 은수제 두 벌, 또 그뿐인 줄 아오? 그릇도 해주고 또 색경두 크단 거 한나 해주고 솥도 한나, 이불보도 한나 해줬잖소. 그래 야한테 가문 내가 그러 마이 해줘서 싸우 보기 떳떳하잖소."
 "아이, 많이 해줬네, 그러니 장모가 떳떳할 수밖에."
하며 엄마는 진지한 표정으로 들어주며 칭찬하니 이 아낙네는 신이 나서 딸의 혼인 잔치할 때의 얘기를 하는데 저는 친정엄마가 낳은 지 얼마 안 되는 아들을 들여다보다가 애기한테서 오래된 젖 냄새 같은 땀 냄새를 맡고 그만 헛구역질을 했더니 새색시인 딸이
 "어머니, 뭔 언나르 지금 와서도 나아가주고 댕기는가. 남새시럽지 않는가. 인제는 고만 낳아. 아이구."
하고 수선을 피우며 가자고 친정엄마를 재촉해서 갔습니다.
 이러고 나서 저녁 무렵에, 시장에 푸성귀 팔러 왔던 순옥이 올케가 들려서 엄마한테
 "자 어머이가요. 몸 푼다고 순옥이르 며칠만 보내달라 하던데요. 자 허이는 요새 몸살이 났는지 줘 쓰고 드러누워서 일나지도 모 하잖소."
하고 말을 전하고는 이내 갔는데 이튿날 낮에 엄마는 미역과 해산에 필요한 천과 융으로 만든 애기 싸주는 것과 큰애들을 위해 과자까지 사서 한 보따리 해가지고 갔는데, 저녁때가 되어갈 때 서울에서 잔남이가 휴가를 얻어 서울 가고는 처음으로 강릉에 와서 버스에서 내리

자마자 우리 집부터 들러서 엄마한테 하는 얘기가 명숙이 언니는 해수욕 왔을 때 온 식구가 돌보아 주어 서울 자기네 집에 있는 거나 다름없이 편안히 있다가 왔다고 좋아하더라고 전하면서, 또 얘기하기를 작은오빠가 외당숙 이종국씨한테 몹시 대들었는데 원인은 제 언니가 황보씨가 하는 계에 들었는데 이종국씨가 오랫동안 데리고 있던 운전수 권씨가 제 언니에게 부탁해서 언니의 이름으로 한 구좌를 황보씨와 이종국씨 몰래 들었는데, 이때 권씨가 소유한 시내버스의 소속 운수회사가 부도를 내어 신문에 이 사실이 크게 났고 그 바람에 권씨는 미처 곗돈을 내지 못하자 황보씨가 이 사실을 알았고 이종국씨는 펄펄 뛰고 있을 때, 아무것도 모르는 작은오빠가 언니의 심부름으로 곗돈을 가져갔다가 이종국씨에게 영문도 모르는 불호령을 듣게 된 작은오빠는 해결책으로 권씨를 찾아서 돈을 받아올 테니 주소를 가르쳐 달랬다가 이종국씨의 호통을 듣게 되자, 이 일이 어디 내 잘못이며 그렇게 오랫동안 권씨를 데리고 있었으면서 권씨에 대해 아는 바가 없다는 것은 이해 못 하겠다면서 이종국씨한테 대들고 권씨 돈을 어떻게든 받아만 오면 되잖냐고 하니까 이종국씨는 너는 네 아버지한테도 이러느냐고 하니 머리끝까지 화가 난 작은오빠는 우리 아버지가 어디 이런 식으로 말씀하시더냐고 소리치며 이따위 가당찮은 호령은 들어본 일이 없다고 대들며 며칠 안에 권씨에게서 돈을 받아다가 황보씨에게 갖다주었다고 했습니다.

  이런 일이 있고 나서 잔남이가 강릉으로 다니러 올 때 작은오빠가 강릉의 엄마 아빠에게 편지했으면 어떻게 하냐고 이종국씨와 황보씨가 걱정하며 잔남이한테 네가 내려가면 잘 말씀드리라고 했다고 전

하니까 엄마는 웃으며 자세히 묻고 나서
"그 녀석이 그런 짓을 했으면서 어떻게 저 잘했다고 편지하겠니?"
하고 웃었고 이러다 보니 저녁 먹을 때가 돼서 아빠가 들어오셨고 이내 온 식구가 저녁을 먹는데 잔남이는 속이 좋지 않다고 밥에 둔 감자만 먹고 있을 때 딸이 서울서 왔다는 소식을 듣고 잔남이 엄마가 찾아와서 딸을 만나자 반가워하며 눈물을 흘리면서
"그래 이년아, 서울에 가서 고상시럽더나? 왜서 그러두 어머이르 욕했나?"
"고생은 뭔 고생이야? 여기 아주머니는 거짓말 안 하는 사람이야. 내가 속상해서 그랬지. 그보다도 동생들 잘 있소?"
"니 동상 길범이가 저게 나가 돈으 벌다가 다리가 아프다 해서 걱정이잖나."
"그 애가 또 왜 그래? 아이, 골치 아파. 엄마는 시장에서 난전 본다며? 아버진 여전히 술만 퍼먹겠지? 내가 이런 꼴이 보기 싫어서 안 오려고 했는데 그래도 집이 궁금해서 왔더니."
하고 일어난 잔남이는 방구석에 놓인 큰 옷 가방에서 과자 한 봉지를 꺼내더니 저에게 주는 걸 보니까, 촌 잔칫집의 잔칫상에 올려놓는 과자라서 저는 황보씨가 보낸 것으로 알고 제 속으로
'그렇게 부자로 잘산다는 집에서 이게 뭐야?'
하고 생각하며 잔남이한테
"이건 왜 나 주니? 동생들 갖다주지."
"응, 여기 또 있어. 이건 내가 너 주려고 산 거야. 또 올게."
하고 잔남이는 옷 가방들을 챙겨 들고 자기 엄마를 따라갔습니다.

이튿날 잔남이 엄마는 자기 딸이 예전과는 달리 때 벗은 모양이 대학생 같아서 이날은 장사도 집어치우고 전에 살던 말산으로 딸을 자랑하러 잔남이를 데리고 내려갔는데 밭에서 일하다 말고 사람들이 몰려드는 속에 우리 고모가 하필이면 그 속에 끼었다가 잔남이를 보자 반가워서
"저기 누구제? 아이고, 잔남이 왔나?"
하며 밭일하느라고 흙 묻었던 손을 제대로 털지도 못하고 잔남이 손을 움켜쥐면서 어깨를 쓰다듬어 잔남이의 손이고 옷에 흙먼지가 묻어 잔남이가 싫어하니까 욕 잘하는 우리 고모는 대뜸
"이놈어 지지바, 니는 그래 이전에 밭으 안 매봤나? 서울 가더니 이 지지바르 버렸잖나. 그래, 니 그 버릇 해봐라. 니 좋다는 아가 하나도 음씰 끼다. 사람이 그래문 못써."
하고 야단치더라고 잔남이가 와서 엄마한테 얘기하면서 괜히 말산으로 가서 야단만 듣고 왔다고 하면서 자기 동생을 병원에 데려갔더니 관절염이라고 하더라고 했습니다.
   잔남이는 자기네 집에서 사흘을 있어 보니 눈에 뜨이는 가난도 싫었고 또 모든 것이 위생적이면서 깨끗하던 서울 생활이 그리웠던지 자기 엄마에게 서울 엄마가 기다리겠다고 빨리 가봐야 한다고 하니까 잔남이 바로 밑의 누이동생이
"나는 게와 엄마가 하나뿐이잖나. 니는 어물쩡 어물쩡 해주문 엄마도 그러 마이 생기고 오빠들도 그러 마이 생겨서 여 가도 엄마고 저 가도 엄만기 뭐. 그리고 오빠들이 그러 많아서 화장품도 사주고 옷도 사주는 오빠들이 많아야."

하니까 이 말을 들은 잔남이는 기가 막혀서 자기 엄마보고
 "엄마, 저 애가 미쳤지. 제정신으로 저런 소릴 하나?"
했다고 잔남이 엄마가 와서 엄마에게 전하면서
 "이래다가 갔잖소. 잔냄이가 서울으 가서 밥이나 하고 빨래나 하는 아 같지 않고 대학상 같애서 먹는 것도 그저 쪼끔 먹고 지 아버지 보고 막걸리 먹는다고 그거 먹지 말고 다바(다방)에 가서 차르 마시라고 이래고 막 야단치잖소. 지지바, 우리 행팬에 뭔 다바에 갈 수 있소? 아이구, 상전 같더니만 가니 이러도 팬하잖소."
이러고 얘기하다가 팔던 물건들을 그대로 벌여놓고 왔다며 급히 갔습니다. 순옥이는 자기 집에 갔다가 의외로 빨리 돌아왔는데 엄마한테 하는 말이
 "허이가요 아파서 둔눠 있더니 일나서 날보고 얼른 가보라 하는 거르 내가 허이야 이러 왔씨니 하룻밤만 더 있다 가자 했더니만 아 어머이가 아르 낳잖소. 뭐 낳나 하고 봤더니 머스마잖소. 그래니 아버지가 조화서 입이 귀까지 도라가맨서 허이가 이러 이러났시니 얼픈 가보라 해서 왔잖소."
하고 얘기했는데 자기 집에 갔다 온 뒤로부터 순옥이는 입맛이 달아서 그런지 먹는 것을 주책없이 먹으면서 고양이에게 주는 것도 아까워하며 사람도 못 먹는 것을 준다고 하면서 고양이들에게 밥줄 적마다 투덜대고 있었습니다.
 아빠는 가을로 접어들며 급사를 두셨는데 작은오빠의 중학 동창으로 사람이 착하고 부지런하면서 정직한 사람이어서 엄마는 조금 한가해졌지만, 순옥이를 아무래도 걱정스러워했는데 이때 순옥이는 주

책없이 먹어대고는 조금 이따 보면 토하기 일쑤였고 토하고 나면 이내 또 먹고 해서 우리 집에 와서 얼굴에 붙었던 살은 다 빠지고 바짝 야위면서 병색이 돌기 시작했기에 엄마는 순옥이를 병원에 데리고 가서 진찰을 해보니 위를 엑스레이 촬영까지 해 본 의사는 위 확장증이라고 해서, 이때부터 엄마는 순옥이를 엄격하게 통제하며 죽만 먹이고 있을 때의 어느 날 구슬이는 새끼를 또 배어 부른 배를 해가지고 안방 아랫목을 차지하고 드러누우니 먼저 낳은 새끼들도 모두 어미를 따라 들어와 온 집안에 발자국을 다닥다닥 찍어놓기에 엄마가

"너는 방에서 자지 말고 나가거라. 내가 창고에 네 자리 해 놨잖니."

하고 야단치니까 구슬이는 대답 없이 나가더니 다시는 집에 안 들어왔고 나비 녀석도 처가 없는 집에 혼자는 못 있겠다고 나가더니 다시는 안 들어왔는데 죽만 먹고 지내면서도 먹을 욕심이 대단한 순옥이는

"사램도 못 먹는 거르 고내이만 주네."

하며 새끼 고양이들에게 아침밥을 준다는 걸 어떻게 해서 주었는지 새끼 고양이들이 모두 밥그릇에 동그랗게 모여 밥그릇에 코를 박고 죽어 있어서 이때부터 우리 집은 고양이라고는 없게 되었습니다.

 엄마는 이 해가 고모 회갑 년이고 생일이 가까워지자, 고모 회갑에 쓰려고 마른 북어쾌를 뜯고 있을 때 전환자 아줌마가 왔다가 보더니 마른 북어 뜯는 것을 조금 달라고 하며 속이 쓰려서 못 배기겠다고 조금 입에 물고 먹다가 갔는데 고모의 회갑 전날 모든 준비를 끝낸 엄마는 말산으로 가서 고모가 일하는 곳인 과수원으로 갔더니 고모가 일하다 말고 엄마를 보고 반색을 하며

"우떻게 왔는가?"

"내일이 고모 회갑이 아니요. 차린 것은 없지만 내일 하루 고모가 좋아하는 동네 사람들을 불러서 대접하려고 알리러 왔지요. 내일 택시를 대절해서 동네 사람들을 청해서 재미있게 노시라고 동생이 그럽디다."

하고 얘기하니 고모는 좋아서 하는데 피난 나와서 과수원 머슴으로 있다가 지금은 과수원 일을 감독하고 있는 장씨가 오더니

"작업에 방해되니 어서 빨리 나가요."

하고 말하다가 엄마한테 눈이 빠져라 야단 듣고 말았는데 고모는 엄마를 따라와서 우리 집에 있으니까 저녁때 옥기 언니와 정남이 언니가 고모 옷을 사 와서 내놓으며 옥기 언니가

"고모요 엇소."

"니가 뭔 돈이 있싸서 이러 사오내이 친정살이 하는 기."

하고 달갑지 않아 하며 쏴붙였는데 이튿날 아침 회갑을 맞이한 고모는 조반 후 새 옷을 갈아입고 싱글벙글하며 엄마가 대절해 준 택시를 타고 말산으로 가서 그 동네 사람들을 태우고 우리 집에 내려놓기를 두어 차례 왕복했는데 조금 젊은 사람들은 모두 택시 타기를 사양하고 걸어서 우리 집에 왔는데 큰방으로 사람이 가득했고 가운데 방과 안방에도 사람으로 가득 차서 마루에까지 사람들로 가득해서 큰 잔치가 벌어졌는데 고모는 뜻밖의 선물도 많이 받아 말할 수 없이 기뻐하며 술이 얼큰히 취하자 말산에서 온 아낙네들과 할머니들한테

"이러 좋은 날 음식만 먹고 그냥 갈 텐가? 춤도 추고 노다가 가야지. 어여 소리르 좀 하게 어?"

하고 재촉을 하니 일하면서 부르던 민요 가락이 흘러나왔고 여기에 맞추어 젓가락 장단에 흥이 난 노파들과 고모는 춤을 추기 시작해서 잔칫집다운 흥겨움이 넘쳐 시간 가는 줄 모르고 놀다가 저녁때가 돼서야 모두 갔는데, 엄마는 음식을 싸서 말산에서 온 사람들에게 나누어주어 가져가게 했고 이날 낮에 뜻밖에 진순이 언니 남편이 첫딸 혜숙이를 데리고 왔다가 잔치 자리에 한 추렴 끼어 먹고 마시고 놀다가 갈 적에 저에게 오리온 드롭스 한 갑을 주고 갔습니다.

　엄마는 고모의 손님들을 배웅하고 소제를 깨끗이 하게 해놓고
　"아이, 큰 잔치 치르고 나니 마음이 다 시원하다. 고모, 내가 이렇게 했으니 내 할 일 다했지요?"
　"아이고, 자네가 큰 이르 하고말고, 푹 쉬게. 내가 며칠 있다가 가꺼니."
하고 고모는 집안일을 돌보아주며 며칠 있는 동안, 뒷집 남씨가 저녁마다 아빠한테 찾아와서 이것저것 묻기도 하고 주위에서 떠도는 소문도 전하고 또 상점에서 물건 팔던 얘기도 하면 아빠가 저녁이면 피로해하시는데도 남씨가 눈치 없이 밤늦도록 온갖 얘기를 하다가 일어설 때면 자정 무렵이었습니다.

　어느 날 저녁에 온 남씨는 삼척에 있는 큰아들이 와서 행패 부렸는데 그것도 재산 문제로 집안 살림 집기를 온통 두들겨 부수며 한바탕 난리 치고 갔다는 얘기도 했는데 이튿날 저녁에도 어김없이 남씨는 찾아와 있을 때 공교롭게도 죽헌 아주머니가 찾아와서 하는 말이
　"우리 옥춘이한테 중매가 들어와서 우리 큰아들이 듣더니 거게다 가는 동상으 줄 수 음따고 하잖소."

하니까 듣고 있던 남씨가 죽헌 아주머니한테

"그래요? 따님 나가 울매요?"

하고 묻기 시작해서 옥춘이의 생년월일을 물으니 죽헌 아주머니도 겁도 없이 남씨한테 가르쳐주니 남씨는 수첩에 받아 적어 갔습니다.

이러고 삼사일 안 오던 남씨가 와서 물건 하러 서울 다녀온 얘기를 하며 엄마한테 중매해 달라고 조르기 시작하며 하는 말이

"내가 요번에 물건 하러 서울에 갔다가 이름난 사주쟁이한테 가서 우리 두째 아하고 그 색시하고 궁합으 맞춰봤더니 아주 좋던데 그 댁에다 말 좀 해주시우."

하고 부탁하기를 매일 저녁 졸라서 엄마는 며칠 후 낮에 들른 죽헌 아주머니한테

"내가 옥춘이를 취직도 못 시켰는데 중매나 할까?"

하니까 죽헌 아주머니는 좋아서 어디 좋은 신랑감이 있느냐고 그것도 조급하게 물어서

"있지! 뒷집 남씨네 작은 아들이면 어떻겠니?"

"아이, 남씨 두째 아들이라문 조화."

"나중에 군말 안 하지?"

"음. 내가 들으니 그 신랭감은 사람이 얌전하고 술도 안 먹는다 하던데, 전매청에 댕기면서도 담배도 안 먹는다 하데. 그런 신랭이문 조화. 그 집에서 우리 딸으 좋다하문 주고말고."

"그래, 네 마음 알았다. 그러지 않아도 옥춘이를 며느리 삼겠다고 날 조르더라."

"웅, 우리 아들이 들으문 조화할 거야."

이렇게 되어 말이 오가기 시작했고, 엄마도 겨울 준비로 김장을 해 넣고 곶감에 분 내기 위해 낮이면 햇볕에 널어 말리고 저녁때면 거둬 들여 조이 짚에 재어 놓았다가 이튿날 다시 넣어 놓아서 건조하고 쌀쌀한 날씨에 제법 곶감 모양을 갖추어 갈 때 먹을 것을 엄격히 통제받아 점차 건강해지더니 이때 얼굴도 좋아진 순옥이는 몰래 곶감 속을 빨아먹고 놓아두기를 세 접이나 되는 것을 모조리 이 모양으로 못쓰게 만들어 놓아 엄마에게 호되게 야단 들었지만, 뻔뻔스러운 순옥이의 버릇은 여전했습니다.

이럴 때 하루는 낮에 계숙이 언니가 와서 엄마한테
"어머니, 진순이 남편 소식 못 들으셨지요? 진순이 남편이 미쳐서 밤이면 소리소리 지르면서 남의 집 지붕을 훌훌 타 넘어 다닌대요. 그러니 진순이는 저 원수를 어떡하다 내가 만나서 이 꼴이 됐나 하고 한탄한대요."
하고 소식을 전하고 갔는데 저녁에 아빠가 들어오셔서 저녁상 받았을 때 엄마가 이 얘기를 하니 아빠는 큰일이라고 하시면서 용호 할머니는 불같은 욕심 때문에 딸의 신세를 망쳐 주었고 진순이는 오라비 말은 안 듣고 허영과 물욕 때문에 제 신세를 제가 망쳤으니 누구를 원망하겠느냐고 하셨습니다.

대학의 겨울 방학이 시작되어 큰오빠가 내려오고, 이어서 작은오빠가 집에 왔는데 한겨울로 접어든 날씨는 심한 추위를 몰고 오니 작은오빠는 스케이트를 타러 다니느라고 아침이면 나가서 저녁때가 돼서야 들어왔는데 어느 날 밤에 아빠가 서류를 꾸미시느라고 일하시는 옆에서 작은오빠는 낮에 얼어붙은 경포 호수에서 얼음 지치던 애

기를 하니까 옆에서 듣고 있던 큰오빠가

"네 아주머니가 스케이트를 잘 탄단다."

라고 말하니 작은오빠는 벌써 정미자 얘긴 줄 알아차리고는 짐짓 모른 척하고 눈을 둥그렇게 떠가지고

"어느 아주머니요? 내 아주머니 중에 스케이트 탈 줄 아는 아주머니가 있던가? 누구 말이요?"

"네 아주머니 감 말이다."

"스케이트나 잘 타는 여자라면 어찌 여자답길 바라겠어요? 난 그런 여자는 싫어요."

하고 대답하니 가만히 듣고 계시던 아빠가

"아직 공부도 안 끝마쳤고 앞으로 유학도 가야 하는데 장가도 가기 전이면서 무슨 아주머니냐?"

하시고 호령하셨습니다.

이러고 지내다가 양력설이 지나가고 할아버지 제사가 얼마 안 남았을 때 서울에서 형부가 작은오빠를 빨리 오라고 불러 작은오빠는 서울로 급히 갔고, 이내 할아버지 제사가 되어 말산에서 올라온 고모는 녹두를 타서 물에 불리며 부지런히 음식 준비를 하면서 종만 엄마와 함께 불려놓은 녹두를 맷돌질하면서 복순이가 전라도에 갔다 왔는데 고모가 보니 사내는 깎은 밤같이 깔끔하고 얌전해서 복순이 하고 짝이 될 수가 없을 것 같았는데 복순이는 그래도 사내 집까지 가서 어떻게든 살아보겠다고 애쓰다가 돌아와서는 집에 있기가 심심하다고 강릉 시내 미장원에 나가서 심부름하며 미용 기술을 배운다고 하니까 일남이가 부러워하더라고 얘기하며 녹두를 맷돌에 부지런히 갈

고 있는데 점쟁이 큰엄마의 심부름하는 애가 오더니

"저게요, 회산에 귀자 엄마 큰아들이요 자살했다 하던데요."

하고 말라니 이 말을 듣고 몹시 놀란 고모가

"뭐이 우째? 가가 왜서? 에미가 맨재기야. 아가 생각이 그러 음싸서 멀쩡한 아들 하나 잡았구만. 그놈어 지지바 어래서부텀 재데기 짓하더니."

하며 콩알 같은 눈물을 뚝뚝 흘렸고 저녁이 되어 들어오신 아빠는 저녁상을 받으시고는 정남이 언니 맏아들이 자살했다고 하셨는데 이날 저녁에는 모두 제사 준비에 바쁘다가 자정에 제사를 지냈고 이튿날 낮에 확산 아주머니가 와서 엄마에게

"연곡 댁 큰아들으는 술 파는 집 혼자 사는 어머이 딸으 친해 가주고 아르 하나 낳장소. 그래 즈 어머이 아버지가 시라 하거나 말거나 지약이문 포대기에 언나르 싸서 포대기 끈이 따에 질질 끌리는 거르 안고 즈 집으로 들어가문 어머이가 보고 아르 뭐 하러 데리고 오나 하면서 그기 뉘 안주 알고 그래나 하고 막 퍼댔잖소. 그래문 그 아드르는 아르 되안고 나가는 기 눈물을 흘리맨 가잖소. 이래 기르 수가 음씨 했싸요. 그래는 기 막내딸 인자 있잖소. 가가 댕기맨 하는 소리가 우리 큰오빤 있으나 마나야. 그래 가주고 뭐르 한다고 하는지 빨리 죽지는 않고, 아 이래더니 고만에 약으 먹고 죽을 직에 어머니 어머니 날 좀 봐주우. 내가요 불쌍한 자식으 뒀잖소. 이래는데도 그 어머이는 또 지랄으 한다. 저놈어 새끼 자빠져 자지는 안 하고, 누가 가 볼지 아나? 그래다가 아침에 늦도록 안 일어나니 막내 지지바 보고 큰오빠 가봐라. 그래서 지지바가 가서 큰오빠 밥 먹아, 하고 방문으 펄쩍 여

니 꿈쩍도 안 해 그 방에 들어가서 이러 흔들었다잖소. 그랬더니 고만에 죽었더라잖소. 그래서 온 집안이 발칵 뒤집폐서 그 집 연곡 댁 할머니는 고만에 섬뜰에 대굴대굴 굴맨서 내가 얼픈 죽을 거르 이러 오래 살다 보니 이러두 못 볼 거르 본다 하고 그 집 아버지는 암 말도 안 하고 그날로 묻으러 가서 야야 잘 가거라. 니가 나보다 먼저 가도 바로만 가문 된다. 이래고 막 우드라잖소."
하고 자세하게 정남이 언니의 비극을 전해주었습니다.

이러고 나서 어느 날 낮에 엄마가 외출하고 없을 때인데 할 일 없이 뒹굴고 있던 큰오빠가 저한테 하는 말이
"내가 편지 쓸 테니 잘 봐."
"누구한테 써?"
"보면 알 거야."
하고 편지봉투에 한자로 정미자라고 써놓고는
"이거 알아? 무식해서 알긴 뭐 알아?"
"나 알아. 나만 업신여겨."
"뭐라고 썼지?"
"뭐라긴 뭐래, 정미자라고 썼지. 내 나이 몇 살이라고 그것도 못 알아볼까 봐?"
"정미자는 참 착한 여자야. 엄만 알지도 못하고 싫어하지. 맏며느리가 얼굴만 이쁘면 뭐 하나? 인물 뜯어먹고 사나? 공부했다고 시집 식구 멸시하는 것보다 낫지. 내가 얼른 가봐야 해. 내가 가보지 않았더니 내가 바빠서 말이야. 그사이에 중매가 들어왔다지 뭐야. 하나는 은행에 다니는 남자고 하나는 공무원이래. 그래서 내가 '너, 나 놔두

고 이럴 수 있냐?'고 했더니 그렇기 때문에 거절했다는 거야. 난 정미자 없으면 못 산다."
하고 제게 이런 얘기를 한 뒤부터 큰오빠는 군인 갔다 와서 복학해서 아직 대학도 졸업 못 했고 가족을 부양할 능력도 없으면서 엄마한테 조르기를
"나 정미자한테 장가보내 주세요."
이러기를 엄마 앞에 앉으면 했는데 엄마가 들은 체도 않으니까
"정미자가 왜 싫으세요? 그 애가 어디가 어때서 싫어하세요? 그 애는 몸이 튼튼하기가 겨울에 내복을 안 입어도 감기 한 번 안 들리는 앤데 그런 며느리를 보면 복에 겨울까 봐 그러세요?"
하며 노골적으로 엄마를 짓볶기 시작했습니다.
　이러다가 큰오빠는 방학도 끝나기 전이고 아직 일월인데 학교 실험실로 나가야 한다며 서울로 갈 적에
"어머니, 미역 좀 주세요. 두고 제가 먹고 싶어요."
하는 것을 엄마는 아무 말을 하지 않고 주어 보냈는데 저는 큰오빠가 가고 나니 온 집안을 짓누르고 있던 침울하고 우울하던 기운이 사라진 걸 느끼고 제 속으로
'휴- 아이 시원하다. 큰오빠는 왜 온 식구가 싫어하는 짓을 저렇게도 할까? 아니 아무리 좋대도 엄마가 안 된다면 말아야지. 그렇게 해도 된단 말이야?'
하고 생각하는데 정미자의 모습이 눈앞에 얼른거리기에
"저건 거머리야. 한번 붙으면 떨어질 줄 모르고, 아이 될 대로 되라."

하고 저도 모르게 입속으로 중얼거리니까 엄마가 보고
 "너 뭐라고 중얼거리니?"
 "아무것도 아냐."
하고 저는 대수롭지 않게 넘겨 버렸지만, 우리 집을 철저하게 패망시킬 비극은 이렇게 소리 없이 점점 다가오기 시작했습니다.
 이러고 제 생각에도 섭섭하고 좋지 않은 일이 일어났는데 전환자 아줌마가 위궤양으로 고생하다가 위독하다는 전갈을 받고 아빠 엄마가 문병 가니까 이 아줌마는 보관하던 토지 문서를 아빠에게 맡기며 외국에서 아들이 돌아오거든 전해달라고 부탁하고 몇 달 안 되어 세상을 떠났습니다.
 이럴 때 음력설이 오기 전에 서둘러 남씨네 둘째 아들과 죽헌 아주머니 큰딸 옥춘이의 결혼식을 서울에서 올렸는데, 어느 혼사나 그렇듯이 모략 섞인 간언들이 많이도 들어와 이 혼사도 깨어질 듯 깨어질 듯하다가 성사가 됐지만, 뒷집 남씨 처는 변덕이 국 끓듯 해서 대학 나온 며느리를 보지 못한 게 한이라느니 옥춘이의 세 모녀가 들어앉아서 어미는 딸 나무라고, 딸년들은 어미 나무라고 하면서 지냈는데 뭐 보잘 게 있느냐는 등 갖은 심술을 다 부리다가 치른 결혼식이었습니다.
 이때의 강릉에서는 결혼식을 마치고 신접살림이 시작되면 시부모는 며느리의 친정 부모에게 귀한 딸을 주어 감사하다는 뜻으로 며느리의 친정 부모를 대접하는 음식을 만들어 보내면 친정 부모는 이것을 받아 손님들을 청하여 딸이 시집에서 며느리로 인정받은 축하 잔치를 하는 풍습이 있어서 남씨네 집에서도 죽헌 아주머니한테 음식을 보내려고 준비해 놓은 재료들이 이것저것 없어진다고 남씨 처가 와서 엄마한테 얘기했는데, 이럴 때 우리 집 비어 있는 큰방에서 여러 사람들이 모여 음식을 만드느라고 드나들기 편하게 우리 집과 남씨네 집 사이에 있는 판자 담의 판자를 두어 장 떼어놓고 드나들었는데 남씨 처는 매일같이 한 차례씩 우리 집에 와서 엄마한테 옷감도 없어지고 안방 다락에 간수해 놓은 건어물도 없어졌다고 했고 또 다음 날은 애써 만들어 놓은 과줄이며 강정이 상자째 없어졌다고 했고 다음 날은 찹쌀 세 말이나 들여서 고아 만든 엿도 큰 반대기 하나가 없어졌다며 이전에는 이런 일이 없었다가 새며느리 보고부터 이러니 아무래도 며느리를 잘못 봐서 집안이 망할 징조라고 하며 엄마한테 모든 책임을 다 지라고 떼쓰기 시작했고 늘상 시장 안 포목점에 나가 살면서 '하루 한 차례씩 낮이면 들이닥쳐 오늘은 옥춘이 친정에 보내려고 사 왔던 과자가 없어졌다느니 마른오징어도 없어졌다느니 하고 떠들며 한창 시끄러워졌고 이럴 때 우리 집에 드나드는 사람들이 많았는데 그중에는 순옥이 엄마 농아자가 시장에 왔다 들렀다며 엄마가 있건 없건 왔다가 들어오지도 않고 가는 걸 저도 가끔 볼 때가 있었는데 어느 날 순옥이 아버지가 찾아와서 엄마한테

"뭐 음싸진 기 음소? 이거 큰 탈 났소. 순옥이 어머이가 올 직마다 큰 보따리로 하나씩 뭐르 가주오니 수상쩍잖소. 가마이 보니까 아들이 어데서 났는지 과일도 들고 댕기고 엿도 들고 댕기고 과제도 가주 댕기니 순옥이르 닦달해 보시우. 나는 가들 어머이르 닦달해 볼 테니. 순옥이르 닦달할 때 인정사정 두시지 마시고 때래 주시우. 바늘 도적이 소 도적 되기 전에 근으 뽑아주시우."

하면서 크게 걱정하고 간 뒤에 엄마는 순옥이를 불러 타이르며 물어보니 순옥이는 펄쩍 뛰며 부인했고 엄마가 때려주는 매를 맞으면서도 극구 부인하기에 엄마는 할 수 없다는 태도로

"너, 정 그러면 경찰서 순사들한테 말해 널 잡아다가 감옥에 보내겠다."

하니까 그제서야 겁이 난 순옥이는 엄마에게 매달리며

"내가 그랬소. 우리 어머이가 자꾸 와서 뭐던지 내놓라 해서 뒷집에서 훔체다 줬잖소. 과일 한 상자, 과제 한 상자, 절편하고 인절미, 개피떡 한 보따리, 큰 반대기 엿 하나, 곶감 서너 접, 마른 북어 한 쾌, 대구포 서너 마리, 그리고 미역 당면 이런 거. 그리고 소소한 반챈거리들으 훔처왔잖소. 그것드르 창고 장작가리 새에다 감춰뒀다가 우리 어머니가 올 직마두 가마이 싸웠잖소. 내 다시는 안 그래꺼니 순사 부르지는 마시우 예?"

하고 눈물 흘리며 제가 한 짓을 다 불었고, 남씨 집은 잔치 물건을 엄청나게 도둑맞았으면서도 둘째 며느리 친정에 음식들을 해 보냈지만 남씨 처는 이제까지 엄마에게 하던 원망도 못 하게 됐고 도둑은 잡혔지만 잃어버린 물건들이 아까워 어쩔 줄 몰라 하던 차에 시장 안 포목점 거리 남씨네 가게 앞을 지나가는 순옥의 엄마 농아자를 붙들어 남씨 처는 수화할 줄 아는 이웃 가게 아낙네를 불러 통역으로 우리 물건들을 딸을 시켜 그렇게 많이 훔쳤으니 모두 변상하라고 야단치니 이 농아자는 뻔뻔스럽게도 딸이 주는 걸 받아만 왔지 난 모른다고 부인하기에 기가 막힌 남씨 처는 훔쳐 간 것들을 모두 내놓으라고 했고 농아자는 나는 모르겠다고 해서 점점 왁자하니 시끄러워졌고 이웃 상

5. 집안 도둑

점 상인들이며 장 보러 왔던 사람들은 빽빽이 몰려들어 구경하느라 정신들이 없었는데 화가 머리끝까지 치인 남씨 처가 모두 변상하라고 다그치니 배기다 못한 농아자는 나는 모르겠으니 자기 남편인 순옥이 아빠한테 얘기하라며 배짱이 보통 아니었기에 바짝 약이 오른 남씨 처는 온갖 욕설을 다 할 때, 보다 못한 남씨가 순옥이 엄마한테 순경을 부르겠다고 하며 그리되면 너는 경찰서에 붙들려 가서 조사받고 유치장에 갇혔다가 감옥으로 가게 되는데 그렇게 되면 지금 네가 업고 있는 젖먹이 아들도 못 보게 될 테니 그리 알라고 했더니 그제서야 이 농아자는 겁이 나서 손이 발이 되라 빌고 또 빌면서 훔쳐간 물건들은 다 먹어 치웠으니 그것들을 도로 가져올 순 없고 나중에 순옥이 아빠가 변상할 거라며 살려달라고 애걸했지만 남씨 처는 잃어버린 것을 찾을 길은 없었고 시장 상인들에게 심심치 않은 구경거리를 장만해 주었을 뿐이었습니다.

 이렇게 되어 잃어버린 물건을 찾지 못해 속상한 채로 있던 남씨 처는 엄마한테 와서 트집 잡기를 새며느리가 누비이불을 안 해왔다며 죽헌 아주머니가 남씨네 가게에 있는 누비이불을 사서 딸에게 보내도록 해달라며 졸라댔기에, 엄마는 하루 죽헌 아주머니가 오자 이 얘기를 해주며 이참에 아무 소리 말고 그대로 해주면 후일 트집잡힐 일이 없을 거라고 권하니, 죽헌 아주머니는 난색을 보이며 지금 돈이 없다며 걱정이 태산 같은 걸 보고 엄마는 돈을 꾸어주면서 같이 남씨네 가게로 가서 엄마가 누비이불을 골라 주어 죽헌 아주머니는 딸네 집으로 보내주었는데 며칠 후 엄마에게 찾아온 남씨 처는 엄마가 누비이불을 팔아주자마자 제철도 아닌 누비이불이 다 팔렸다고 하며

"행님이 마수해 주니 그리 잘 팔리잖소. 인제부터는 뭐던지 행님이 먼첨 마수해 줘야 하겠소."
하고 떼쓰니까 엄마는 그게 아니라 며느리가 복이 많아서 앞으로 잘 살 텐데 어쩌자고 그까짓 물건 좀 도둑맞았다고 복 있는 며느리를 내쫓으려고 했냐고 나무랐더니 이후부터 남씨 처는 둘째 며느리 옥춘이를 다시는 내쫓겠다고 하지 않았습니다.

이렇게 뜻하지 않았던 누비이불이 생긴 옥춘이는 이럴 때 시집간 은형이를 서울에서 만나 아주머니가 이렇게 누비이불까지 보내주셨다고 하니 은형이는 친정아버지인 승택이 아저씨에게 아주머니한테 자기하고 옥춘이하고 누가 더 가깝냐고 하며 자기한테는 누비이불을 안 해주고 옥춘이한테만 해줬으니 앞으로 아주머니를 안 보겠다고 편지했다며 승택이 아저씨가 와서 얘기하는 것을 엄마가 듣고 모든 사연을 자세하게 들려줬지만 저는 지금까지도 그 오해가 풀렸는지를 확인해 볼 길이 없었습니다.

순옥이의 도둑질 사건이 한동안 떠들썩했고 그 덕분에 떼어 놓았던 판자를 담장에 도로 붙이게 되어 우리 집은 편하게 되었지만, 어쨌든 떠들썩하던 게 가라앉은 뒤인 어느 날 칠순 노인인 순옥이 아버지가 근심스러운 표정으로 찾아와서 엄마에게 지금 젖먹이 아들이 몹시 아프다며 엄마한테 고쳐 달라고 부탁해서 엄마가 그러라고 허락하니 그날 저녁으로 농아자인 순옥이 엄마와 통역할 순옥이 동생 계집아이를 딸려서 보내왔습니다.

엄마는 괴로워하는 애기를 데리고 〈이소아과〉에 가서 치료받게 해주면서 치료받는 동안 우리 집에 머물게 해주었는데 염치없는 농아자 순옥이 엄마는 자기 집에서 하던 버릇대로 애기가 아파서 젖을 못 먹으니까 아무 그릇이나 보이는 대로 집어서 젖을 짜기에 엄마가 그러지 말라고 일렀어도 그 버릇은 여전해 엄마한테 야단 들었고 그뿐만 아니라 애기가 그림을 볼 줄 안다며 안방이고 어디고 걸려있는 달력을 제 마음대로 떼어다가 애기에게 주어 멀쩡한 달력을 꾸기고 찢고 해서 엉망으로 만들어 놓아 아빠가 들어와 보시고

"젖먹이 어린애가 뭐 안다고 달력을 줘서 이렇게 못쓰게 해놨느냐?"

하셨는데도 이날 밤 아빠가 계신 앞인데도 놓아자 순옥이 엄마는 제 멋대로 또 달력을 떼어다가 애기한테 주려고 하다가 아빠한테 꾸중을 들었습니다.

이렇게 멋대로 구는 순옥이 엄마의 행실 때문에 집안이 편안치 못했는데 그래도 병원 다니며 치료한 보람이 있어 애기는 차도를 보이더니 완치되어 왔는데 이내 순옥이 아버지가 와서 엄마한테 고맙다는 인사를 했고, 며칠 후 순옥이 동생이 왔다가 자기네 엄마가 집으로 가서 우리 엄마가 차갑더라고 하며 불평이 대단하더라고 전했습니다.

이렇게 떠들썩하고 소란스러워 경황없는 속에 음력설과 정월 대보름이 지났고, 사람들이 아직 겨울 오버코트를 벗지 못하고 있는 쌀쌀한 어느 날 오랜만에 진순이 언니의 남편 한승률씨가 찾아왔기에 엄마도 반가워하며

"아프다더니 어떻게 된 거야? 얼굴이 더 좋아졌는데?"

"네, 제가 자다 보니 제가 위험하게 되어있어 제 몸부터 피해야 하겠기에 뛰어나가 이웃집 마당에 서서 혜숙이 엄마를 소리쳐 부르면

서 위험하니 빨리 나오라고 했더니 그런 소문이 났나 봐요."
하고는 엄마가 차려주는 점심을 먹을 때 술을 달래서 냉수 마시듯 하다가 가려고 하면서

"어머니, 우리 애들 주게 과자 좀 사 주세요."
"그래? 이거 어떡하나? 지금 돈 가진 건 없고."
하다가 엄마는 그릇에 일본 강정(오꼬시)을 내놓으며
"이건 어떤가? 이게 선물로 많이 들어왔어. 어때? 이것 좀 싸 줄까?"
"그거 좋지요. 이거 가져가면 애들이 좋아하겠어요. 주세요."
하고 요구해서 엄마는 커다란 비닐 자루에 꽤 많이 싸서 큰 보따리를 들려주어 보냈는데 며칠 후 계숙이 언니가 오더니 엄마한테
"어머니, 접때 진순이 남편한테 뭘 주셨어요?"
"왜? 집에 선물 들어온 일본 강정(오꼬시)을 싸줬지. 그때 애들에게 줄 과자 사 달라는 걸 마침 돈은 없고 외상 하기도 귀찮고 해서 물어보니 좋다고 하기에 싸주었지."
"글쎄, 그걸 가지고 가서 이렇게 (힘껏 메어치는 시늉을 하면서) 방바닥에 메어치면서 이런 걸 사람 먹으라고 줬다고 펄펄 뛰더래요. 그래서요, 진순이도 삐뚤어져서 어머니한테 안 온대요. 이 오꼬시 맛이 있네요."
하고 엄마가 꺼내어 놓은 일본 강정을 몇 개고 집어 먹었고 엄마는 기가 막혀 웃고 있었습니다.

이럴 때 강릉법원 최 원장은 정년퇴직하고 변호사를 개업해서 서울에 가서 지내다가 시원치 않아 다시 강릉으로 이사 와서 변호사를 개업했기에 강릉에는 먼저 있던 최 변호사와 이 최 변호사가 되어 최

변호사가 두 분이 되었습니다.

  법관 출신 최 변호사 부인은 어려서 부모를 일찍 잃고 은경이네 조부모한테 의탁하고 자라면서 예의범절과 공부도 해서 출가했다는 얘기도 하면서, 양딸인 은경이가 국민학교를 졸업하고 중학교 입학시험을 쳤을 때 합격자 발표 전에 학교로 찾아가서 알아보니 합격했기에 학비 드는 것이 아까워서 떨어뜨려 달라고 부탁했고 그 부탁대로 합격자를 발표하는 명단에 이름이 없는 것을 보고 온 은경이한테 이 부인은

  "바보같이, 남들은 다 합격했는데 그것도 하나 못하니 할 수 없다. 할 수 있나? 너는 집에서 밥이나 짓고 빨래나 해라."

  이랬다고 언젠가 엄마한테 와서 얘기한 적도 있었는데 은경이는 양엄마가 시키는 대로 남들은 고등학교에 다니는 나이에 집안에 들어앉아 살림하면서도 책을 펴놓고 공부했는데 이러는 것마저 보기 싫다고 우리 집에 와서 엄마한테 얘기했습니다.

  이때 서울 언니는 목 쪽에 혹이 생겨서 병원에 갔더니 갑상선 이상 비대증이라며 수술해야 한다고 해서 엄마는 급하게 서울로 가면서 고모를 데려다 놓았는데 엄마가 서울 가서 언니가 병원에 입원하고 아직 수술을 받지 않았을 때 청운동 이종국씨 집에 들렀더니 명숙이 언니가

  "아주머니, 그 밥 많이 먹는 애 아무 일 없어요? 밥 먹는 걸 보니 큰일 나겠던데요?"

  "그래 큰일 났단다. 위장이 늘어났다고 하더라."

  "그래서 어떻게 됐어요?"

"병원에 데려가서 진찰받고 의사 지시대로 먹는 것 조심시켜서 이제는 나았단다. 의사가 나에게 남의 자식을 위해 애쓰시니 자기 보기에도 너무 고맙다며 그 애를 불러서 여러 가지로 타일렀기에 겨우 말을 들었단다."

"그러면 그렇지. 그래 밥 먹는 거 보니 큰일 나겠던데요."

하고 말했고 언니는 이내 수술을 받아 순조롭게 회복되는데 이때 명숙이 언니도 병원에 입원해서 맹장 수술 후 가스가 안 나와 걱정들을 했다고 했습니다.

이러고 나서 엄마는 예고 없이 큰오빠 하숙방에 들러봤더니 학생인 큰오빠는 정미자를 데려다 놓고 살림을 하고 있다가 엄마를 보자 정미자는 얼굴이 새빨개져서 앉아 있는데 벌써 임신을 해서 배가 불러 있었습니다.

Chapter 6
시작되는 불행 I

시작되는 불행 I

 이런 기막힌 꼴을 보고 엄마는 정미자를 병원에 데려가 진찰을 해 봤더니 곧 낳게 되었다고 했고 일이 이쯤 되자 큰오빠는 아빠 엄마한테 죄송스럽기는커녕 장한 일이라도 했다는 듯이
 "남의 처녀를 버려놨고 임신을 해서 곧 애기도 낳게 됐으니 어쩌겠어요? 결혼 시켜주고 전세방을 얻어서 살림을 차려주고 심부름할 애도 있어야 하니 그런 줄 아세요."
하며 뻔뻔스럽기 짝이 없는 소리나 해서 눈앞이 캄캄해진 엄마는 우선 언니에게 이 일을 말했더니, 언니 말이 작년에 큰오빠가 간장염으로 병원에 입원했을 때 그 계집을 만나지 말라고 했더니 자기는 죽겠다고 드라이버로 제 팔목을 쑤셔댔고, 정미자를 만나 동생이 공부도 해야 하고 외국도 다녀와야 하니까 오랜 시간이 걸릴 텐데 그렇게 되면 너는 기다리다가 늙어질 텐데 그래도 좋으냐고 하고 서로 일찌감치 단념하고 헤어지는 게 둘을 위해 좋지 않겠냐고 타일렀더니 정미자는
 "네, 알겠습니다. 다시는 안 만나겠습니다."
하고 말했는데도 그 녀석이 못나게 굴었는데 지금 와서 어쩌겠냐고 하며 시장에 가서 애기 옷이며 출산에 필요한 것들을 사 왔고 애기를 낳게 된 정미자를 우선 병원에 입원부터 시켜 놓았습니다.
 이러고 나서 엄마가 이종국씨한테 가서 의논하니 이종국씨는 전에도 그렇게 해왔듯이

"그 계집과 놀아나더라도 막지 마라. 잘못하면 애 버린다."
하고 얘기하던 이종국씨는 황보씨가 자리를 뜬 사이에
"나는 저 여편네하고 살면서 늘 이향(異鄕)을 느끼면서 살았고 또 서울 모든 것이 맞지 않아 기막힌 것을 억지로 살았지만, 요즘 애들은 까딱하면 헤어지길 잘하는데 그 애들을 그대로 살게 하면 좋은 점만 있지 않고 나쁜 점들이 나오게 마련이다. 창기가 좀 깔끔한가? 걷어차지. 그대로 데리고 살 리 만무하니 아무 걱정 하지 말고 결혼시키게. 결혼할 때 예물은 백금 반지나 해주지."
하고 이런 소리를 해서 앞으로 우리 집안에 닥쳐올 고난에 큰 공헌을 했습니다.

　일이 이쯤 되니 황보씨는 신이 나서 정미자는 세례받은 천주교 신자지만 큰오빠는 아직 신자가 아니니 세례받도록 해서 결혼식은 성당에서 하도록 해야 한다며 자기가 모든 일을 주선해 줄 테니 아무 걱정하지 말라고 엄마를 안심시켰고, 정미자는 병원에서 첫딸을 낳았고, 엄마는 정미자를 한 달 동안 병원에서 몸조리하라고 해놓고 급히 강릉으로 돌아와 아빠와 의논 끝에 큰오빠와 정미자를 결혼시키기 위해 다시 서울로 갔고, 저는 순옥이와 고모와 지냈는데 서울에서는 큰오빠와 정미자의 결혼식이 사직동 성당에서 혼배성사로 치러져서 앞날에 닥쳐오는 무서운 비극이 시작되었습니다.

　이럴 때 병원에서 퇴원한 정미자는 큰오빠한테 병원 간호원들이 모두 친구였고 의사들도 아는 분들이라서 그렇게 잘 봐주더라고 자랑하니, 큰오빠는 엄마한테 정미자가 저렇게 똑똑해서 아는 사람이 많아 앞으로 살아가는데 얼마나 좋겠느냐고 해서 엄마는 또 한 번 기가 막혔지만, 병원에서 정미자는 변변한 내복마저 없어 큰오빠의 옷을 입고 있는 걸 엄마가 너무 초라한 꼴이 안돼서 내복을 입힌 일은 얘기도 않고, 그때 당시 시집가는 새색시가 받아보기 힘든 오 부짜리 백금 다이아몬드 반지며 백금 목걸이며 시계와 여러 가지 옷들과 이부자리 등속을 언니와 함께 다니며 사서 맨몸으로 온갖 못된 비극의 씨앗만 잔뜩 안고 들어오는 정미자를 며느리로 맞아 드렸고, 혼배성사가 끝나서 하객들을 〈아서원〉이라는 유명한 중국요리 집으로 모셔 드리느라고 바쁠 때, 우람한 체격에 막노동자의 억센 사내 얼굴인 할머니 한 분이 들어와 앉기에 엄마가 정미자 친척에게 물어봤더니 그 노파는 정미자의 외할머니라고 알려 주었다고 했고, 신랑 신부는 양가의 어른들께 절하는 것으로 폐백을 대신하기로 하고 먼저 시집 어른들에게 절을 하고 나서 친정 어른들께 절할 때 어느 중고등학교 교장이라는 정미자의 큰아버지 내외 앞에 서서 신랑 신부는 절할 생각은 않고 어찌 된 일인지 불량하기 짝이 없게 눈을 부릅뜨고 노려보고만 선 것을 보기가 민망해서 모두 어서 절해라 하고 재촉해서 겨우 절하는 척하고 넘어갔다고 했는데, 훗날 이 못된 행실도 은혜를 모르는 배은망덕한 정미자의 모략 때문이었다고 했지만 아무튼 이때 작은오빠는 새 형수짜리가 너무도 수치스럽고 부끄러워서 진땀만 흘렸다고 했습니다.

  결혼식 전에 큰오빠는 황보씨 뜻에 따라 세례를 받아 요한이라는 이름을 얻었고 정미자는 본명이 엘리자베스이었으며, 엄마는 큰오빠 원하는 대로 학교와 가까운 혜화동에 부엌과 목욕탕까지 달린 방 두 칸의 주인집과는 안채였고 출입문마저 따로 있는 집을 전세를 얻어

주었고, 아빠는 큰오빠 결혼식 전날 항공편으로 서울에 가셨다가 이틀째 되던 날 돌아오셨는데, 큰오빠의 결혼식에 참석했던 김진형씨 내외는 며칠 후 큰오빠 내외를 불러서 저녁 식사 대접을 하는데, 엄마도 같이 가서 보니 아무것도 내세울 게 없고 못된 고집뿐인 정미자가 긴장했던지 밥상머리에서 밥을 먹다가 국그릇을 둘러엎으니 김진형씨 처 용호 엄마는 신혼부부 면전에서

"자는 애가 거꾸로 붙었지. 저런 걸 뭐 하러 좋다고 하니? 여자가 없어서 저런 걸 데리고 사니? 아이고 애, 나 같으면 저런 거 거저 줘도 싫다고 할 거다."

하고 사양하지 않고 입바른 소리 하기에 엄마는 너무 수치스러워 콧등에 땀이 맺혔다고 훗날 얘기했습니다.

이렇게 서울에서는 작은오빠와 엄마가 진땀을 흘리고 있었건만 이때는 일 년 중 가장 좋은 오월이었기에 은경이와 응자가 계집아이 동생인 은길이를 데리고 우리 집에 놀러 왔는데 은길이 손에 노란 꽃이 많이 쥐어져 있어서 저는

"그게 무슨 꽃이냐?"

"민들레"

하고 대답하는 이 애들이 입을 모아 했기에 합창 소리같이 들렸는데 이럴 때 고모는 엄마가 빨리 오지 않아 화가 잔뜩 나서 엄마 오기를 기다리며 벼르고 별렀지만 막상 엄마가 오니까 좋아서 어쩔 줄을 몰라 했습니다.

이렇게 해서 결혼의 모든 비용을 부담하여 멋대로 놀아나던 더러운 몸뚱이 하나만을 밑천으로 가진 것이라고 거짓과 가장과 모략까

지 무장을 한 정미자를 맞아들여 놓고 온 엄마는 수치와 부끄러움을 예물로 받았으면서 아빠한테는 이종국씨의 말을 전하면서 큰오빠의 잘한 것만 얘기했는데, 한심할 정도로 아무것도 모르는 정미자가 애기를 기르는 일이 걱정이 된 엄마는 애기 보살펴 줄 어른이 있어야 한다며 우이숙 아주머니의 언니 되는 점둥이 아줌마를 큰오빠네에다 데려다 놓기 위해 고모를 다시 데려다 놓고 또 서울로 갔습니다.

이어지는 밝은 날씨 속에 보리가 패기 시작한 넓은 들판에서 소리(민요)하며 즐겁게 일하던 고모는 새장 같은 우리 집에 갇혀 지내게 되니 애꿎은 순옥이에게 화풀이하다가 말대답한다고 다듬잇방망이를 집어 들기에 저는 얼른 파리채를 집어 고모한테 주며 다듬잇방망이를 달라고 했더니 고모는

"이 지지바르 역성드나? 난 가겠다. 인제 다시는 안 온다."
하고는 저와 순옥이만 남겨둔 채 가버렸습니다.

이 틈에 저는 순옥이와 낮이면 둘이서 지내게 됐지만 집안 도둑인 순옥이는 도벽 말고는 애가 서글서글하고 시원해서 저는 아쉬운 것 없이 편안히 지내는데, 어느 날 은경이네와 같이 사는 웅자 동생은 은길이가 저보다 어린 두 자매를 데리고 온 것을 보니 참으로 이쁘고 깨끗해 보여

"아이, 이쁘다. 은길아! 너는 어떻게 이렇게 이쁜 애를 데리고 댕기니?"

"응, 우리 엄마가 얘네 엄마하고 보따리 장사해. 얘네 엄마는 양키물건 가지고 댕기면 팔구 우리 엄마는 옷 장사해."

"그래? 아빤 없고?"

"아니, 아빠가 왜 없니?"

"얘네 아빠가 죽었어?"

"아이, 그런데 얘 이름이 뭐니? 참 이쁘다."

하니까 여섯 살짜리 선머슴애 같은 은길이는 큰 애를 가리키며

"얜 안나야. 그리고 저 앤 보나."

"아이고, 이름도 이쁘고 얼굴도 이쁘다. 이름이 아주 아주 이쁘고. 그런데 이름은 누가 지었니? 아빠도 없다면서."

"목사님이"

"아이, 거짓말"

"정말이야."

"저 애 이름 봐. 네가 안나라고 분명히 그랬지? 그리고 보나라고 했지? 그 이름이 어떤 이름이게? 그것도 모르니? 성당에 다녀야지 그 이름이 있어. 그런데 넌 이제 뭐라고 그랬니? 목사님이 지었다고 그랬지? 잘못 알았다. 내 말이 틀리나. 네 언니한테 들어봐."

이러고 나서 은길이와 다섯 살 난 안나와 세 살 난 보나 하고 놀다가 이 애들은 갔는데 안나와 보나는 어떻게나 얼굴이 이쁘고 깜찍했던지 저는 마음속으로

'선녀 같다. 내가 보나였으면 저렇게 이쁠 텐데 명순이가 뭐야? 난 명순이가 싫어."

하고 저는 마루에 앉아 이런 생각을 했는데 앞집 경망스러운 노파의 쌍둥이 손자들이 벌써 자라나서 다섯 살이 되더니 저를 볼 적마다 '쩔뚝발이'하고 놀려대는데 이때에도 대문 틈으로 들여다보며 저를 놀려대는 걸 순옥이가 듣고

"뭐? 쩔뚝발이? 예이 쌍두이, 쌍두이가 움매나 남새시롭다고."
하니까 그 집에 세 들어 사는 애가
"쌍둥이가 뭐 되고 싶어 되나? 맘대로 안 되잖나."
"그래, 우리 언니는 뭐 이래고 싶어 이래나? 니는 셋방살이나 해라."
"셋방살이해도 공부만 잘해서 이담에 훌륭한 사람이 되면 돼. 그래서 내가 열심히 공부하잖아."
하기에 제가 나서며
"그래, 네 말이 맞다. 셋방살이하더라도 공부 잘해서 이다음에 큰 집 쓰면 됐지. 부끄러울 게 없지?"
"응, 그래서 내가 쉬지 않고 공부하잖아!"
하고 갔습니다.
엄마는 서울 갔다 오면서 강릉에 도착하자마자 아빠 사무실에 들러 아빠한테서 고모가 가버렸다는 얘기를 듣고, 저녁때였기에 아빠와 함께 집으로 왔는데 순옥이를 보고 고모한테 뭘 잘못해서 고모가 속이 상해 갔느냐고 야단치니까 순옥이는
"저게요…."
"듣기 싫다. 네가 잘못했기에 고모가 갔지."
"어이 참, 남어 소리는 안 듣고 저러 야단만 치네."
이러고 순옥이는 투덜거렸지만 이튿날 엄마는 부지런히 말산으로 가서 고모를 찾아보고
"고모, 화가 나서 왔어요?"
하니까 엄마를 보고 반가워하는 고모는 엉뚱하게

"명순이가 날 가라 해서 그래서 왔짠가. 가가 기가 넘어갈 꺼같이 울맨서 가라 해서 왔짠가, 동상이 아무 소리 안 하던가? 아이고 와놓고 난 동상이 부애가 나서 쫓아올 줄 알고 고만에 겁이 나서 쩔쩔맸짠가."

"네, 그럴까 봐서 내가 오자마자 순옥이를 야단쳤지요. 그래야 편안할 테니까."

하고 얘기하니 그제서야 마음이 놓인 고모가

"명순이가 울아서가 아니고 내가 거가 있자니 속에서 불이 나 못 있겠더라. 그래서 지지바르 나무랬더니 아 요놈어 지지바가 대들맨 불 난 데 부채질으 하잔가. 그래 이놈어 지지바르 때래 죽여야 한다고 다듬이 방맹이르 집어 드니 명순이가 파리채를 갖다주며 이걸로 때리고 방맹이는 지 달라 하기에 내가 이지지바 역성드나. 난 간다 하고 왔찬가. 오니 씨원은 했지만 겁이 나잔가."

하고 말하는 걸 듣고 온 엄마가 우스워하며 제게 얘기했습니다.

서울에서 신혼 살림하는 큰오빠네는 엄마가 마포에 들러서 점둥이 아줌마한테 부탁해서 가서 봐주기로 했는데, 엄마가 강릉으로 올 임시에 정미자는 전세 든 지도 얼마 안 됐건만 주인집 식모애하고 남부끄러운 줄 모르고 대판으로 싸웠기에 엄마는 기가 막혀서 했다고 하며, 배운 것도 아는 것도 없는 막돼먹은 기운이 온몸에서 흘러서 행동거지며 말하는 게 잔남이만도 못했기에 정미자를 보는 사람마다 남의집살이하는 식모로 알더라고 저에게만 얘기했습니다.

엄마가 서울 갔다 오고 얼마 안 있어 병호 아저씨네는 사업하느라고 남의 돈을 얻어 쓰곤 했는데 이 돈이 고리대금업자의 돈이었기에 병호 아저씨네 집이 경매당하게 되었는데, 이 집은 새로 지은 지 몇 해 안 된 새집이었고, 일이 급하게 된 덕형 엄마가 얼굴이 새파랗게 질려 찾아와서 엄마에게 얘기해 엄마는 아빠의 지시대로 경찰서로, 법원으로 다니며 무사하게 되도록 구해주었습니다.

엄마가 이렇게 바쁜 때에 오전부터 엄마에게 자주 놀러 오던 강릉 법원의 지원장 부인과 강릉 검찰청의 지청장 부인이 같이 와서 저한테 지청장 부인이 경상도 억양으로

"이기 니 선물이다. 보문 니가 젤 좋아할 끼다."

하고 주고 가는 조그만 상자를 풀어보았더니 비스킷인데 오래돼서 곰팡이가 슬고 냄새가 나서 먹을 수가 없는 것이기에 저는

"아이, 뭐 내가 제일 좋아하는 거라더니 겨우 이거야? 지원장 부인 것도 열어봐야지, 뭐가 들었나."

하고 투덜거리며 열어봤더니 포도 젤리가 들어 있었고 온전한 것이었지만 저는 엄마한테

"엄마, 아까 지청장 부인하고 지원장 부인이 하는 말 엄마도 들었지? 이걸 내가 제일 좋아한대. 이거 뒀다가 도로 줘."

했더니 엄마는 웃으며 저를 달랬고 곰팡이 난 비스킷은 순옥이가 보더니 저 달라고 해서 먹었지만 아무 탈도 없었습니다.

뒤꼍에 아빠가 심어놓은 벚나무가 벌써 자라 이 년째 버찌가 열렸는데 먹어보니 달고 시원하고 향기로워서 제가 좋아했는데 이때 아주 탐스럽게 많이 열려서 덕형이 동생 혜원이는 이것을 보자 저한테

"언니, 나 왔어. 저거 참 이쁘다 그치? 나 좀 줘."

하는 걸 엄마가 듣고

"음, 그 버찌가 아직 익지 않았어, 붉게 되거든 따줄게 먹어라."
하던 것이 알맞은 비를 맞고 뜨거운 햇빛을 받아 부풀어 이제 따도 좋을 때가 됐을 때, 저는 뒤꼍 포도나무 아래 그네에 앉아 버찌를 바라보며 탐스러운 이쁜 모양이 주는 풍성한 기대감에 만족하고 있을 때, 엄마는 외출 중이었고 지원장 부인과 지청장 부인이 왔다가 뒤꼍으로 와서 버찌를 보더니 제 허락도 없이

"아이, 버찌 좀 봐."
하더니 두 분은 벚나무에 달려들어 버찌를 따서 맛있게 먹기에 제가

"그 버찌 따먹지 말아요."
하니까 두 귀부인은 버찌를 입에 물고 씨를 받으며 저를 보고 웃으면서

"이거 따먹으면 안 돼? 좀 따먹자."
하기에 지난번 일 때문에 속상한 걸 이참에 몰아세우려고 눈을 부릅뜨고

"접때 뭐랬어요? 네가 젤 좋아하는 선물이라 했잖아요?"
두 분 부인은 우스운 것을 억지로 참으며 제가 한 말에 흥미를 가지고

"그래?"
"곰팡이 핀 과자를, 또."
"또 뭐야?"
"여름에 과자 먹는 사람이 어디 있어요? 과일이 좋지, 과자가 좋아요?"
"아이구, 그래도 니가 좋아하나 하고 난. 이보래이, 땀을 뻘뻘 흘리

맨서 가주 안 왔나. 그랬더니 이렇게 야단만 치는 데가 어데 있노? 버찌 하나 따묵었따꼬."

"엄마가 버찌는 더 부풀거든 따먹으라고 해서 나도 하나 안 따먹었는데 그걸 다 먹어요?"

"엄마가 그랬어? 아이구, 우리가 잘못했구만, 이담엔 다신 안 그럴께."

하고 마음 놓고 웃다가 엄마가 안 오니까 갔는데 길에서 집으로 오던 엄마를 마주치자 반색을 하며

"댁에 갔더니 사모님 따님이 눈을 부릅뜨고 호령해서 버찌를 따먹다가 혼났어요."

하고 두 분 부인이 웃으며 얘기해서 엄마는

"저런, 버릇이 하나도 없게 굴었구먼, 어떻게 하던가요?"

"버찌를 하나씩 따서 먹는데 따님이 보더니 눈을 부릅뜨고 '버찌 따먹지 말아요!' 하고 호령하더니 저번에 갖다준 선물이 맘에 안 들었던가 보지요? 여름에 누가 과자를 먹느냐고 하며 과일이 좋지! 이렇게 호령만 듣고 가는 길이예요."

하고 한참 웃다가

"내일 우리 집에 오세요. 사모님을 초대하려고 댁에 들렀어요. 차린 것은 없지만 꼭 오세요. 영감님도 오셨으면 좋겠어요."

하고 부지런히들 가더라고 엄마가 와서 들려주고는

"너, 지청장 부인하고 지원장 부인한테 호령했다며?"

"응, 글쎄 버찌를 허락도 없이 따먹잖아? 그래 따먹지 말라고 그랬지. 뭐"

6. 시작되는 불행 I 239

"그뿐이 아니던데?"

"응, 여름에 누가 과자를 먹느냐고 그랬어?"

"그랬어? 그랬더니 가만있든?"

"응, 웃으면서 내가 애쓰고 가져왔는데, 이러잖아."

"그래서?"

"뭐 그래서야. 따먹지 말라고 하고 누가 여름에 과자를 먹느냐고 그랬다니까."

하고 저는 말하는 게 귀찮아 이렇게 대답했는데 이튿날 엄마는 지원장 부인의 초대로 갔고 아빠도 다녀오셨다는데 이러고 며칠 안 있어 지청장 부인이 엄마에게 놀러 왔다가 저를 보더니 지난번 일이 생각났는지 웃으며

"내가 갖다준 곰팡이 핀 까제 어데 있노? 내놓그라. 우옛노?"

"그 과자 내가 먹었어요? 저 애가 다 먹었지."

"포도 젤리는?"

"그건 아직도 있어요. 줄까요?"

"아이고, 니하고 말을 몬하겠데이."

하고 굴어가며 웃다가 엄마와 이 얘기 저 얘기 하다 갔습니다.

지난봄 변덕이 죽 끓듯 하는 뒷집 남씨 처는 순옥이 도둑질이 들통난 후 한동안은 둘째 며느리 옥춘이에 대해 심한 소리가 없더니 봄꽃이 어우러지게 필 무렵에 오더니

"메누리가 맹한 기 들어와서 이러도 되는 노릇이 없잖소. 가가 우리 집에 들어오고 되는 노릇이 뭐이 있소? 그래서 행님이 다 책음지시우."

"왜 또 그래? 저희끼리 의 좋고 뭐든지 솔솔 생기고 또 시어머니한테 고분고분하거든 잘못이 있더라도 눈 감아 주는 것이 좋지. 뭐"
하고 달래서 보냈는데 자주 찾아오는 남씨 처는 이렇게 가당치 않은 떼를 쓸 때도 있고 어느 때는

"행님 우리 계 추렴하잖소. 이번에는 내가 유사가 되어 우리 집에서 하는 기 행님이 와서 음석 간으 좀 봐주." (유사: 곗돈 탈 차례가 되어 계원들에게 한턱내는 사람)

"뭐 하려고?"

"유(肉)글 다루는 거, 양념 좀 해주."

"그래, 해주지. 그렇지만 나 바빠."

"우떠하우. 남어 물건 다 잃어버리게 해놓고."

"그래, 해줄게."

하고 이러기를 번번이 이러다가 그것도 모자라

"행님, 나 머리깽이가 세서 염색을 좀 해주."

"그래 가져와."

이렇게 되어 거울 앞에 앉은 남씨 처는 염색약을 칠해주는 동안 온갖 세상 얘기를 다 하다가 가는 것을 보다 못한 제가

"엄마, 남씨 처 오거든 해주지 마. 엄마가 그렇게 해주니까 염치없이 으레 해줄 줄 알고 그러잖아. 갈 적에 방바닥에 돈 몇 푼 놓고 가는 거 그거 뭐해? 받지 마. 엄마가 뭐 그것의 종이야?"

"그럼 어떡하니? 해 달라는걸. 엄마가 해줘야지. 사람을 보고 엄마가 해줬다고 자랑하지. 돈 몇 푼 두고 가는 건 미안하니까. 우리 딸 과자 사주라고 제 말로 그러지 않던?"

하고 엄마는 제가 알아듣도록 말했지만 불만에 사로잡힌 저는 속으로
 '아무 때고 나한테 혼나봐라. 내가 가만 놔둘 줄 알아? 염치없는 건 그저, 그저 눈을 부릅떠야 해. 그리고 소리소리 질러야 해. 그래 놔야지 정신이 번쩍 들지. 그런데 우리 엄만 왜 바보같이 해달라는 대로 해줄까? 에이."
하고 벼르고 있었는데 이때가 서울 언니가 수술받기 전인데 엄마가 마침 외출 중일 때 남씨 처가 대문을 열고 들어오기에 저는 속으로
 '옳다, 됐다. 이제 걸렸다.'
하고 생각하는데 방에 들어오더니 저한테 잔칫상에 놓는 커다란 사탕 두 개를 주기에
 "뭐 하러 왔어요? 내가 봐하니 또 염색해 달라고 왔지요?"
 "응. 어머이 어데 간?"
 "엄마가 뭐 염색이나 해주는 사람이에요? 자, 이 사탕 도로 가져가요. 싫어요. 그리고 머리가 세거든 왜 돈 많은 사람이 돈 아꼈다가 뭐해요? 미장원에 가서 돈 주고 해달라면 좀 잘해 줄까 봐, 바쁜 엄마보고 저물도록 해달라고 그래요? 원, 돈이 없으면 그렇다고 하지만 그게 뭐예요? 다시는 이런 짓 하지 말아요. 내가 보기에 싫어요. 그리고 또 한 가지, 말할까요? 엄마가 뭐 심부름꾼이에요? 저므득 뭐해 달라고 불러가고, 남 쉬지도 못하게, 또다시 그래만 봐라."
하고 그동안 제 마음속에 품고 있던 것을 풀어놓으니 제 마음은 시원했는데 가만히 듣고 있던 남씨 처는
 "어머이 씨기는 기 싫다나? 그래문 안 씨기마, 나는 어머이가 그러 잘하기에 해 달라 그랬더니 니는 싫구만."

하고 일어나 갔기에 저는 속으로

'아이고, 시원하다. 케케묵은 때를 벗긴 것 같다.'

하고 생각하며 시원해했는데 장 봐 가지고 오던 엄마를 남씨 처가 가게에서 부르기에 가보니까

"행님, 내가 행님 집에 갔다가 혼이 났잖소. 가가 우떻게나 퍼대던지. 내가요, 가 생각으 하고 사탕으 주머니에 넣가주고 갔다가 심심할까 봐 두 개를 꺼내줬더니만, 아 나르 보고 퍼대는데 돈 됐다 뭐 하나고, 그러두 돈 많은 사램이 돼서 바쁜 어머이르 씨기나고 싫다 하맨 사탕으 되로 주면서 자 이거 가주가요. 이래잖소. 아이고 어여 와서 내가 말으 하자니 말이 안 나오잖소. 그래서 살살 달겠잖소. 그랬더니 부애가 까라앉는지 고만에 안 그랩디다."

하고 얘기하는 걸 듣고 엄마는 웃다가 왔는데 이러고부터 남씨 처는 우리 집에 자주 왔으면서 엄마한테 염색해 달라는 소리는 안 했지만 제가 못 듣는 가게에서 엄마에게 음식 만들어 달라고 부탁을 했는지 엄마가 뒷집 남씨네에 갔다 온 날이면 어김없이 게 추렴 음식을 보내오는 걸 보고 저는 이렇게 짐작했습니다.

이럴 때 감나무잎이 싹이 돋아나서 어린 감 이파리가 파릇파릇할 때 옆집의 진구 기른 엄마가 어느 날 낮에 오더니 우리 감나무의 어린 감 이파리를 조금 따서 갔는데 엄마도 어린 감 이파리를 뜯어 와서 점심 먹을 때 제게 먹여주었지만 맛이 없어 저는

"엄마, 이게 맛있다더니 맛이 없잖아?"

"맛이 없더라도 조금 먹는 거야. 이게 약이란다."

"무슨 병에 약이야?"

"고혈압에 약이라며 진구 낳은 엄마가 아프다니까 진구 기른 엄마가 조금 따갔잖아."

"응, 고혈압에 약이구나?"

"고혈압이 뭔지 아니?"

"응."

"뭐야?"

"머리에 피가 올라가는 거지 뭐. 그래서 높을 고자 아니야."

"아이고, 아는 것도 많네. 우리 딸이 유식해서 엄마가 배워야겠다."
하고 엄마가 웃은 적도 있었는데 언니의 수술이랑 큰오빠의 못된 결혼 모두 지나가고 이렇게 날씨가 더워지고 있을 때 저는 순옥이와 싸우고 간 고모가 통 오지 않기에 궁금해서

"엄마, 고모가 왜 안 와? 싸우고 가더니 안 오나 보다."

"큰 볼일 없으니 안 오지 뭐."

이러고 있을 때 대문 소리가 나서 내다보니 그동안 안 오던 진순이 언니가 애기를 업은 채 들어서며

"어머니, 그동안 안녕하셨어요?"

"어서 오너라. 어쩐 일로 이렇게 왔니?"
하고 맞아들이니 방에 들어온 진순이 언니는 엄마한테 절하고 난 뒤에 엄마가

"나는 너희들한테 하노라고 했는데 이상한 말이 들리더라."

"아이고, 어머니 제가 그때 머리가 어떻게 됐나 봐요. 지난번 일은 제가 다 잘못했으니 어머니가 널리 봐주세요. 지난번 일은 없었던 일로 잊어 주세요."

"그래, 나도 그렇게 생각하고 있었는데 너를 보니 생각나서 물어본 거다. 그래, 네 남편은 잘 있니?"

"아이, 그 얘긴 하지 마세요. 제가 팔자 기박해서 그런 사람하고 살아요."

하며 상을 찡그리고 고개를 설레설레 젓고 있었는데 진순이 언니는 엄마에게 이 얘기 저 얘기하면서도 남편 얘기만은 하지 않고 있다가 점심을 먹고 갔습니다.

날씨는 점점 더워지면서 가만히 있어도 땀이 흐르는 짜증스러운 날씨였을 때, 이 년 전에 가져다 심어 자란 주먹 같은 동그란 선인장이 이때에 꽃을 피웠는데, 이 선인장 꽃은 저녁때 꽃봉오리가 나와 이내 자라서 흰 꽃이 피었다가 다음 날 아침이면 벌써 시들어 축 늘어져 있었지만, 아빠는 저녁 먹을 때 이 선인장 화분을 밥상 위에 올려놓고 꽃피는 것을 보시며 좋아하셨는데, 죽헌 아주머니 작은아들 순함이는 삼촌이 하는 책방에서 말하고 있었는데 저녁때 지나가다 들렀다며 들렀다가 꽃봉오리 내미는 선인장을 보더니 아무 말도 없이 집어 들고 가는 걸 엄마가

"그것 가져가지 마라."

하는데도 순함이는 헤 웃으며 가지고 달아났습니다.

이러고 다음 날 낮에 선인장을 잃어버린 걸 생각하던 저는 죽헌 아주머니를 늘 봐도 강릉 사투리를 쓰기에 엄마하고 같이 컸다는 사람이 엄마는 강릉 사투리를 안 쓰는데 그 아줌마는 강릉말 쓰는 게 아무리 생각해도 의문이 안 풀려서 필경 고향이 강릉일 걸로 생각하고 있다가 엄마가 집에 들어왔을 때 저는

"엄마, 있잖아."

"있긴 뭐가 있어?"

"난 심각한 걸 물어보려는데 엄만"

"그래, 물어봐라."

"죽헌 아주머니가 엄마하고 같이 컸다지? 그런데 이상한 게 있다. 고향이 강릉이지?"

"겨우 그거 물어보느라고 심각한 얘기라고 했니?"

"엄마하고 같이 컸다면서 엄만 강릉말 안 하고 그 아줌만 강릉말만 하잖아? 그러니까 이상하지."

"응, 엄마는 강릉말 안 해 버릇했고, 죽헌 아주머니는 서울 한복판에서 태어났으면서 커서 시집가서 시집 식구들 말하는 대로 따라 했기 때문에 그렇지 뭐. 이제 됐어? 시원해?"

"응. 이제 시원하다. 의문이 풀렸으니까 말이야."

하고 말하는데 편지가 와서 엄마가 보니 큰오빠가 여름 방학 때 애기를 데리고 온다고 했기에 저는 어찌 되었든 애기가 온다니 그것만 좋아했습니다.

여름 방학이 되자 작은오빠는 이번에는 일찍 집으로 와서 있었는데 전보를 받은 엄마가 작은오빠를 버스 종점에 내보내 큰오빠 내외를 마중하도록 해서 큰 옷 가방을 든 작은오빠는 화가 잔뜩 난 얼굴로 먼저 집에 들어온 뒤 조금 있다가 큰오빠가 대문에 들어서며

"명순아, 민경이 온다."

하는데 정미자가 애기를 안고 오는 걸 보니 이전과는 달리 살이 쪄서 우람한 체격이 비만해져서 씨름꾼 같아 보이는데 큰오빠는

"새언니도 왔다."

하며 큰방으로 들어가 결혼을 이루어 승리했다고 기뻐서 날뛰는 정미자보고 하루 종일 버스에 시달려서 너무 고생이 많았다고 하며 쉬라고 하니 정미자는 크게 생각해 주는 큰오빠한테 눈을 흘겨내며 무슨 사람이 그렇게도 눈치 없이 어른들 계시는데 그러느냐고 하며 먼저 어머니 아버지한테 인사 올리고 쉬어야 한다고 뛰어난 예의범절을 보이니까 큰오빠는 아까 올 적부터 뭐가 좋은지 싱글벙글하고 있다가

"내가 그걸 미처 생각 못 했구만. 당신 머리가 참 좋아?"

하며 안방으로 건너가 새며느리가 온다고 집에 잠깐 들어오신 아빠 엄마한테 절하고 큰방으로 건너가면서 저한테

"민경이 실컷 봐라. 그동안 보고 싶었지?"

하고 저를 데리고 큰방으로 가니 정미자는 버스 타고 오면서 먹다 남은 카스텔라 조각을 꺼내어 제게 주는 걸 앞에 놓인 걸 본 척 않고 있으니

"고모 먹으라고 내가 이렇게 가져왔는데 왜 안 먹어요? 먹어봐요."

"지금은 배가 불러요."

하는 제 대답을 들은 정미자는 눈이 둥그레지며

"이젠 말도 잘하시네."

하니까 큰오빠가 있다가

"그 애가 뭐 밤낮 말 못 할까 봐? 그때만 못했지."

하고 엄마 아빠한테 요구해서 제 욕심대로 된 큰오빠는 그저 신이 나서 어쩔 줄 몰라 했는데 저녁때가 되어 해가 서산을 넘어가고 조금 시

원해졌을 때 엄마는 애기를 포대기에 싸서 업고 마당을 왔다 갔다 하며 봐주는 걸 본 큰오빠는 좋아하기만 하는데 정미자는 엄마가 이러는 것도 못마땅해서 얼굴이 부어오르고 툭 불거진 눈을 띠룩거리고 있다가 힘이 든 엄마가 애기를 내려놓으며

"이젠 그만 업자."

하고 부엌으로 간 뒤에 큰오빠 보고

"어머닌 당신 애들을 기르던 풍습으로 애가 더워서 우는데도 폭 싸 업고. 지금 사람이 어디 그런대요? 애가 더위 먹으면 그 책임은 누가 져요?"

하고 억지하며 못된 불평을 하는데도 싱글벙글하여 있던 큰오빠는 엄마가 부엌에서 음식을 만드느라고 애쓰는데도 정미자를 나무랄 생각도 않고 오히려

"우리 다방에 가 차 마실까?"

"다방에 가 차 마시면 뭐가 맛있어요? 내가 타야 맛있지. 여기서 말고. 식구들이 좀 많아요? 차도 쪼끔 타가지고 뉘 코에 발라요? 생각이 없어."

하고 큰오빠를 향해 황소 같은 눈을 흘겨대는데도 그저 좋아서 싱글벙글하면서 바쁜 엄마를 보면서 정미자 보고 누워 쉬라는 게 일이었을 때 갑자기 애기가 악을 써서 보니 모기가 깨물어 그 자리가 구쿨어 있는 걸 본 정미자는

"아이, 속상해. 이거 봐요. 서울에선 이런 일이 없었는데 왜 여긴 모기가 이렇게 많지?"

"그러게 말이야. 우리 귀한 민경이를 깨물고."

"아이, 이럴 걸 괜히 시골에 왔나 봐. 얼른 서울 가요. 네?"
"모기장 치면 돼."
하고 큰오빠는 큰방 한쪽 벽에 걸려있는 큰 모기장을 치면서 저보고
"모기장 안으로 들어가서 애기 실컷 봐."
하며 모기장을 들춰주면서
"얼른 들어가."
하며 모기장 안으로 저를 밀쳐 넣었는데 정미자는 모기장 안으로 밀려들어 온 저를 못마땅한 눈으로 보더니
"고모, 피곤하신데 빨리 가 자요. 여보, 고모 나간대요."
하니까 밖에 나가 손 씻고 들어오던 큰오빠가
"왜? 애기 실컷 봐라."
하니까 정미자는 얼른 가로채 대답하기를
"몰라요. 애기도 안 보고 나간다고 하는 걸 보니까 보기 싫은가 봐요?"
하고 말하기에 저는 아무 말 하지 않고 안방으로 건너왔지만, 애기가 온다고 저는 좋아했던 기대가 점점 허물어지는 걸 느끼면서 있다가 저녁밥을 먹었는데, 결혼하고 처음 왔으면서 정미자는 끝내 부엌을 내다보지도 않았고 자려고 잠자리에 누운 저는 정미자의 태도며 하던 말이 자꾸만 떠올랐습니다.

　이튿날 아침 잠자리에서 일어난 저는 여느 때처럼 뒤꼍에 나가 그네에 앉아 흔들거리고 있었고, 순옥이는 밥하고, 엄마는 반찬 만드느라 바쁜데 정미자가 일어나 세수하러 나왔다가 들어가서 화장을 짙게 하고 나오더니 엄마한테

"어머니, 제가 할게요. 들어가세요."
하니까 엄마는 미소를 띠고 만들려던 반찬을 정미자에게 물려주고 지켜보면서 다른 반찬을 만들고 있다가 정미자가 못하는 것을 가르쳐주고 있었는데, 습관적으로 늦잠을 자는 큰오빠는 이날 아침에 일찍 일어나 부엌을 들여다보며 엄마한테

"어머니, 들어가세요. 애미가 뭐든지 잘할 거예요. 음식 잘해요. 맛있게."

하고 소리쳤지만 정미자는 그 한 가지 가지고 어찌나 꼼지락거리던지 조반은 다른 날과 달리 늦어지고 늦어져서 언제 다 될지 모를 상황이었지만, 아빠는 부엌 눈치를 아시고 가만히 기다리고 계셨고, 엄마는 일일이 가르쳐주다가 아빠에게 와서 아무것도 모르면서 그래도 하려고 애쓰는 마음이 기특하고 귀여워서 잘못이 있어도 눈 감아 주고 사랑으로 이끌면 자신의 부족함도 잘못도 깨닫고 예의범절도 배워서 저도 모르게 모든 것을 잘할 수 있게 되겠지, 하는 생각이 들었다고 아빠에게 얘기하는 걸 제가 옆에서 들었지만, 모든 것을 지나놓고 지금 생각할 때 불행하게도 엄마의 생각과는 달리 정미자는 엄마의 뜻을 받아들일 생각은 후로도 없었으니 결국 엄마의 생각은 처음부터 안 될 일이었습니다.

어찌 되었든 뜨거운 태양이 중천에 오르고 난 뒤에야 아빠는 아침상을 받으시고 서둘러 나가셨고, 엄마도 이내 볼일 때문에 허둥지둥 나간 뒤에 정미자는 아침 밥상이야 내 알 바 아니라는 듯이 치울 생각도 않고 큰방으로 건너가 드러눕더니 깊은 낮잠에 들었고, 큰오빠는 보채는 애기를 안고 밥상 치우는 순옥이를 피해 안방에서 중간 방을

통해 마루에서 안방까지 왔다 갔다 하며 애기를 달래다가 오줌 싼 기저귀를 갈아 채우고 있는데, 이 꼴 저 꼴 보기 싫은 작은오빠는 아침밥 먹자마자 어디로 갔는지 집에는 없었습니다.

 애기는 유별나게 보챘는데 그래도 신이 나서 싱글벙글하는 큰오빠는 애기를 안고 달래다가 젖을 찾는 걸 알고 세상모르고 낮잠 자는 정미자에게 가서

 "피로하지만, 일어나 민경이 젖 좀 줘."
하고 흔들어 깨우니까 그 못생긴 얼굴을 온통 찡그리며 귀찮은 듯이 겨우 일어난 정미자는 그 큰 입이 찢어지라 하품부터 하더니

 "아, 왜 이렇게 피로하지? 아이, 애기가 젖도 안 먹는데 괜히 깨우고 앉았어?"
하고 받아 안은 애기에게 젖을 물리고 있다가 벌써 점심때가 되어 가는지는 알았는지

 "점심을 먹어야지. 뭐 해 먹지? 난 요새 입맛이 없어서."
하고 맥 빠진 소리로 말하니까 큰오빠는 무슨 큰일이라도 난 것처럼 눈이 둥그레져서

 "그럼, 입맛에 맞게 뭘 시켜다 먹지, 애기도 있고 엄마가 잘 먹어야 한다고."

 "주책도 없어. 뭐 먹으면 나 혼자 먹나? 삼촌도 있고 고모도 있고 순옥이도 있고."

 "삼촌이 어딨어? 나갔잖아. 아침에"

 "혹시 들어오다 보면 어떡해? 그리고 고모는?"
하고는 애기를 내려놓으며

"입맛이 있으나 없으나 아침에 먹던 반찬에다가 찬밥이나 갖다 먹읍시다."

"그렇지만 당신 입맛이 없어서 조금 먹으면 손해잖아. 애기도 있고."

하고 걱정하는데 정미자가 부엌으로 나가니까 큰오빠는 저한테

"봐, 언니가 알뜰하지? 저래야 한다고?"

하고 자랑하는 큰오빠는 정미자가 무엇 때문에 음식 투정을 했으며 또 음식을 왜 안 시켰는지 모르는 모양이었는데 부엌에 나갔던 정미자는 새색시다운 조심성 같은 건 찾아볼 수 없게 평소의 지어낸 가느다란 목소리는 어디로 갔는지 뚝배기 깨지는 듯한 투박하고 굵은 목소리로 순옥이가 더럽게 한다고 소리소리 지르며 집은 드러내다가 뛰어 들어오며 또 가느다란 목소리로 큰오빠에게 숨넘어갈 듯

"글쎄, 순옥이가 아침에 남은 반찬을 다 먹고 없애놨잖아요. 그리고요, 얘가 어떻게 더럽게 해놨는지, 저런 애를 뭣 땜에 두시는지 난 이해가 안 가."

"그런대로 있다가 빨리 가면 되잖아."

"아이, 내가 있을 적에 더러우니 그렇지. 간 뒤에야 뭐 더럽거나 말거나."

이러면서 도로 부엌으로 가더니 반찬 한다고 한참 동안 소란을 피우더니 점심 밥상을 차려 놓을 걸 보니 아침에 있던 반찬이 그대로였고 조금도 달라진 게 없었는데 입맛이 없다는 정미자는 순옥이가 더럽게 해놓은 것도 개의치 않고 밥을 숟가락으로 주먹만치 퍼먹으며 순옥이보고

"이따가 애기 목욕물이나 데워 놔. 그리고 좀 깨끗이 해라. 내가 있는 동안에."

"어이 할머이는 이래지 않는데 왜서 이래싸우? 뭔 잔소리가 그러도 심하오? 어제 왔는 기."

하고 투덜거리니까 듣고 있던 큰오빠는 정미자 역성을 드느라고

"어른보고 무슨 말대답이냐? 어른이 이러라면 가만히 있지."

하고 소리 지르니 정미자는

"아이, 당신은 좀 가만히 있어요. 내가 입을 벙긋하지도 못해."

하고 남편을 나무랬는데 순옥이만치 많은 밥을 먹어 치운 정미자는 밥상에서 물러나자마자 또 피곤하다며 큰방으로 건너가서 늘어지게 낮잠을 자다가 석양이 비쳤을 때 부스스 일어나며

"순옥아, 애기 목욕물 데워 놨니?"

"데와 놨잖소."

"데워 놨거든 제일 큰 대야 있잖니. 거기다 퍼다 놔."

하니까 시키는 대로 해놓고 나서 순옥이는

"아이고 원 물으. 아가 물에 빠자 죽겠소?"

"저런 방정맞은 소리를 봐. 여보, 애기 목욕물 좀 들어다 줘요."

하니까 부엌으로 온 큰오빠는 순옥이보고

"아까 내가 들으니 그게 뭔 소리야? 응? 애기가 물에 빠져 죽으면 속 시원할 게 뭐냐?"

"저 양반이 왜 저럴까? 빨리 목욕물이나 가져와요."

하고 사사건건이 제 역성을 들어주는 남편만 나무라는 정미자는 큰오빠와 순옥이가 낑낑거리며 커다란 알루미늄 양푼에 가득 담긴 물

6. 시작되는 불행 I 253

을 가져오니 물속에 가라앉은 밥풀 하나를 발견하고 물이 더러워서 못 쓰겠다며 물을 버리고 다시 데워 오라고 엄명을 내려 힘들여 데운 더운물을 아깝게 그냥 쏟아버리고 부엌 밖에서 장작불을 때서 물을 데우느라고 땀을 뻘뻘 흘리며 애쓰는데 외출에서 들어오던 엄마가 보고

"애기 목욕물 데우니? 우리 순옥이 착하다."

"예, 여 데우잖소."

하고 대답했고 엄마는 부엌으로 들어오는데 큰오빠가

"어머니, 어린애 첨 낳으면 입맛이 없어요?"

"왜?"

"애미 밥 먹는 걸 보니 입맛이 없지 않다."

"그런데 자꾸 잠만 자요."

"괜히 그러지. 뭐"

"어머니, 순옥이 내보내고 딴 애 두면 좋겠대요."

"왜? 순옥이가 어때서? 일하고 뭐든지 힘 안 아끼고 잘하는데 왜?"

"글쎄, 애미가 더럽게 한다고 그래서."

"그래서 어쨌다는 거냐?"

하고 엄마는 큰오빠를 노려보는데 큰방에서 있던 정미자가 얼른 부엌으로 튀어나오며

"아니에요, 어머니. 애비가 괜히 그러지, 전 순옥이가 좋아요. 괜히 그래가지고."

하며 가장 억울한 소리를 들었다는 듯이 큰오빠에게 활 쏘는 눈 같은 눈으로 흘겨대니 큰오빠는 비실비실 물러나며

"자기가 그래 놓고."

하며 큰방으로 간 뒤에 정미자는

"어머니, 애비는 조그만 일 가지고 자꾸 들고일어나려고 해서 아주 애가 말라요. 왜 그러는지 몰라요. 그래서 제가 말리고, 말리고 이러잖아요. 아이고, 그 성미 해가지고. 그러니까 그런 줄 아세요. 얘 순옥아, 목욕물 다 데웠니?"

"아끔에 데워줬더니 바풀떼기 하나 가라앉았다고 그 한 버리라 하더니."

"내가 그랬어?"

"그럼, 언니가 그랬지. 누가 그랬소?"

"난 몰라 얘. 목욕물이나 퍼다 놔라."

하고 말해 양푼에다 목욕물을 퍼다 담아놓게 하고는 정미자는 그 좋은 힘은 안 쓰고 방으로 들어가더니 큰오빠보고 목욕물을 가져오라고 해서 큰오빠는 순옥이와 큰 양푼을 맞들어 큰방에 갖다 놓고 나서 부지런히 안방으로 건너온 큰오빠는

"어머니, 비누를 주세요. 쓰던 비누 말고요. 없으세요?"

하니까 엄마는 벽장 속에서 새 비누 한 개를 꺼내주니 가져간 큰오빠는 정미자와 애기를 씻기면서 큰오빠 보고 애기를 붙들라고 하고 씻기다가 주위를 두리번거리며 살핀 뒤

"이게 뭔 비누지요? 럭스 비누지요? 아이, 왜 럭스 비누를 쓰실까? 요즘에 좋은 비누도 많은데. 향수 비누도 좋고 그보다도 레몬 비누가 난 젤 좋더라. 고모, 이담에 서울 오게 되면 내가 레몬 비누만 갖다줄게요. 아이, 고몬 싫은가 봐."

"그 애가 원래 싫은지 좋은지 모르잖아? 에이, 신경 쓰지 마."
"그래도 좋은 건 좋지. 뭐 사람인데."
하며 정미자는 제멋대로 떠들며 애기를 씻기고 옆에서 구경하던 저는 이 말을 들으며 구역질을 느끼는데 애기를 근근이 다 씻긴 정미자는
"목욕물 갖다버려요."
"순옥아, 이것 좀 갖다 버리자."
"에이, 아 목간 씨기는 거 몇 시간이 걸렸네."
"잔소리 말고 이거나 들고 나가자."
하고 맞들고 내어 갔는데 이렇게 야단나게 애기 목욕시키는 동안 엄마는 저녁 반찬을 다 해 놓은 뒤였고, 아빠는 여느 때보다 일찍 들어오셔서 해가 진 시원한 때였기에 애기를 안고 앞마당에 왔다 갔다 하시는데, 큰오빠는 좋아서 싱글벙글했지만, 정미자는 싫어서 눈을 띠룩거리며 보다가 부엌으로 가더니
"어머니, 제가 할 게 없어요?"
"내가 다 했단다. 네가 할 게 없다."
"아끔에 언나 목간 씨길 때 나는 소제했고 할머이는 간으 다 했는데 뭐 인제 와서."
"저 애가 왜 저럴까? 내가 너 보고 물었어?"
"하 답답해서 말했소."
하니까 정미자는 큰방으로 부지런히 와서 애기 목욕시키느라고 힘이 들어 드러누워서 쉬는 큰오빠 보고
"어머니도 어지간하시지. 글쎄 며느리가 반찬 좀 도와드리려고 할

게 없어요? 하고 물으니 글쎄 다 했다잖아요. 난 왜 그렇게 인복이 없는지 몰라."
"아이참, 한두 번이지 귀에 딱지가 앉겠네."
하고 큰오빠가 신경질을 내니까 시부모 앞이거나 말거나 본색을 드러낸 정미자는
"왜 화예요?"
"화 안 내게 됐어?"
"남의 얘긴 듣지 않고 이렇게 화부터 내는 사람이 어디 있어? 아이 속상해. 내가 저런 사람하고 산다니까."
하고 가당치도 않은 이유로 싸우다가 저녁밥을 먹고 건너가더니 곧 자는지 아무 소리도 없었습니다.
아빠는 엄마한테 애기가 있으니 요람 하나 사야겠다고 말씀하셨고 이튿날 아침 아빠는 평소와 같이 화분에다 물 주고 온 마당에 물 뿌리고 계실 때 엄마는 반찬 만드느라 바빴는데, 정미자는 일어나지도 않았고 큰오빠가 일어나 애기를 안고 나와서
"할머니, 제가 깼어요, 할아버지 안녕히 주무셨어요?"
하고 있다가 아침밥을 먹고 아빠가 출근하신 뒤에 열 시쯤 된 한낮에 애기가 보채니까 큰오빠는 정미자보고
"일어나."
하고 소리 지르니 그때서야 마지못해 일어난 정미자는 어제 싸운 심술 때문에 눈을 띠룩거리며 애기에게 젖을 주면서 말도 안 하고 있을 때 아빠의 급사가 요람을 가져와서
"이거요, 할아버지가 사 보내시던데요."

6. 시작되는 불행 I 257

하고 얘기하고 가려고 돌아섰을 때 마침 외출했던 엄마가 들여다보고
"그래, 수고했다. 조금 기다려라."
하고 간식거리를 가져다주니 마루 끝에 앉아 맛있게 먹고 갔는데, 그 사이에 큰오빠는 안방 윗목에 요람을 걸어 놓고 애기를 안아올 때까지 서로 말을 하지 않던 정미자는 큰오빠가 씩 웃자, 저도 따라 웃으며 말을 시작했는데 이러고 나서 혼자서 아침밥을 순옥이만큼 먹고 나서 옷을 바꿔 입는 것이 친정 오라비가 해준 거하며 공기가 유통 안 되는 화학 섬유로 된 한복을 입고서 오더니 애기 요람을 흔들며 앉았더니 엄마와 큰오빠한테 들으라고
"여보, 우리 어머니는 동경 유학하신 분이래서 유식하시고 그래서 내가 자랄 적에 그렇게 호화롭게 자랐다고. 그러다가 육이오 때 우리 어머니가 언니하고 이북으로 갔잖아. 나는 그래서 큰집에 가 있었어요. 그때 우리 어머니 있을 때 나는 공부 열심히 해서 중학교 시험에 붙었는데 당신처럼 시시한 시골 중학교에 시험 쳐서 뭣에 써요? 그래도 나는 경기 중학교에 합격했다고. 막 합격했는데 등록금이 없어서 못 다녔잖아. 그 대신 우리 민경이는 초등학교 때부터 내가 하려고 하던 피아노를 가르쳐서 음악 콩쿠르 대회에 입상하게 할 거야. 그러자면 엄마부터 배워서 우리 민경이를 엄격하게 교육할 거야. 그러거든 봐요."
하고 떠드는 소리에 저는 웃음을 찾지 못하다가
"아이, 민경이는 좋겠다. 엄마를 잘 만나서. 그런데 큰오빠, 민경이라고 누가 이름 지었어?"
"큰오빠가 언니하고 지었지. 언니는 이름 찾고 나는 글씨를 찾았

다. 그래서 옥돌 민 빛날 경, 옥돌이 빛나면 얼마나 좋으냐? 내가 아버지한테 애기 낳았다 하고 이름 좀 지어 달랬더니 한껏 혜옥이라고 짓는 게 어떠냐고 하시잖아. 그거보다는 민경이가 얼마나 좋아? 언니가 혜옥이는 천해서 못 쓴다고 하면서 나보고 이름자를 찾으라고, 내가 생각해서 좋은 이름을 지어낼 테라고. 이래서 민경이가 됐다."
하고 무슨 장한 자랑을 하듯 떠드니 정미자 떠들 때부터 기가 막혀서 하던 엄마는 아무 말을 하지 않고 있다가 볼일 보러 외출했고, 큰오빠는 애기를 안고 집안을 서성거렸고, 정미자는 큰방에 가서 늘어지게 낮잠 자고, 이렇게 각자 자기 일을 했는데 석양이 부엌에 찾아들었을 때 큰오빠는 그때까지 큰방에서 자고 있는 정미자를 깨우며

"애미야, 너 잠깐만 애기 보고 있을래? 내가 시원하게 마당에다 물 뿌려야겠다."

"아이, 피로해. 내가 뭐 몸이 둘인가 셋인가? 밤에도 애기 젖 줘야지, 기저귀 갈아줘야지, 이러다 보면 날이 샌다고. 기저귀를 한 번만 갈아주면 되나? 그런데 당신은 그것도 모른 척하고 잠만 씩씩 자더라. 그럴 적엔 한 대 쥐어박고 싶어. 난 어려서부터 인복이 없어. 모두 나만 부려 먹으려고만 하지. 어디 편안하게 해준 사람이 없다고."
하는 것을 대꾸도 하지 않고 큰오빠는 밖에 나가 마당에 물 뿌려놓고 들어와서

"아이고, 애기 보느라고 수고 많았구먼. 이리 줘."
하고 정미자에게서 애기를 받아 안고 왔다 갔다 했고 정미자는

"순옥아, 목욕물을 데워 놔라. 어제처럼 지저분하게 데워 놓지 말고 더럽게만 해봐라. 그냥."

하고 야단치듯 이르고 나서 피로하다며 이내 코를 골며 낮잠을 잤는데 큰오빠는 안고 다니던 애기를 용케 재워 요람에 눕혀 놓으니, 순옥이가 방에 들어와서 들여다볼 때 언제 낮잠에서 깨었는지 정미자가 눈을 부릅뜨고

"애기 보지 마. 더러운 게 애기한테 옮는다."

"어이 씨, 아르 혼자만 키와 봤소? 내가 언나르 움매나 키왔다고."

하고 순옥이가 투덜거리니까 큰오빠는 냅다 고함치기를

"듣기 싫어! 어른보고 말대답하고."

"왜서 그리 소래기는 지루우? 내가 모할 말 햇소?"

하고 대드니까 정미자가

"너는 물이나 데워놔. 아이 여보, 그런 애 가지고 뭘 또 소리를 높이면 어떡해? 난 당신 때문에."

하니까 큰오빠는 순옥이한테

"순옥아, 이담에 애기보고 싶거든 옷 바꿔 입고 봐라."

"어이 씨 별소리 다 듣겠네. 내 옷이 우떻소? 금방 바꿔 입은 옷인데. 아르 그러 벨라게 기르문 남들이 욕해요."

"저런 저 말버릇 좀 봐."

"아 버릇이 아니라 그렇잖소. 아르 벨라게 키와봐야 그렇고 막 키와도 대통령도 해 먹으문 되잖소. 물으 다 뜨세 놨는데 우떠하라우."

하고 순옥이가 지지 않고 말대답하며 물으니까 정미자가

"더워졌거든 퍼다 놔라."

"또 언나 씻긴다고 몇 시간 씻기우. 난 그런 사람 첨 봤네."

하고 부엌으로 나가서 더운물을 퍼다가 큰 양푼에 담아놓고 다 됐다

고 소리치니 큰방에 앉았던 정미자는 내다보지도 않고 큰오빠보고
 "여보, 그 물 방에 갖다 놔요."
해서 큰오빠는 순옥이와 맞들어 낑낑대며 가져다 놓으니 정미자는
 "또 어제처럼 더럽게 해왔니?"
하고 물그릇을 들여다보더니
 "아이, 이 물 못 쓰겠어. 머리카락이 하나 빠졌는데? 빨리 갖다 버리고 새로 데워 와."
하고 빨리 내가라고 손짓하는데 엄마가 들어와서 보고
 "내가 애기를 길러도 너처럼 이렇게 하지는 않았다. 듣자 하니 어저께도 밥풀 하나 가라앉았다고 물을 새로 데우라고 했다며? 보자 보자 하니 아주 못됐구나. 이 더운 날 애가 땀을 뻘뻘 흘리며 물 데우느라고 애쓰는데, 누워서 팔자 좋게 낮잠만 자다가 목욕 그릇 하나 돌보지 않는 애미가 이따위 짓을 해야 애기가 귀해진다더냐? 그렇게 소중하거든 네가 왜 직접 나와 보지 않는다던? 어디서 배운 버릇이냐? 그것 건져 버리고 애를 씻기면 못 쓴다던? 보자 하니 되지 못했구나. 그보다 더한 대감댁에서도 이러지는 않는다."
하고 정미자를 야단치니 큰오빠도 얼굴이 샛노래지며 엄마한테
 "이렇게 더럽게 해서 오는 데도 그대로 쓰란 말이에요?"
 "뭐야? 너 지금 네 정신으로 말하는 거니? 이 자식. 그렇게 자식이 귀한 계집이 귀한 자식 씻길 목욕물 데우는 것도 그릇도 어느 것 하나 돌보지 않는 애미년이 어디 있다던? 계집한테 빠져도 이렇게 정신없이 빠져 못된 짓만 골라 해도 안 보인단 말이냐?"
하고 호령하니 당황한 정미자가

"아이참. 괜히 그래서 분란을 일으키네. 어머니, 제가 잘못했어요. 다시는 안 그러겠어요."

"너, 지금까지 하는 짓이 한심하구나. 도대체 본데도 배운 데도 찾아볼 수 없잖니? 게다가 네 잘못을 서방한테 덮어씌우는 그런 버릇은 어디서 배웠니? 너, 이 버릇 그대로 하다가는 집안 망한다."

"어머니, 모든 것을 제가 다 잘못했으니 널리 봐주세요."

하고 정미자는 급하게 된 지경만 모면하려고 들었습니다.

이런 기막히고 한심한 일들이 일어난 줄 모르고 아빠가 들어오셔서 요람을 들여다보시면서

"민경이 잘 놀았나? 할아버지가 이거 사 왔네. 이거 가지고 놀라고."

하시며 딸랑이를 흔들어 보이시며

"젖 잘 먹고 응가도 잘하고 그래야지. 할아버지가 세수하고 안아줌세."

하고 나가셔서 화초에다 물을 주시려고 하자 큰오빠가

"아버지, 아까 제가 줬습니다."

"아까 언제?"

"저녁때요."

"그래? 그럼, 안주지."

하시고 세수하신 뒤 들어오셔서 신문을 보다가 해가 넘어가려고 할 적에 아빠는 애기를 안으시고 앞마당으로, 뒷마당으로 다니시다가 들어오셔서 저녁 밥상을 받으셨을 때

"애미야, 너 애기 생각해서 먹기 싫어도 골고루 먹어라."

하시니까 큰오빠는 신이 나서 정미자보고

"봐, 아버님 말씀 들었지?"

하고 말하니 정미자는 아빠 말씀도 듣기 싫은지 눈을 띠룩거리고 있다가 큰오빠를 향해 황소 눈 같은 눈으로 흘겼지만, 큰오빠는 아빠가 말씀하셨다고 정미자한테

"이거 먹어. 저것도 먹어. 골고루 먹어야지 편식하면 못 쓴다고."

하며 반찬을 이것저것 집어다 바치며 호기 있게 남편 노릇하는 게 끼니때마다 하는 큰 오빠의 큰일이기도 했습니다.

저는 큰오빠가 오던 날 저녁에 정미자한테 당해 봤기에 저녁밥 먹은 후 큰방으로 오라는 것도 몸이 아프다고 핑계 대고 가지 않고 책이나 보고 있다가 잠자리에 들었는데 이튿날 아침 일어나서 저는 평소와 같이 뒤꼍으로 나가 그네에 앉아 있었을 때 엄마는 아침밥 하느라고 바삐 왔다 갔다 하는 걸 보면서 아빠가 화분에 물 주시는 것도 보고 있을 때 순옥이가 오더니

"나 좀 타보자. 나는 소제도 다 해 놓고 한가하잖아."

"순옥아, 새언니 안 일어났니?"

"에이 자빠져 자니라고, 코빼기도 안 보이잖나. 뭔 새댁이 그따군지 몰라."

"너, 그렇게 욕해도 되니?"

하고 저는 그네에서 일어나 장독대로 옮겨 앉으니, 순옥이는 그네에 앉아 흔들며

"뭐, 내가 잘못 말했싸? 나는 하도 눈이 시구와 하는 말이지."

하고 개운하게 그네 뛰는 걸 보고 있는데 엄마가

"이제 밥 먹어라."
하고 불러서 저는 순옥이의 부축을 받으며 안방으로 들어가 아침밥을 먹고 있는데도, 큰오빠도 정미자도 안 일어나고 있었고 속상한 표정인 작은오빠는 밥을 빨리 먹더니 물을 마시고 나서
"어머니, 저 오늘도 바다에나 갔다 올게요."
하고 아빠가 출근하실 때 아빠를 따라 나갔습니다.
이러고 시간이 흘러 한낮이 되는 오전 열 시쯤 어저께 엄마한테 꾸중까지 들었으면서도 낮잠만 자느라고 피곤했는지 이때서야 정미자는 부스스 일어나 뭘 하는지 꾸물대다가 나와서 세수하고 들어가 화장한답시고 꾸물거리고 있을 때, 큰오빠가 일어나 세수하고, 시계가 열두 시를 가리키고 있을 때에야 겨우 밥상에 앉아 큰오빠와 정미자는 천주교 신자라면서 성호도 안 긋고 밥을 먹는데 평소의 습관대로 큰오빠는 젓가락으로 밥그릇을 쏘삭쏘삭했고, 정미자는 생명을 걸고 숟가락으로 밥을 주먹만치 떠서 입에 넣고 볼이 터지라고 먹어 대는 걸 보고, 저는 신자라면서 성호도 안 긋느냐고 물었더니 밥 먹다 말고 성호를 그은 정미자는
"참, 깜박 잊어버렸어. 밥 먹다가 하는 건 아닌데. 여보, 난 순옥이가 뭐 갖다주는 건 더러워서 참 못 먹겠어요. 당신은 좋아요?"
"그럼, 어떡해?"
이러는데 애기가 울어대니까 정미자는 그 잘생긴 얼굴을 찡그려 붙이며
"아이, 남 밥도 못 먹게. 넌 좀 잤으면 좀 좋을까."
하니까 밥 먹다 말고 큰오빠가 애기를 얼른 안아서 달랬고, 그사이에

정미자는 순옥이가 밥상을 차려 더러운 것을 억지로 참고 기가 막히게 많은 밥을 먹어주어 상위에 육류며 생선 반찬은 깨끗이 없어졌고 입맛이 없다며 이 정도로 물러난 정미자는 큰오빠가 애기를 안고 다니건 먹다 만 밥을 마저 먹건 말건 알 바 아니라는 듯이 큰방으로 건너가 드러누워 이내 잠이 들었고, 큰오빠는 전문으로 애기 보는 사람이 되어 있으면서 저한테 정미자의 꾸며서 하는 가느다란 목소리가 복 있는 목소리라며 그 소리를 흉내 내어 애기가 잔다며 왔다 갔다 하고 있을 때 그동안 안 오던 고모가 별안간 왔다가 보고

"뭔 언나나?"

"내 딸이요."

"아이고 운제 낳제?"

하고 방으로 들어와 들여다보더니

"그랜, 야 어머이는 어데 가고 니가 안고 댕기나?"

"내 마누라는 피로해서 자요."

"아이고 세사, 그래 어데서 자네이?"

하고 고모가 물으니, 순옥이가 재빨리 나서며

"저게서 자잖소. 매일같이 낮잠만 자요. 저것 좀 보오. 뚱따해 가주고 돼지 같잖소. 처먹고 잠만 자."

하니까 이 소리를 듣고 큰오빠는 머리끝까지 화가 나서 애기를 요람에 내려놓으며

"뭐? 너, 말 다했어?"

하고 소리 지르니 이 바람에 정미자는 잠에서 깨어 일어나 앉아 입이 찢어지라 하품을 품위 있게 해 젖히고 나서

"왜 그래요? 또"

하고 돼지 멱따는 소리로 호령하니 큰오빠는 정미자의 무서운 호령에 꿈틀하고 놀라 물러서는데 고모가

"바로 자나?"

하니까 정미자는 큰오빠에게 귀찮아서 얼굴까지 찡그려가며

"누구예요?"

"응, 저어 우리 고모야."

"아이, 고모님이세요?"

"니는 그래 밥 먹고 잠만 자나?"

"네, 몸이 좀 피로해서요."

하고 이러고 대답하는데 엄마가 들어와서 고모를 보고

"아이, 고모 오셨어요?"

"자네 운제 소리도 음씨 메누리 봤는가? 아이고 세사 어엽네야."

"고모 덥지요? 미숫가루 타 드릴 게 잡수세요."

하고 엄마가 타주는 것을 받아 마시고 나서

"저게 동기 어머니가 오늘도 나보고 자꾸 가보라 하던데 그 집 딸으는 하나는 종훈어 집 간호원 하잔가. 그래는 기 작은 아가 인제 중학교 댕기다가 돈이 음싸서 고만둔 아가 있거던. 우떤가? 아는 조화. 집에 있싸도 놀지 않고 뭐르 해도 하는 아잔가. 그래는 기 (정미자를 가리키며) 자는 뭔 아가 먹고 잠만 잔다 하고 순옥이가 그래대. 에펜네가 그래문 못써. 창기야 내 말 잘 들아 뒤라. 에펜네라는 것은 사나한테 달랬다. 사나가 이래라문 이래고 저래라문 저래고 해야지. 처먹고 잠만 자문 집안 꼴으는 뭐가 되겠나? 내 말 맹하게 듣지 말고 잘 들어

둬라."
하며 고모는 보기 싫은 꼴 안 보고 빨리 피해 가겠다는 태도로 서둘러 부엌으로 나가며

"저놈어 새끼 눈까리가 까졌나. 우째 저런 지지바르 으더가주고 아는 지가 본다 하고, 에이그 쯧쯧… 난 가겠네. 낼이나 모레 동기 어머이가 올 끼야. 명순아, 난 간다. 잘 있거라."
하고는 뒤도 돌아보지 않고 갔는데 엄마는 이때 외출하지 않고 있다가 저녁때쯤 정미자를 불러

"김치 좀 담가라. 양념거리 저기 있잖니? 네 남편이 나보고 며느리 시키지 않는다고 하니 해 봐라."

"네, 어머니"
하고 엄마가 지켜보는 앞에서 양념을 다지고 있다가 큰오빠가 부엌을 내다보니 정미자는 엄마가 안보는 줄 알고 힘들어 죽겠다고 고개를 타라매며 어울리지도 않게

"아이, 팔 아파."
하고 입술로만 말하니 큰오빠가

"어머니."

"왜? 네 처가 팔 아프다고 하니? 애처로워서 그러니?"
하고 물으니 속을 내다보인 큰오빠는 무안해서 히죽 웃으며

"아니, 그런 게 아니고요. 애미가 한복을 입어서 땀띠가 많이 났어요. 옷 좀…."

"그런 걸 왜 지금 와서 얘기하니? 진작 얘기하지 않고, 김치 해 놓고 보자."

하고 김치 담그는 것을 지켜보던 엄마는 연약한 자태를 드러내 보이려고 애쓰던 정미자를 데리고 진구네 집 상점으로 가서 옷감을 정미자 손으로 고르게 해서 샀는데, 이 당시에는 여자들의 원피스 같은 옷들은 기성복이 없고 있다면 외국제뿐이어서 비쌌기에 모두 천을 끊어다가 만들어 입었기에, 엄마도 정미자가 고른 천을 양장점에 맡겨 원피스를 만들게 하고 집으로 돌아오니까, 큰오빠는 옷감은 어떤 색감과 무늬였느냐? 어떤 모양의 원피스냐? 정미자는 물건 볼 줄 모르는데 정미자에게 고르게 했으니 오죽하겠느냐는 등 이러고 쓸데없는 간섭과 안달을 하다가 엄마한테 야단 들으니, 정미자는 버릇대로
 "괜히 그래서 어머니 속상하시게 하네. 남자는 좀 가만히 있는 법인데 당신은 어쩜 사람이 그래요? 눈치도 없어."
 "아니, 내가 궁금해서 묻다가 이렇게 됐지. 당신은 또 왜 그래? 그래도 남편이 있기에 관심을 갖지, 누가 관심을 가질까 봐 그래? 이것이 행복이라고! 알아?"
하고 떠드는 큰오빠는 유치하고 못나 보였고 정미자의 말과 표정에서 저는 구역질이 나기까지 했는데, 이튿날도 예외 없이 큰오빠와 정미자는 늦잠을 잤고, 엄마도 외출하고 없는 대낮에 일어난 정미자는 어디서 났는지 소설책을 읽는다고 하며 무슨 소설인지 들고 앉아 순옥이가 차려주는 밥을 먹으니 큰오빠가
 "밥 먹을 적에 누가 책 보나? 보기에 답답하게."
했지만 독서에 열중한 정미자는 밥을 먹는 둥 마는 둥 하는 것이 순옥이만치 먹고 나서 큰방으로 건너가 누워서 독서를 하다가 이내 낮잠이 들어 있으니, 큰오빠는 저한테

"언니 잔다. 조용히 해라."

"내가 뭐 시끄럽게 구나?"

"쉬- 언니가 애기 기르느라 피로해서 그러니 조용하게 하란 말이야."

"오빠, 결혼 뒤하고 결혼 전하고 차이가 있지? 오빠는 그런 거 못 느껴?"

"비위에 좀 안 맞으면 말대답하는 게 다르지, 그 외엔 달라진 게 없어. 나를 위하고 말이야."

"아이고, 위한다는 게 들들 볶는 게 위하는 거야? 엄마 아빠 봐. 오빠 어려서 엄마가 아빠한테 하는 거 못 봤어? 좀 그렇게 살아야지."

"요게 못 하는 소리가 없어. 언니 들어."

"암, 듣고 배워야지."

하고 제가 말했을 때 대문이 열리며 순옥이 엄마가 들어오고 있었는데, 순옥이는 자기 엄마와 앞마당 그늘에 서서 수화로 얘기하고 있었고, 이때 외출했던 엄마가 들어오니까 순옥이 엄마는 인사하며 수화로 자기 집에서 사람들이 일하기 때문에 바빠서 집안에 들어가지 못하고 간다고 하며 가려고 하다가, 큰오빠가 애기를 안고 있는 걸 보더니 가까이 다가가서 들여다보고 이쁘다며 애기 손과 어깨를 만지니 큰오빠는 기겁을 하고 피했고 순옥이 엄마는 그대로 갔는데 큰일이 난 큰오빠가

"어머니, 저 순옥이 엄마가 민경이 손을 만졌으니, 병균이 묻었을 게 아니에요? 물에 씻기는 게 옳지 않아요?"

"너는 그래 백일도 안된 애를 찬물에 씻기려고 할 작정이냐? 그리고 순옥이 엄마가 어디 몹쓸 병이라도 있다니?"

"아이, 애미가 깨요. 조용히 하세요."

"뭐? 부모도 없이 자란 애를 며느리라고 했더니 날 보고 공주 모시듯 모시란 말이냐? 보자 보자 하니 예이, 이 빌어먹을 자식."

하고 엄마가 노해서 소리 지르는 바람에 정미자가 일어나

"아이참. 어머니 모든 것이 제 잘못이에요. 피로해 누웠다가 잠이 들었는데 그 사이를 못 참아서 어머님 속을 썩이니 어떡해요."

하고 정미자는 효부가 되어 말로 효도를 다 하며 서방을 몹쓸 위인으로 만드는 것을 엄마는 듣지 않고

"자, 네 옷이 다 됐다. 입어봐라."

하고 정미자 앞에 던지니까 정미자는 얼른 포장지를 벗겨 큰방에서 원피스를 입어보는데 큰오빠가 가서 간섭하기를

"이 색깔이 저게 뭐야? 저렇다니까. 잘 고르지 않고 눈에 띄는 대로 골라서 저게 뭐야?"

하니까 정미자는 큰오빠를 붙들고 음흉한 표정으로

"당신은 왜 눈치가 그렇게 없어요? 내가 이 더운 날씨에 한복을 입느라고 이렇게 땀띠가 난 걸 보면서도 어머니도 무심하시지, 그저 내 자식만 자식이라고 하고 남의 자식은 돌아본 척도 안 하시고, 이거 봐요."

하며 돌아서며 등어리로 보이니 큰오빠는 당황해서 안방으로 건너와

"어머니, 애미가 한복을 입느라고 땀띠가 나서 매랜 없어요. 저 일을 어쩌면 좋아요."

"땀띠가 났으면 땀띠약 갖다가 바르면 되지. 너는 밤낮 처를 위한다는 게 이토록 못나게 굴어야 하니? 땀띠약 갖다가 바르고 저녁마다 씻으면 되잖니? 땀띠가 났다는 소릴 듣고 옷을 해다 주니 고맙다는

소린 못할망정 쉬는 어미를 보고 어쩌란 말이냐? 장가보내 달라고 해서 장가보내줬으면 됐지."
하고 꾸중하고 있을 때 고모가 말한 말산 동기 엄마가 와서 얘기하기를 자기의 둘째 딸을 아빠 사무실 급사로 써달라고 부탁하니 엄마는 지금 사무실에서 일하는 총각이 곧 군인 가게 됐으니 조금 기다리라고 하면서 아들 내외가 내려와 있기 때문에 정신이 없다고 말하며 엄마는 동기 엄마한테 간식을 내놓는데 정미자는 저하고는 아무 상관 없는 일인데도 엄마가 무슨 얘기를 하며 간식을 뭣 때문에 주는지 간섭은 못 하면서 못마땅해서 눈을 띠룩거리며 와보고 있다가 큰방으로 건너가는 것을 본 동기 엄마는 엄마한테

"저 새댁이 자부요? 아이고, 시어머니하고 딴판이잖소. 접때 아제가 여 왔다 가서 아무 소리 안 하던데. 아이구 쯧쯧…. 우리 큰딸만도 모하네. 시어머이는 이러 얌전하시고 아들으는 공부르 그러 마이 했다는 기 햇공부했네. 그렇지만 너무 속상하게 예기지 마시우 예. 작은아들이 있잖소. 그 아들이 잘해서 작은 메누리르 잘 보문 되잖소. 아제가 늘 얘기하는 기 우리 작은 조케는 똑똑하잔가. 가는 말간 즈 할아버진 기 뭐. 이래고 얘기 하찮소."
하고 엄마를 위로해 주고 갔는데, 엄마는 이날 외출을 안 했기에 정미자는 그렇게도 즐기는 낮잠도 못 잤고, 저녁때가 돼서 애기 목욕물을 트집도 못 잡고 씻길 때 엄마가 애기를 붙들어줘서 정미자는 비누가 좋으니 나쁘니 하는 못되고 못난 수작도 못 하면서 또 시간도 오래 끌 수가 없으니 땀을 뻘뻘 흘리면서도 엄마한테 잘 보이려고 한다는 소리가

"어머니, 오늘 저녁 반찬으로 찌개를 맛있게 해놓을 거예요."
"찌개고 뭐고 다 해 놨다."
"벌써요? 그러면 고모 머리나 감겨놔야지."
하면서 애기 씻긴 목욕물에 제 머리를 감기려고 해서 저는 싫다고 거절하며 때가 둥둥 뜨는 물을 손으로 가리켰더니 정미자는
"관둬요. 내 머리나 감지?"
하고 큰오빠에게 이 물을 목욕탕으로 운반해 달래서 머리를 감고 있는 정미자를 보고, 제가 묻기를
"언니 고향이 수원이라고? 수원도 시골이지?"
"누가 그래요? 난 서울서 국민학교를 나왔는데 수원은 할아버지 할머니가 계신 곳이에요. 그래서 우리 어머니가 방학 때면 할아버지 할머니한테 보내면서 할머니 할아버지 위로해 드리라고 해서 방학 때면 가고 했어요. 우리 어머니는 얼굴도 이쁘시고 뭐든지 유식하셔서 잘 아시고 그뿐인 줄 아세요? 점심때면 꼭 더운 점심을 해서 심부름 하는 애를 시켜서 오빠 언니 나한테 도시락 반찬도 아주 맛있게 해서 보냈어요. 그래서 도시락 반찬이 한가지면 난 안 먹는다고 이러면 우리 어머니는 아이, 그렇게 안 먹어서 어떡하니? 하고 빵을 맛있게 해 주는데 빵 속에 뭐가 들었는지 알아요? 고모 그런 거 못 봤지요? 야채와 고기가 많이 든 빵이에요."
하고 정미자는 신이 나서 지난날에 귀하게 자랐다는 자랑을 하는데 듣고 있던 큰오빠가
"뭐? 점심때 더운 점심 해서 갖다줬다고 그래? 아이, 거짓말. 내가 어려서 우리 누나에게 어머니가 더운 점심을 애 시켜서 보냈다고 그

랬지. 그 말을 가지고 자기가 그랬대."

"오빠 말 듣지 말아요."

하면서 정미자는 젖은 머리카락을 수건으로 닦았습니다.

이러고 나서 그동안 피로해서 낮잠 자느라고 쌓이고 쌓인 기저귀들을 가지고 나와 순옥이보고 빨라고 하니 순옥이는

"시라요. 아르 그러 벨나게 기른다 하는 기 기저구는 왜서 날더러 빨라 하오? 언니는 낮잠만 자맨서 이것도 하나 못 빨아요? 난 못 빨겠소."

하고 반발하면서 말을 듣지 않으니, 정미자는 할 수 없이 뭉쳐 놓았던 기저귀를 아빠가 들어오시기 전에 빨아치우느라고 땀을 뻘뻘 흘리면서 빨다가

"고모, 이것 좀 받아요. 고모가 조카를 이쁘다고 했잖아요. 이쁘면 조카 기저귀도 받아야지. 그렇잖으면 거짓말이에요?"

"거짓말이라도 할 수 없고 정말이라도 할 수 없지. 애기가 있으니까 이쁘다고 했지. 내가 거짓말로 이쁘다고 했나?"

"아이, 고모는 왜 그렇게 무뚝뚝하실까?"

하니 뒷마당에서 애기를 안고 왔다 갔다 하던 큰오빠가 듣고

"야, 김씨 집안 딸들은 본래 그렇게 무뚝뚝하단다."

하고 제 눈치를 보았는데 이럴 때 형부한테서 연락받고 작은오빠는 민주당 시절 내무 차관을 지낸 이상규 씨가 아이들을 데리고 해수욕 왔기에 경포 해수욕장에 민박을 하게 주선하고는 그 시중을 들어 주느라고 낮에는 집에 붙어있지 않다가 서울로 갔습니다.

동기 엄마가 말산에서 우리 집에 다녀간 지 하루가 지난 낮인데, 엄

마가 외출하고 없으니까, 정미자는 습관대로 늘어지게 낮잠을 자고 있었고, 큰오빠는 애기를 안고 방이고 마루고 왔다 갔다 하면서
　"자장자장 우리 민경이 잘도 자지."
하고 가만가만 애기를 어르면서 정미자가 시끄러워할까 봐 조심조심 하고 있을 때, 갑자기 대문이 밀쳐지고 가운데 큰엄마며 점쟁이 큰엄마, 종만 엄마, 옥기 언니, 정남이 언니가 한 떼를 이루어 몰려들어서 안방에 들어와 앉으며
　"창기가 운제 이러 아 애비가 뒷제? 어데 보자. 아이고, 얀 누구 닮았제?"
하고 가운데 큰엄마가 말하니 옥기 언니가 있다가
　"누구 닮긴 누구 닮아? 즈 어머이 닮았지."
　"야야 그런 소리 하지 마라. 그래도 애비 닮았다 해야 좋단다."
하고 가운데 큰엄마가 말하니 정남이 언니가
　"아무도 닮은 사램이 음는 거 보니 즈 에미 닮았구만, 옥기 말이 맞아."
　이러고 온 집안이 수선스러워졌는데도 정미자는 그저 낮잠에 취해 코까지 드렁거리며 자고 있으니까
　"아이고, 밤에는 뭐하고 지끔 저래고 자니라고, 어머이 왜서 저래는지 아오? 시어머이가 낮에 음씨니까 맘 놓고 메누리가 저리 자잖소. 우리 시어머이 같으문 어데 가서? 가제나 시집온 지 움메 안 되는 기 저러 코르 골고 잘 수나 있소? 뭐"
하고 정남이 언니가 말하니 옥기 언니는
　"동상어 댁으 좀 볼라 왔더니…."

해도 큰오빠는 낮잠 자는 정미자를 깨울 생각도 않고 있으니 안 되겠으니까 옥기 언니는 일어나 큰방으로 건너가서

"여보게, 자네는 그러 잠만 자는가? 아무리 세월이 맹했더래도 사램이 왓씨문 그래도 일어나야지. 새색씨가 이기 뭔가? 큰어머이도 오시고 사춘어 맏동서도 왔는데 인사도 안 하는가? 아무리 막 컸어도 예의범절은 지케야지."

하면서 인정사정없이 흔드니 정미자는 그제서야 잠이 깨어 일어나 멍하니 앉았다가

"아이, 이렇게 오셨어요? 큰어머니가 오셨는데 왜 안 깨웠어요?"

하고 우선 큰오빠 탓부터 하고 나서

"하도 제가 피곤해서 이렇게 누웠다가 잠이 들었지, 뭡니까?"

하고는 일어나서 옥기 언니를 따라 안방으로 가서

"늦었지만 인사받으세요."

하고 큰엄마들한테 절을 시작하니 보고 있던 큰오빠가 소리를 빽 지르기를

"절하지 마라. 우리 큰어머니 없다."

하고 해괴한 소리를 하는데도 정미자는 돌아가며 절을 하고 난 뒤 큰오빠를 큰방으로 끌고 가더니 쭈그리고 앉아

"내가 자랄 때를 생각하면 나를 어떡하면 더 부려 먹나 하고 노리던 것에 대면 내가 당신보다 더할 거예요. 그렇지만 나는 다 잊어버리고 큰어머니, 작은어머니, 사촌 언니 오빠들에게 다 좋게 하는 거 봐요. 당신 같으면 더할 거예요. 그래도 나는 보기만 하면 웃는 낯으로 말이라도 좋게 하는 걸 못 봤어요? 왜 당신은 그렇게도 속에 나쁜 것만 품

6. 시작되는 불행 I 275

고 있어요? 그렇게 살면 못 쓰는 거에요. 나처럼 살아야지."
하고 큰오빠한테 훈계했는데 저는 큰오빠 결혼식 때 정미자가 친정 큰아버지 내외한테 절할 생각은 않고 원수 보듯 노려봤다는 얘기가 떠올라 정미자를 보면서 제 행실은 그랬으면서 지금은 혼자 저렇게 착하니 이것을 두고 세상 사람들이 '독선'이라 부르고 '위선'이라고 부르는 것인가 보다 하고 생각하는데 안방에서는 쑤군대기를

"창기가 누까리가 까졌사. 어데 지지바가 음싸서 저러 겔러빠진 지지바하고 연애했잖나."

"암말도 마오. 명순이 들으라고?"

"들으문 우떻나. 내가 모할 소리 했나? 저래 가주고야 집안 망하지."

하는 소리를 들으며 중간 방에 있던 제가 안방으로 오니까 가운데 큰엄마가

"아이고 명순아, 니가 우째다가 저런 오라버댁으 만났네이?"

하고 말하다가 엄마가 들어오기 전인데, 이제는 볼 것 다 보았다는 태도로 몰려들 갔습니다.

큰엄마들 일행이 가고 난 뒤에 정미자는 늘어지게 낮잠 잔 후여서 시장했는지 점심을 먹어야 하는데, 반찬이 시원치 않다며 찌개라도 맛있게 끓여 먹자더니 뭘 하기에 바쁜지 시간이 없다며 한참 동안 먹는 타령을 하더니

"여보, 서울 가면 내가 찌개랑 맛있게 해 드릴게. 반찬이 없더라도 여기선 아무렇게나 먹읍시다."

하고 부엌에 나갔다가 급히 뛰어 들어오며

"아이 더러워, 더러워. 순옥이가 더럽게 해서 도무지 먹을 수가 있어야지? 안 먹을 수도 없고 먹자니 더러워 죽겠어. 처음 와서 하려니 손에 잡히지 않고 그래도 억지로라도 먹어야지, 애기를 생각해서."
하더니 부엌으로 도로 나가 반찬이며 밥이며 갖다가 상을 차려놓고 방금 더럽다고 한 밥이며 반찬들을 입안에 가득 퍼 넣고 볼이 터지라 먹으며 밥의 분량이 순옥의 밥보다 좀 더 많은 게 계면쩍었던지 정미자는 큰오빠한테

"내가 양이 점점 느나 봐요."

"둘이 먹으니 그렇지. 맛이 없더라도 애기를 생각해서 많이 먹으라고."

하고 큰오빠가 애처심을 발휘해서 권하니까 정미자는 말끝마다 더럽다던 음식을 기가 막히게 먹어대는데, 제가 보기에 체격도 사내같이 컸고 귀한 척하고 힘을 안 써서 그렇지, 힘도 장사인 데다가 저렇게 먹어대니 씨름판에 나간다면 황소 한 마리는 문제없이 타올 거로 생각했습니다.

큰오빠의 권유대로 포식을 하고 난 정미자는 밥숟가락을 놓고 물러나며

"순옥아, 상 치워라."

하고는 일어나 큰방으로 건너가서 편안히 드러누워 큰오빠를 불러서 하는 말이

"옷이 하나래서 여름엔 자주 빨아 입어야 하는데 또 한복을 입자니 엄두가 안 나고, 어머니도 무심하지. 빨리해 달라고 재촉하지는 않고 그대로 내버려두니 언제 될지 알아."

"그러게 말이야. 우리 어머니도 참 무심하셔."
하고 제가 들을 수 있을 정도로 큰 소리로 떠들었는데 외출했던 엄마가 들어오며
  "얘, 옷 가져왔다. 내가 오다가 찐 옥수수를 사 왔다."
하니 정미자는 얼른 앞장서서 안방으로 건너왔고 모두 모여서 옥수수를 뜯어 먹는데 엄마가 정미자에게
  "어려서 애들 적에는 누구나 포부가 크고 꿈이 많은데 선생이 물었을 때 이다음에 뭐 하겠다고 했니?"
  "전, 영락없이 음악가가 된다고 했죠. 우리 어머니가 동경 유학하면서 이걸 못한 한으로 우리 막내딸은 꼭 피아노를 가르쳐서 음악가로 만들겠다고 엄격한 교육을 해서 어려서부터 했어요."
  "그럼, 지금도 하라면 하니?"
  "다 잊어버렸죠. 세 살 때부터 했는데 어떻게 할 수 있어요?"
라고 말하니까 엄마는 큰오빠를 뻔히 건너다보다가 눈을 흘겼습니다.
  이러고 엄마는 볼일 보느라고 피로해서 누워 쉬고 있을 때 저는 애기가 꼬물거리는 게 이뻐서 정신없이 들여다보노라면 아무도 없는 틈을 타서 정미자는 멸시하는 표정으로
  "고모, 애기가 더워요. 저만치 떨어져 봐요."
하기에 저는 얼른 물러나 안방으로 왔지만, 이런 고약한 대접을 받으면서도 꼬물거리는 애기가 이뻐서 자주 들여다보는 편이었습니다.
  저녁때가 되니 쉬고 있던 엄마는 일어나 닭을 잡아 볶아서 저녁 밥상에 놓으니, 큰오빠는 아빠 앞인데 부끄럽지도 않은지

"이것도 먹어, 민경이를 위해서. 닭고기라면 안 먹으려고 해서 속상해 죽겠어."
하고 볶은 닭고기 토막을 집어서 정미자 밥 위에 올려주니 정미자는 아빠가 계신 자리인데도 그 우람하고 큰 손으로 오빠의 허벅지를 꼬집으니
"아야, 왜 남의 살을 꼬집어?"
해서 옆에서 보던 저를 민망스러워 얼굴도 들 수 없게 만들었지만, 아빠는 모른 척하시고 저녁 진지만 드셨습니다.

이튿날 아침도 정미자는 으레 늦잠 자는 걸로 알고 다른 날과 다름없이 늦도록 자고 일어나서 아침 겸 점심밥을 먹어 치운 정미자는 엄마가 해준 새 원피스를 입어보는데 큰오빠는 안방 벽에 걸린 큰 거울을 떼어 정미자의 절구통 같은 우람한 몸을 잘 보이도록 비지땀을 흘리며 명령하는 대로 불평도 하지 않고 한 시간이 넘게 비추어 보이다가 벽에 거울을 걸어 놓을 때 정미자는 입던 옷을 순옥이보고 빨라고 명령하니 순옥이는 들은 척도 안 해서 정미자는 할 수 없이 나가서 빨아 널고 들어와서
"여보, 오늘은 출입 좀 해야겠어요."
"뭐? 고단한데 뭔 출입이야?"
"원희씨하고 헤어진 미스 전을 찾아봐야겠어요."
하며 결혼 때 아빠 엄마가 해준 예물 시계를 팔목에 채우라고 큰오빠에게 명령해서 시계를 차고는 일본인들의 심술궂은 오뚝이 얼굴같이 동그랗고 심술궂은 얼굴에 눈썹을 칠하고 짙은 화장을 해서 제가 볼 때 영락없는 심술덩어리 오뚝이 얼굴로 몸매며 태도며 걸음걸이까지

품위를 뚝뚝 흘리며 나갔습니다.

큰오빠는 혼자서 애기를 보며 있다가 엄마가 들어오니

"어머니, 애미가 출혈했는데 괜찮아요?"

"왜, 죽을까 봐 겁나니?"

"아니요. 그런 게 아니고요. 애가 또 생기고 또 생기고 하면 어떡해요?"

"아, 생기는 대로 낳으려무나. 그러기를 원했잖니? 그보다도 사람들이 다들 손가락질하더라. 잔남이만도 못하다고. 그런데 뭐가 어쩌고 어째? 이 못난 자식. 생기는 대로 다 낳아서 아비인 네가 벌어먹이면 되잖니. 남의 집 아들들 봐라. 공부할 것 다 하고 제가 능력 있게 됐을 때 결혼을 하던데, 네 또래들은 어째서 그러냐? 그중 하나가 똑똑하다. 바로 원희다. 애미 어디 갔니?"

"외출했어요."

"어디로?"

"어머니, 그보다도 제 얘기를 들어보세요. 결혼하기 전 얘긴데 애미가 자기 친가에 가자고 해서 갔더니 수원에서 팔십 리나 떨어진 서해바다 가까운 농삿집인데, 조그만 옛날 기와집이긴 했지만 추락하고 다 쓰러져가는 대문을 들어서니 마당은 손바닥만 해서 평상 하나도 놓을 자리가 없는데, 그날 저녁 늦게 도착해서 저녁을 준다는 게 밀 수제비국에 민물 생선을 넣어서 이것을 먹으려니 해금내가 나서 먹지 못하고, 자려고 하니 대문 옆 토방에서 자라고 해서 들어가 보니 짚단이 쌓여있어 가뜩이나 작은 방에 앉을 자리도 없고 방바닥은 가마니를 깔았고 짚이 잔뜩 흩어져 있어 정신없는데, 이부자리는 얇은 이불 하나만 주고 짚단을 베고 짚을 깔고 누웠지만 짚이 찔러서 잘 수 없는 데다가, 봄이라서 밤에는 추운데 이불이 얇아 추워서 뜬눈으로 새웠어요. 친정이라는 곳이 이런 기막힌 꼴입니다."

"그 봐라. 그런데 뭐 피아노를 배워? 그뿐이냐? 어느 모로 봐도 본 데도 배운 데도 없는 애 아니냐?"

"어머니, 그건 널리 이해하시고 잘 가르쳐 보는 데까지 해보다가 안 되면 집어치워 버리지요."

"집어치우다니? 어떻게 집어치운단 말이야?"

"가르치다가, 가르치다가 못하면 이혼하지요. 애미가 아직 철이 덜 들었어요. 나이는 철들 나이인데 저 명순이 반도 못해요."

"그런 애를 누가 얻으라니? 그럴까 봐 내가 말렸잖니? 그리고 결혼이 무슨 유희냐? 네 마음대로 취하고 버리고 하게."

"어머니, 날이 갈수록 한 가지 한 가지 못 된 것만 눈에 띄어요. 그래서 제가 정 떨어지는 게 많아요. 제 일은 제가 알아서 할 테니 제 걱정은 하지 마세요."

"이것아, 이쪽도 저쪽도 비극이다. 이 비극이 너 혼자만의 비극인지 아니? 이 못된 자식아."

하며 엄마는 슬픈 얼굴이 됐는데도 큰오빠는 어찌 된 사람인지 계속해서 떠들기를

"사람은 영어를 잘해야 할 텐데도 애미가요 영어를 가르쳐줬더니 죽어도 못 하겠다고 하고 한문을 가르쳐줬더니 곧잘 하고요. 그래서 가르쳐보다가 못하면 할 수 없지요. 뭐, 답답해서 어떻게 데리고 있어요?"

"이것아, 애미에게 영어나 한문이 필요하니? 가르칠 게 그거니? 이 어리석을 것아, 좀 깨달아라."

하며 탄식하듯 조용히 말하고는

"날씨가 덥구나. 창기야, 가서 아이스크림이나 사서 오너라."

하고 큰오빠에게 돈을 주어 내보낸 엄마는 어떤 이유에선지 희망에 가득한 표정으로 있다가 큰오빠가 사 온 아이스크림을 먹고 있는데 심술궂은 오뚝이 얼굴에 짙은 화장이 땀으로 여기저기 뭉쳐져서 더욱 보기 싫은 얼굴을 해가지고 들어온 정미자가

"여보, 미스 전이 시집 잘 갔어요. 원희씨보다 더 좋은 사람을 만나 배가 벌써 불러서 애기 낳을 때가 됐는데 나보고 반가워서 손 붙들고 울었어요."

이러고 믿을 수도 없는 소리를 늘어놓고 있을 때 죽헌 아주머니가 오더니

"아이고, 운제 메누리 반? 소리도 음씨, 메누리가 튼튼해서 좋겠네. 우리 아들 내외가 왔는데 아주머니한테 인사하러 낼 오겠다데, 우리 메누리는 몸이 약해서 그렇지만 머리는 조화서 오자마자 이 더운데 우리 일가집이 좀 만? 거게 갈 적에 뭐 가주가나 봤더니 경제해야 한다고 어머니 밀가루 있으시지요? 그래 있다. 내가 밀으 사서 빻아 놨잖나. 이래니 밀갈기르 퍼다가 땀은 뻘뻘 흘리맨 빵을 일궈서 아주 보기도 좋고 맛도 있고, 이래 가주고 한 집에 한 반대기씩 가주가니 아 메누리르 잘 봤다 하맨 우떠두 그러 메누리르 잘 봤는가? 자네 복이 많아. 순익어 댁이 오자마자 이러 넓죽한 아들으 낳은 데다가 이러 솜씨가 좋으니 움매나 좋겐, 이래고 온 대소가에서 떠들썩하잖가."

하고 얘기하다 갔는데 저는 이 아주머니가 수다스럽게 얘기하는 걸 보노라면 늘 전깃줄에 앉아서 지저귀는 제비들을 연상했습니다.

  밤이 깊어 조용해지니 엄마는 아빠한테 큰오빠가 낮에 엄마한테 한 말을 모두 얘기하면서 이종국씨가 앞으로 큰오빠와 정미자가 못 살고 헤어지리라고 했다는 말이 꼭 맞을 거라며 이제 머지않아 헤어질 애니까 같이 사는 동안만이라도 잘 해주자고 하며 이 얘기 끝에 죽헌 아주머니가 한 말을 얘기하고 내일 인사 올 거라고 하면서 엄마는 희망을 가졌지만, 큰오빠의 음흉한 계산에 넘어간 엄마의 오산이었을 뿐이었습니다.

  이튿날 아침 여느 때처럼 아빠가 출근하시고 엄마는 순옥이를 데리고 시장에 가서 반찬거리며 과일을 사다가 손님 대접할 준비를 하는데 정미자가 부스스 일어나 나와서 건성으로

  "어머니, 제가 할게요."

  "다 했다. 너는 아침이나 빨리 먹어라."

하니 정미자는 으레 자기가 할 일이 아니라는 듯이 세수하고는 방으로 들어가 큰오빠를 깨워 세수하러 내보내고는 황소 눈 같은 툭 불거지고 커다란 눈에 속눈썹을 칠하고 눈썹을 그리고 큰 입에 방정맞게도 종잇장같이 얇은 입술에 새빨간 칠을 했고 주먹코와 뭉둘뭉둘한 피부에 회벽 바르듯 칠을 잔뜩 해서 짙은 화장을 끝낸 뒤

  "여보, 이 찌개 맛 좀 봐요. 맛이 기가 막히게 있을 거예요. 이거 누가 했는지 알아요?"

  "응, 어머니가 했지! 누가 했어? 당신이 했어?"

  "글쎄, 먹어만 봐요."

"음 맛이 있고만."

"맛이 있죠? 오늘 아침엔 내가 일어나서 당신 생각하고 했다고."

"아이, 그랬어? 어쩐지 맛이 있다고 했더니, 어머니는 이렇게 맛있게 못 하신다고. 당신 솜씨가 젤이야."

이러는 소리를 듣고 있다가 저는 정미자와 큰오빠가 밥을 다 먹고 순익이 내외가 온다니까 큰방으로 몰려들 간 뒤에 엄마한테

"엄마 찌개 누가 끓였어?"

"엄마가 끓였지? 누가 끓였겠니?"

"큰오빠한테 자기가 끓였다고 하던데? 그러니 큰오빠가 뭐라고 하는지 알아? 나 참 기가 막혀서. 글쎄 엄마는 솜씨가 없고 저 계집만 솜씨가 좋대. 어쩌면 저렇게 못나만 지는지"

"놔둬라. 앞으로 조금씩 조금씩 계집의 못된 점만 눈에 띄게 될 테니 가만 놔둬라."

했지만 엄마는 큰오빠가 점점 정미자를 닮아가는 것은 모르고 이렇게 믿었기에 훗날 무서운 고난 속에 빠진다는 것은 모르고 있었습니다.

이러고 있을 때 큰일 났다는 듯이 방정을 떨며 정미자가 쫓아오더니

"어머니, 애기가 똥 누는데 빛이 퍼레요. 왜 그렇지요?"

"괜찮다. 애미가 퍼런 걸 먹어서 그렇다고 옛날에 어른들이 말씀하셨단다. 그러기에 골고루 먹어서 젖이나 잘 나오게 해라. 그보다 손님들이 올 텐데 옷 모양이나 단속해라."

이러는데 큰오빠가 애기를 안고 안방으로 건너와서

"어머니, 순익이가 온다지요? 순익이가 오면 나보고 반말할 테니까 듣기 싫어서 안 볼 거예요. 우리 민경이 하고 저쪽 방에 가 있겠어요."

"반말하면 어떻니? 네 누나하고 같은 나이인데 반말하는 게 흉이냐?"

"그래도 싫어요. 나도 어른인데."

"모르겠다. 네 맘대로 해라."

하니까 이런 기회를 놓칠 수 없는 정미자가

"아이, 무슨 사람이 그렇게 속이 좁을까? 반말하면 어때요? 나 같은 경우에는 밤낮 옹졸하게 말 안 하다가 말겠네. 저런 사람은 이 사회에서는 살기 힘들다고. 남자가 맘이 넓어야지."

하고 훈계를 했는데, 조금 있다가 대문이 열리며 죽헌 아주머니 뒤를 따라 순익이 오빠의 그 처가 애기를 업고 들어오기에 큰오빠는 가운데 방으로 해서 애기를 안은 채 달아나 버렸고, 안방에서는 순익이 오빠와 그 처가 엄마에게 절하고 나서 애기를 하는데, 저 혼자 잘난 정미자는 죽헌 아주머니의 며느리가 고향이 수원이라는 말을 듣고 나서며

"댁은 어디쯤이에요? 나는 아무 곳인데."

하고 말하니 죽헌 아주머니 며느리는 안고 있는 아들을 내려다보며

"용욱아, 젖 줄까? 우리 용욱이 참 이뻐."

하고 애기를 어르면서 쳐다보지도 않자 무안했던지 정미자는 심술이 잔뜩 나서 눈만 띠룩거리고 있는 게 보기 싫어, 저는 일어나 흔들거리는 장애자 걸음으로 큰방으로 피해 가서 앉자마자, 정미자가 큰방으로 들어오며 손을 내저으면서 큰오빠보고 가느다란 지어낸 목소리로

"틀렸어. 틀렸어."

"뭐가 틀렸어?"

"엄마짜리도 틀렸고, 애도 틀렸고. 아들이라고 낳았다는 게 우리 민경이만도 못하잖아. 사람이 고렇게 깍쟁이면 못쓴다고. 글쎄, 남편 자리를 봤더니 거무칙칙한 게 키만 멀쑥하게 커서 그런 사람하고 어떻게 살까 싶더라."

"그래? 나만 못하지? 내가 그 사람이라면 어떨까?"

"안 살지 뭐. 누가 그런 사람하고 살고 싶어? 우리 민경이는 인물해가지고 이담에 음악가가 돼라. 내가 꼭 그렇게 만들 거야. 피아노에 손 갖다 대는 습관부터 가르치고 그뿐인 줄 알아? 앉는 자세도 잘못 앉으면 못 쓴다고, 똑바로 앉아야 할뿐더러 정결하게 앉아서 피아노를 켜야지. 어떤 애들은 있잖아요. 앉는 자세가 보기 좋지 않은데 그래도 그 애를 콩쿠르대회에 내보낸다고 하는 것을 보고 저래서 어떻게 입선하나 이러고 봤어요. 우리 민경이를 그렇게 기르거든 보세요."

하고 기고만장해서 떠들었고 못난이 큰오빠는 그게 흡족해서 싱글벙글하는데 제가 애기를 들여다보느라고 애기 곁에 바짝 붙어 엎드려 있는 걸 본 정미자가

"고모, 조카를 사랑하거든 가까이서 보지 말아요. 병균 올라요. 저만치 떨어져 봐요. 보고 싶거든."

"그래요? 네, 알았어요."

하고 눈을 부릅떠서 큰오빠를 바라봤더니

"괜찮다. 보고 싶거든 봐라."

"싫어."

큰방을 나와서 안방으로 오면서 보니 아빠가 틈을 내서 오셔서 순익이 오빠 내외의 인사를 받고 있는 중이었습니다.

순익이 오빠는 군인 갔다가 제대 후 대학을 졸업하고 은행에 취직하여 은행원으로 있었는데, 아빠는 절을 받으신 후 잠시 얘기를 하시다가 바쁘셔서 나가셨는데, 죽헌 아주머니와 순익이 오빠 내외가 점심 식사 대접을 받고 간 뒤에 큰오빠가 애기를 안고 안방으로 오며

"난 징역살이했네."

하며 크게 잘했다는 듯이 떠들며 애기를 요람에 눕히고 나서 저한테

"명순아, 아까 있었던 일은 없는 걸로 해줘."

"난, 한번 정 떨어지면 고치기 힘들어?"

하는 제 말을 듣고 엄마가 이상해서

"무슨 일이야?"

"글쎄…."

하고 말을 꺼내려는 저를 가로막고 큰오빠가

"어머니, 뭐 모르셔도 돼요. 저 여편네가요 변소 갈 적에 휴지를 주책없이 많이 가져가서 낭비하는 데 쓸 만치 가져가면 좀 좋겠어요?"

이러니까 이 말을 듣고 정미자가 안방으로 건너오며

"나는 여자잖아요? 그런 것도 이해할 줄 모르고 무슨 사람이 그럴까? 여보, 낼은 우리 화단에 나가 사진 좀 찍읍시다."

"사진? 사진은 가만있어. 사진 찍자면 내가 카메라를 빌려 와야 하는데 그러자면 문제가 있어. 내가 나가봐야 하는데 당신 낮잠 못 자면 어떡하나."

하고 걱정이 태산 같았고 이렇게 한심하고 못난 수작을 하는 걸 듣고 있던 엄마가

"그만두어라. 왜 생각들이 그 지경이냐? 며칠만 있으면 민정이 백일이 되잖니. 그럴 때 사진 찍어도 될 테니 가만히 있어라."

"아이, 민경이 백일도 해주시려고요? 우리 민경이 할머니 고맙다고 해야지."

하고 정미자는 좋아서 어쩔 줄 모르다가 한다는 소리가

"우리 어머니는 유식하셔서 사람들을 다루는 것도 참 잘 다루셔서 날씨가 이렇게 더워서 헉헉하는 날, 사람들 주려고 물동이에다가 꿀물을 타서 냉장고에 넣었다가 한 그릇씩 퍼주면 소작인들이 허리를 굽혀 그거 받아먹는 것이 이상해서 내가 열심히 봤어요. 그리고 있잖아요. 감나무에 감잎이 다 떨어지고 감만 남아 있을 적에 서리를 맞힌다고요. 그러면 속이 들여다보일 정도로 말갛게 되는데 이 감을 따서 항아리에 묻었다가 떡에 찍어 먹으면 기가 막히게 맛있어요. 당신은 첨 들어봤지요?"

"야, 감을 아무리 잘 익혔다고 해도 떡에 찍어 먹으면 맛이 있니?"

"모르는 소리 말아요, 그거 먹어본 사람은 꿈에도 못 잊는다고요. 감이라니까 보통 감인 줄 아세요? 따배감인데."

"그 감이 어떻게 생긴 감인데?"

"납작하고 동그란 감이예요."

"난, 첨 들은 감이다. 따배가 뭐야?"

"몰라도 돼요. 아무튼 그런 감은 꼭 쌀 항아리, 딴 항아리에는 안되고요. 쌀 항아리에 넣었다가 겨울에 떡을 찍어 먹으면, 아 글쎄 어떻

게 맛있는지 둘이 먹다 하나가 달아나도 몰라요."

하고 신이 나서 정미자는 이렇게 자랑했는데, 정미자의 유식한 어머니 시절은 일제 치하였고 냉장고라야 얼음덩어리를 넣어 그 냉기를 이용했던 옛날이었다는 것도 장애자인 저도 알고 있어서 심한 구역질을 느꼈는데 어찌 된 일인지 큰오빠만은 그렇지 않았습니다.

이럴 때 동냥 달라는 사람이 대문에 들어서서 정미자가 눈에 띄면 무조건 반말로

"야, 퀀아주머니 어데 가셨나? 퀀아주머니 보자 그래라."

하면 그 꼴에 교만만 가득한 정미자는 길길이 뛰었고 큰오빠는 화가 나서 쫓아 나가며 때려 주겠다고 하면 동냥아치는 빤히 쳐다보고 섰다가

"이기 왜서 이래? 니 신세도 어지간하다."

하고 나가버리니 길길이 뛰던 정미자는

"여보, 왜 때려주지 않고 그냥 보냈어요? 또 오기만 해라. 내가 요 담엔 안 참는다."

하고 별렀고 이토록 한심한 추태를 엄마는 정미자와 헤어질 전조로만 생각하고 모른 척하기만 했는데 집에 찾아오는 나무 장사, 숯장사 아줌마들도 정미자를 처음 봤을 때 누구나 한결같이

"퀀아주머니 어데 간?"

했는데 엄마가 외출에서 돌아와 며느리라고 하면 눈이 둥그레져서 순옥이같이 우리 집에서 심부름하는 사람인 줄 알았다고 했습니다.

이럴 때의 어느 날 엄마가 외출 중일 때 집에 햇갱이 엄마가 왔다가 정미자를 보고는 순옥이한테

"저기 뉘긴?"

"새언니잖소."

"아니야, 으런을 쇡이문 못써."

이러고 믿으려 들지 않았고 이러고 나서부터 햇갱이 엄마는 정미자를 보기만 하면 꼭 반말을 했고 교만하기 이를 데 없는 정미자는 햇갱이 엄마를 사람으로 여기지 않았습니다.

이러다가 민경이 백일이 돼서 엄마는 순옥이를 데리고 떡을 만드는데, 으레 늦잠을 자고 일어난 정미자는 떡이 다 쪄진 것을 보면서, 세수하고 화장하고 꾸물거리다가 늦은 아침밥을 먹고 나서 사진관에서 일하는 회산 아줌마 아들을 불러서 백일사진 찍어주려고 하니 정미자가

"어머니가 알고 계세요. 민정이가 요길 보게 해야지요."

하고 딸랑이를 집어 들고 흔들어대며

"이거 봐라."

하며 손뼉을 치기도 하고 우람한 몸으로 껑충거리며 뛰어 보이고 또 몸짓을 이상하게 해 보이며 꼭 미친 사람처럼 날뛰어 꼴불견이다가 간신히 사진을 찍었는데, 회산 아줌마 아들은 떡을 좀 먹고 간 뒤에야 큰오빠가 안방으로 건너왔기에 엄마가 걱정이 태산 같았고, 이렇게 한심하고 못난 수작을 하는 걸 듣고 있던 엄마가 민경이 사진 찍는 걸 왜 안 나와 봤냐고 물으니까, 큰오빠는 나이가 한 살 아래인 녀석이 반말하는 게 듣기 싫어서 안 내다봤다고 하며 엄마가 차려다 주는 민경이 백일 떡을 보고 정미자한테 같이 먹자고 하니까

"난 어려서부터 떡을 싫어해요. 그래서 입에도 안 대요."

하는데 부엌에서 들어오던 엄마가

 "떡을 안 먹는다고? 창기야 이걸 곧이듣니? 너는 어떻게 생각하니?"

하니까 거짓말했던 정미자는 얼른 부엌으로 나가버리자 큰오빠는

 "에이 그렇더라도 좀 덮어두면 못써요?"

 "그래? 밤낮 이러다가는 큰일이다. 이 못난이야, 저런 아이한테 한 자가 필요하니? 예의범절을 네가 가르칠 수 있다고 생각했니? 앞으로 네가 저 애한테 물들 거다. 저번에도 찌개를 자기가 끓였다고 했고 그러니 넌 네 처가 끓여서 맛있다고 했다며? 날마다 시부모도 안 어려워서 멋대로 늦잠 자는 네 처가 끓였다고 생각하니?"

 "누가 그래요?"

 "누가 그러긴 누가 그래. 오늘도 그렇다. 부엌에서 떡을 실컷 먹고 들어온 애한테 떡 먹으라는 너부터 틀렸다. 그런데 대답하는 저 애 봐라. 마음속엔 저 꼴에 교만과 허영만 가득하구나. 떡을 입에도 안 대? 말을 겨우 배우는 세 살부터 피아노 배웠다는 소리하고 같지 않니? 그럴 때 피아노 건반을 만지면 애기 손이 뭐가 되겠니? 이 한심한 것아. 부부 사이에 이토록 거짓말이 무성하니 앞으로 어쩔 테냐?"

 "네, 어머니 제가 지난번에 다 얘기했지요? 저도 한번 하겠다면 합니다."

하고 큰소리쳐서 속이고 있을 때 사람들이 몰려와서 선물도 주고 애기가 장수하라고 실도 가져왔고 엄마는 떡을 대접했는데 끝으로 종만 엄마가 딸 혜자를 앞세우고 와서 엄마한테 선물을 내놓으며

 "작은 어머니 용서하세요. 언제 이런 떡도 하시고 음식들도 장만하

셨습니까? 전, 말 안 해도 다 알아요. 이거 변변치 못하지만 제가 가져왔으니 이따 끌러 보세요."
하고 옷상자를 내놓고 갔는데, 가자마자 정미자가 제멋대로 달려들어 열어 보니 상자에는 하얀 애기 원피스가 있으니, 손에 들고 옷이 나빠서 민경이 입힐 수 없다고 타박부터 하면서 큰오빠 보고
"여보, 이건 누구 갖다줄까? 서울 가면 줄 사람이 많이 있어요. 우리 민경이한테 이런 옷을 어떻게 입혀요?"
하고 상자 속에 던지듯 처넣었습니다.
 이튿날이 되자 습관대로 늦잠 자고 아침 겸 점심을 먹고 난 정미자는 엄마한테 애기가 사진 찍을 때 눈을 감지 않았는지 모르겠다며 방정맞게 안달하면서 사진관에 가봐 달라고 졸라대서 엄마는 이튿날 가보고 와서
"민경이 눈이 동그랗게 나왔다."
 그제서야 정미자는 안심이 됐는지 아무 말 안 했는데 이삼일 후 엄마가 사진을 찾아다 주니 정미자는 누구보다 먼저 받아보더니 그 우람한 덩치에 어울리지도 않게 호들갑을 떨어대며
"여보, 우리 민경이 이담에 미스코리아에 뽑히겠어요. 눈이 이렇게 커서, 아이 이뻐."
하며 당장 미스코리아라도 된 듯이 호들갑을 떨다가 엄마가 나간 뒤 낮잠을 늘어지게 잤습니다.
 이러고 나서인 어떤 날 아침 저는 늘 하던 대로 순옥이보고 세숫대야에 물을 떠 달래서 세수도 하고 발도 씻고 나서 세숫대야의 물을 갈아 달랬더니 순옥이는

"어이 씨, 남 바쁜데."
"네가 뭐 바쁘니? 물 갈아 달라고 하면 얼른 갈아주지 않고"
"가마이 있싸, 이거부텀 하고"
하는데 엄마가 보고
"언니 뭐 해달라는데 해주고 해라."
"어이 씨 할머니는 왜서 나서서 그래우?"
"뭐? 저 애 봐라? 어른한테 말대답하는 버릇은 어디서 배운 버릇이냐?"
하며 순옥이의 머리를 쥐어박았는데 이날따라 아직 일어날 시간도 아닌 정미자가 나왔다 보더니 그 착한 마음이 발동하여 정작 순옥이는 헤 웃고 있는데
"어머니, 참으세요."
"넌, 어쩐 일이냐? 이렇게 일찍 일어나 나오고."
"네, 변소 가려다가 소란해서 나왔어요. 순옥아, 언니가 좀 귀찮게 하더라도 네가 참아야지. 그래야 착하지."
하고 어른 노릇하면서 저를 흘겨보고는 도로 들어가 잤는데, 늦게 일어난 큰오빠와 정미자가 아침밥을 먹은 뒤 애기를 안고 왔다 갔다 하는 큰오빠더러
"당신, 어머니는 남의 자식 때려 주면서 제 자식만 자식이라고 하드라."
하고 놀려대다가 쫓기고 쫓고 하느라고 온 집안이 난장판이 되었고, 이러는 두 연놈에게서 치기마저 줄줄 흘러 구역질이 났는데, 한동안 이러고 나서 정미자는 낮잠을 자는데, 이날따라 저녁이 다 되어 저녁

밥 먹으려고 할 때까지 일어나지 않아 보다 못한 엄마가
"무슨 잠을 이렇게 자니? 일어나 저녁이나 먹어라."
하고 깨우니 정미자는 그제서야 일어나 시부모 뵙기에 미안하지도 않은지 뻔뻔스럽게 저녁밥만 잘 먹고 나서 큰방으로 가더니, 제가 저녁밥을 다 먹고 밥상을 치우고 순옥이가 설거지하고 있을 때
"고모, 내가 얘기할게. 이리 와서 들어봐요."
하고 불러서 저는 엄마의 부축을 받으며 큰방으로 갔더니 정미자는
"내가 국민학교 이 학년 때 얘기예요. 하루는 학교에 갔더니 시간이 일러서 학생들이 모이지 않았어요. 그래서 살살 교무실로 갔더니 선생님 책상 위에는 꽃병에다 펜이며 연필이며 많이 꽂아 놓은 것이 있어, 펜들은 뽑아놓고 꽃병만 교실로 가져와 내 자리에 앉아 있으니, 사내애들이 몰려와서 '애, 그거 어디서 났니? 교무실에 가 선생님 거 훔쳤지? 너, 큰일 났다! 이번이 꼭 세 번째야. 어디 보자.' 하고 빼앗다가 떨어뜨려 깼어요. 나는 억울하게 도둑누명을 쓰고 말았는데, 그다음 날 학교에 갔더니 그날도 일러서 아무도 없기에 교무실에 가서 선생님 책상 서랍을 열고 들여다보는데 선생님이 들어오시다가 보고 '오, 바로 네가 책상 서랍을 뒤지는구나! 뭐가 자꾸 없어진다고 했더니 역시 너로구나! 너, 잘 만났다.' 하고 종아리를 치며 '네 집이 어디냐? 네 부모를 봐야겠다. 애를 어떻게 했기에 이렇게 도둑질하는지 찾아봐야겠다. 대라.'하고 무섭게 야단치는데 나는 겁이 나고 무서워서 가만히 있으니까 마침, 우리 어머니가 와서 선생님한테 '우리 딸이 아직 나이가 어려 철이 없어서 그러니 널리 봐주십시오.' 하니까 선생님이 나는 더 이상 못 가르치겠다고 퇴학시키겠다고 하니 우리 어머

니가 선생님더러 '학교서 보다 더 잘 가르칠 테니 두고 봐요.' 하고 학교에서 데려와 어머니의 엄격한 교육을 받았어요. 나는 그렇게 억울하게 매도 맞고 도둑의 허물을 벗지 못했고 그것이 항상 머릿속에 남아 있어요. 고모는 딴사람과 달라서 하고 싶은 말도 참고, 하지 말아야 해요. 아침에도 그게 뭐예요? 고모만 참으면 아무 일 없잖아요? 억울하게 순옥이가 어머니한테, 누구 때문에 매 맞았어요? 말해 봐요."
"내가 잘못해서 순옥이가 매 맞았단 말이에요?"
"고모의 잘못을 이렇게 깨닫지 못하고, 내가 하는 얘기를 어떻게 들었어요?"
"그보다 궁금한 게 있어요."
"뭐예요? 말해 봐요."
"내가 묻고 싶은 말은 한 가지뿐이에요. 그것만 얘기해요. 언니의 아빠가 없다면서요? 몇 살 때부터 없었어요?"
"나는 아빠의 얼굴도 몰라요. 내가 태어나기 전에 아버지가 벌써 돌아가시고 없었어요."
"그래요? 그랬으니까 시집오자마자 이렇게 잠만 자지. 자기는 그렇게 버릇이 없으면서 남 가지고 어쩌고저쩌고, 자기 버릇이나 고쳐요."
"하아 참, 내가 말하는 게 긇지. 여보, 고모 좀 봐요. 내가 그렇게 알아듣도록 얘기해도 하는 소리가 자기 버릇이나 고치래요."
"당신 버릇이 어때서! 너는 왜 언니한테 말대답하니? 어른이 일러주면 그런가 보다 하고 있지 않고, 오빠한테 혼날래?"
하고 가당치도 않게 정미자의 역성을 들고 나오자 듣고만 있던 엄마가

6. 시작되는 불행 I 295

"명순아, 빨리 가자. 이런 뻔뻔스러운 소리 듣지 말고. 원, 별소리 다 듣겠다. 저녁도 깨워야 일어나 먹는 계집이 부끄러운 줄도 모르고, 거기다가 계집한테 미친 녀석 해가지고, 이 불쌍한 것들아, 못된 수작들이나 하지 마라."
하고 조용한 목소리로 꾸짖었습니다.

이튿날 낮에 계숙이 언니가 왔는데 엄마한테

"우리 시고모님이 창기가 왔다고 하는 얘기를 들었지만, 전 서울에 볼일이 있어서 갔다가 인제 왔어요. 어머니, 어디 보자. 엄마 많이 닮았구나. 얘 이름 뭐냐?"

"여기 있어요?"

하고 정미자는 큰오빠가 김민경 백일 기념이라고 한자로 써놓은 사진 봉투를 보여주니

"응, 옥돌 민, 빛날 경이네. 아이고, 옥이 빛나면 얼마나 빛난다고 이렇게 쟀나? 누가 쟀나? 응 아빠가 쟀구나. 왜서 이름 보는 사람한테가 짓지. 멋대로 짓다 잘못되문 우떻할라고"

하고 얘기하다가 가지고 온 애기 옷상자를 주고 갔는데, 이럴 때 민경이는 백일이 지나 얼굴이 뽀얗고 토실토실하게 살이 붙어 이뻐졌는데, 갑자기 무엇에 놀란 듯이 아 하고 비명을 지르며 악을 쓰면서 얼굴이 새빨개졌지만 울지는 않았는데, 제가 하느님 은총을 받고 나서야 알게 되었지만 이 애가 지른 비명의 의미는

"이다음에 너희들 것을 내가 다 빼앗아 갈 거다. 하나나 붙여둘 줄 아니?"

하는 예시였고 또 그대로 됐지만 그런 걸 알지 못하는 정미자는

"여보, 우리 민경이 좀 봐요. 이담에 성악가가 되려고 벌써부터 음을 가다듬잖아요."

"그래, 그래야지. 세계적으로 이름난 성악가가 돼서 엄마 아빨 호강시켜 주려고 지금부터 연습한다. 어머니도 오래 사셔서 우리 민경이 성악가로 이름 날릴 적에 구경 좀 해 보세요."

"그래요. 할머니가 걸음도 못 걸을 적에 내가 부축해서 모셔가 구경할 적에 민경이는 할머니한테 잘해야 한다. 쪼끔만 잘못해 봐라, 그냥"

이러면서 정미자는 엄마가 외출하고 없는데도 신이 나서 큰오빠 말에 맞장구를 치며 이렇게 떠들고 있을 때 종만 엄마가 대문 안에 들어서서 정미자를 보더니

"작은 어머니 안 계시나? 안 계시는구먼."

"아이, 들어오세요. 들어오셔서 저하고 얘기 좀 해요."

"오늘 저녁 차린 건 없지만, 저녁 먹고 가게. 내가 한가한 사람이 아니야. 자네하고 얘기나 하다 갔으면 좋겠지만 그럴 수 음싸. 자네처럼 한가하게 낮잠이나 자고 해주는 밥이나 먹는 팔자 좋은 사람이 못되어. 내가 을매나 바쁜지 아나? 작은어머니도 안 계시는데 빨리 가 봐야지. 이따가 와."

하고 가려는데 엄마가 들어오면서

"어떤 일이니?"

"예, 동서 저녁이나 와서 먹으라고요. 작은어머니가 안 계시는데 들어가기 시라서 빨리 가려 했지요."

"그래, 내가 왔으니 들어오너라. 순옥아, 시원한 물 좀 가져오너라."

하고 방으로 데리고 들어와 앉아서 이 얘기 저 얘기 하며 미숫가루를 타 주니까 종만 엄마는 이걸 받아 마시며

"아이 지가요, 작은어머니 혼자 손에 울메나 수고하시나 하고 걱정만 하는데 저도 고만에 바빠서 올 새가 없잖습니까? (정미자를 손가락질하며) 한 사람이라도 작은어머니 도와서 살림해야 하는데, 저건 낮잠이나 잘 줄 알았지 운제 도와줍니까? 동서, 낮잠만 자지 말고 나가 반찬이래도 하고 김치래도 자주 담구고 좀 그러게."

하고 정미자를 보고 종만 엄마가 딱하다는 듯이 이렇게 말하자 큰오빠가 애기를 안고 있다가 한다는 소리가

"남의 걱정 하지 말고, 아주머나 잘 하슈."

"아이고, 말하는 내가 긇지. 언제 가시우? 서울에 말이요, 서방님요. 참 딱하시우. 처가 아무리 사랑스럽다 해도 이래문 못써요."

하고 꼴 보기 싫다는 듯이 얼른 일어나 갔습니다.

이러고 저녁때가 되니 이래저래 낮잠을 못 잔 정미자는 피로했겠지만 어쩔 수 없이 나가서 민경이 기저귀를 빨아 널고, 들어와 옷 치장한답시고 꾸물대다가 겨우 일어나 중기 오빠네 집으로 저녁 대접 받으러 갔는데, 아빠가 들어오셔서 저녁밥을 먹은 후 아빠는 애기를 안고 왔다 갔다 하시는데 엄마는 걱정스러워서

"이것들이 뭔 광대를 하나 우리 가보자."

하고 저와 순옥이를 데리고 중기 오빠 집에 갔더니 큰오빠와 정미자 모두 저녁을 막 먹고 나서 사과 파티를 하고 있는데, 저쪽 방에서 사과 먹던 큰오빠는 옆에 있던 종훈이에게 네 삼촌이 못마땅하다느니 하고 트집을 잡아 종훈이가 말대답한다고 야단치다가 방 밖으로 나

가는 종훈이의 러닝셔츠를 잡아채어 찢어 놓으니 온 식구가 말리며 집안이 온통 벌집 쑤셔 놓은 것 같이 소란스러워지고, 큰오빠의 이토록 심한 못할 짓에 기가 막힌 엄마는 큰오빠의 등을 사정없이 때려 주며 빨리 가자고 했는데, 정미자는 빠질세라 혼자 착한 것을 드러내며 큰오빠를 야단치며 방정을 떨다가 아무도 알아주지도 상대해 주지도 않자, 안방으로 온 정미자는 한쪽에서 야단 듣거나 말거나 알 바 아니라는 듯이 사과를 깎아 먹으니, 순옥이가 보고 있다가
"그래, 시컨 말리는 체하고 사과를 먹으니 맛이 있소?"
하고 조롱했습니다.
이러고 이삼일 지난 어느 날 저녁 엄마는 아빠에게 얘기하기를, 한약상 하는 중화당 집에서 아들을 좋은 중학교에 보내려고 국민학교부터 서울에서 다니게 하느라고 덕수국민학교에 보냈는데, 경기중학교에 입학시키겠다고 희망하고 아들도 공부를 잘해서 부모가 좋아하지만, 서울과 강릉의 거리가 원체 멀어서 아들 보기 힘들어하더라고 얘기하는데, 잘난 척하고 어른들 얘기에 뛰어들며
"내가 어려서 덕수국민학교에 다녔는데, 여보 우리 민경이도 내가 댕기던 덕수국민학교에 넣읍시다. 그래서 내가 다니려고 하던 경기고등학교에 다니게 해야지. 난 시시한 누구처럼 시골 국민학교에 시골 중학교에 안 갔다고."
하며 제 말만 말이라고 하는 정미자를 얘기하시다 만 엄마가 뻔히 건너다보고 있었고, 못난이 큰오빠는 아무 소리도 안 하고 밥만 먹는 걸 보다가 저는 속으로
'체, 며칠 전엔 국민학교 이 학년 때 도둑질하다가 퇴학 맞았다면서

경기 중학교에 다녔대. 에이 참, 거짓말해도 분수가 있지.'
하고 생각하여 저도 정미자를 바라보니 더러운 기운만 흐르고 있었습니다.

　이튿날 낮에 큰오빠는 엄마한테
　"어머니, 민경이 백일이 지났으니 바다에 놀러 가도 되지요?"
　"그래, 하루 놀러 가자."
하니까 큰오빠는 정미자한테
　"애미야, 너 아주 피로하겠지만 민경이 보고 있어라. 내가 나가서 카메라 빌려서 바다에 놀러 가자. 이렇게 왔다가 우리 민경이 바닷가 구경도 못하고 가면 말도 안 된다."
　"그래요, 내가 민경이 보고말고."
하고 좋아서 어쩔 줄 몰라 하는 정미자는 이날 낮잠도 안 잤고, 카메라를 빌려온 큰오빠보고 엄마가 바다로 가자면 어느 바다가 좋겠느냐고 물으니, 큰오빠는 밥도 해 먹고 놀자면 바위도 있는 안인 바다가 좋겠다고 해서 그곳으로 가기로 했는데, 이튿날 아침 제가 일어나보니 하늘에는 구름도 한 점 없고 아침인데도 더운 걸 보니 무섭게 더울 것 같았는데, 늘 늦잠만 자던 정미자는 이날만은 아침 일찍 일어나 큰오빠를 두들겨 깨워 아침을 먹고 아빠가 출근하신 뒤 순옥이까지 모두 안인으로 가서, 모래사장에 차일을 치고 그늘에 들어앉으니 시원했는데, 아까부터 순옥이가 안 보인다며 걱정스러워하던 엄마가
　"순옥이가 안 보인다. 아까 물에서 뛰어노는 것을 봤는데, 창기야 좀 찾아봐라."
　"뭐, 오겠지요."

"그러지 말고 좀 찾아와라."
하고 짜증스러운 소리로 이렇게 말하는데도 큰오빠가 꿈쩍도 안 하니 엄마는 큰소리로

"순옥아, 얘가 어디 갔나?"
하니까 뒤편 바위에서

"순옥이 여 있잖소. 할머이 왜서 그래시우? 내가 물에 빠자 죽을까 봐 그래시우. 안빠자 죽아요. 이보오, 이거 따왔잖소."
하며 홍합을 열 개 정도 따가지고 온 걸 자랑하면서

"이기요. 국이나 찌개에 넣어서 끓이문 맛이 와요."
하고 두었다가 밥하고 찌개를 할 적에 찌개에다 넣었는데, 바닷가에 나오니 저는 밥이 더 맛이 있어 많이 먹고 놀다가 저녁에 집으로 왔습니다.

정미자는 서울에서 와서 집에 들어서면서부터 제멋대로 굴었는데, 엄마는 큰오빠가 정 떨어져서 두고 봤다가 헤어지겠다는 소리를 한 뒤부터 이 말에 희망을 걸고 아무리 못되게 굴어도 내버려두고 오히려 정미자를 감싸고 두둔해 주니, 뻔뻔스럽고 못된 정미자도 제 잘못은 아는지 엄마가 외출 중인 낮에 큰오빠한테

"여보, 어머니가 왜 나한테 이렇게 잘해 주시지? 난 이상하고 납득이 안 가요?"

"내가 다 그렇게 만들었지. 남자의 지능을 여자가 못 따라와. 알았어?"

"뭐라고 했길래?"

"글쎄, 그건 알 필요 없어."

하고 불쌍한 엄마 아빠를 속인 것이 큰 지혜나 된다는 듯이 자랑스레 떠들며 방금 온 신문을 들여다보다가

"명순아, 이것 봐라. 내 읽어줄게."

하고 사회면 기사 중에 어떤 가정주부가 평소에 시어머니에게 고자질하는 시누이 때문에 구박을 받으며 앙심을 품고 시누이를 독살하고 경찰에 붙들린 사건을 읽어주고는

"이거 봐, 너도 시누이 값을 하느라고 저번에 찌개 사건만 해도 그렇지, 왜 가만히 있지 못하고 엄마한테 고자질해? 너만 가만히 있었으면 엄마가 몰랐을 거 아니냐? 또 새언니가 어린 시절 얘기하면서 타이를 때 그게 뭐냐? 앞으로 또 고자질하면 너도 이 신문에 난 시누이같이 될 테니 그리 알아."

하고 정미자 면전에서 저에게 이렇게 협박하는 것이 옛날과는 다르게 변해도 무섭게 변해버렸고 정미자와 너무나도 같아진 큰오빠를 멍하니 쳐다보았습니다.

제가 이렇게 기막혀하는데 훗날의 큰오빠 소리를 듣고 기분이 좋아진 정미자는

"순옥아"

"저것 봐라. 저 목소리에 복이 있잖니. 여자는 저래야 복이 있단다."

"엄마 목소리는 복이 없고?"

"엄마 목소리보다 언니 목소리가 복이 있지?"

하고 화가 나서 소리 지르는 큰오빠 얼굴은 저를 속여서 치사량의 회충약을 제게 먹이던 때의 얼굴과 똑같아 보였습니다.

화가 났을 때의 정미자는 투가리 깨지는 목소리의 본색을 드러내지만, 평소에는 언제고 지어낸 가느다란 목소리여서 큰오빠는 이 목소리가 복이 있는 목소리라고 했지만, 저는 이러는 정미자가 간악하게만 보였고 언제든지 이렇게 지어낸 목소리만 내고 있는 정미자의 재주에 그저 경탄만 했는데, 이튿날은 아침부터 비 오는 날이었고 오후가 되니까 허구한 날 낮잠만 자던 정미자는 낮잠에 진력이 났는지 안방으로 오더니
　"아이 여보, 내가 가기 전에 고모 간식 좀 해주고 가려고 하는데 어때요? 당신 생각은?"
　"뭘 만들려고? 좋지. 만들고 싶은 대로 만들어 주라고. 그래야 두고두고 언니 생각을 하잖아."
하고 좋아서 입이 귀까지 돌아가 말하니 정미자는 우산을 받고 나가서 버터와 우유를 사가지고 와서 부엌에 있는 달걀은 모조리 깨트려 넣고 밀가루 반죽을 시작했는데, 큰오빠가 복이 붙었다는 사내 손같이 우람한 손으로 밀가루 반죽을 주물러대던 정미자는 자기 주먹만하게 반죽을 뜯어서 그 큰 입속에 처넣고 우물우물 먹고 있는 걸 본 순옥이가
　"어이, 비리지 않소? 그러 생반죽을 뜯어먹게. 생밀갈구 먹는 사람은 첨 보겠네. 게걸이 확 들랬싸."
　"저 애가 또 왜 저럴까?"
　"내가 모할 소리 했소?"
하니까 부엌에 나와 반죽하는 걸 보고 있던 큰오빠가
　"저거, 또 어른보고 말대답하네. 그렇게 하면 못쓴다고 그랬건만."

하고 큰오빠는 때려 주려고 하니 순옥이가 대들기를

"때래 보오."

"여보, 또 왜 그래요? 넌 좀 가만있고. 왜 자꾸만 분란을 일으키려고? 아이 저래 싸서 큰일이야. 당신은 들어가 애기나 봐요."

하고 쏘아붙이는 정미자 말에 큰오빠는 얼른 방으로 쫓겨 들어가는데, 정미자는 반죽을 쉴 새 없이 뜯어 먹길래 저는 생각하기를 저게 저러다가 오늘은 배탈이 나겠지! 하고 보았지만, 제 예상을 뒤엎고 유식한 어머니의 엄격한 교육을 받았다는 정미자는 멀쩡했는데 반죽하면서 절반 가까이 뜯어먹고 나서야 기름에 튀겨낸 도넛은 뻣뻣하기만 했습니다.

제게는 지겹기만 한 큰오빠의 길고 긴 여름 방학이 끝나갈 무렵의 어느 날 낮에 덕형 엄마가 오더니

"내가 그동안 바빠서 대접도 못 했기에 오늘 저녁에 밥이나 먹으러 오게."

하고 이르고 갔는데 저녁때가 되자 정미자는 평소와 같이 애기 기저귀 빨래를 해놓고 세수를 하고 들어와 그 예쁜 얼굴에 페인트칠하듯 짙은 화장을 하고 나더니, 이렇게 손님으로 남의 집에 갈 때는 한복을 입어야 한다며 저번 강릉에 올 적 입었던 제 언니가 해준 한복을 꺼내어, 큰오빠더러 안방 벽에 걸린 커다란 거울을 들고 있으라고 명령하고는 치마를 입으며 치마끈을 매었다 풀었다 하기를 수도 없이 하면서 제가 시계를 보면서 보았더니 꼭 한 시간 만에야 치마를 입었고, 이번엔 버선을 신느라고 큰오빠가 예쁘다는 크고 볼이 없는 발에 버선을 꿰지 못해 끙끙거리길 삼십 분이나 걸린 뒤에, 서울서 올 적에

신고 와서 처박아둔 흰 고무신을 꺼내어 깨끗이 해놓으라고 명령하니 큰오빠는 먼지를 뒤집어쓰고 씻어놓지도 않았던 고무신을 꺼내어 닦는 걸 보고 순옥이가

"참, 딱하오. 걸레로 닦으문 깨깥하오? 눌에다 쎄야 깨깥하잖소."

"또 잔소리야? 이따가 보자. 내 혼내줄 거다."

"내가 모할 말 했소?"

하는데 정미자가 나와서 대령하는 신발을 신고 앞장서서 덕형이네 집으로 갔는데, 저녁 대접을 받고 돌아오는 정미자는 유식한 어머니의 엄격한 교육 때문인지 치마끈은 느슨해져서 치마꼬리로 땅을 비질하고 있었고, 저고리는 속고름마저 느슨히 풀어져 있어 민경이 머리통만 한 젖통이 옷 속에서 춤추고 있는 것이 보여, 평소에 정미자가 멸시하여 사람 취급도 하지 않는 햇갱이 엄마 맵시와 진배없어 저는 이 꼴을 보며 큰오빠가 오고서는 처음으로 웃음 때문에 엎드려 일어나지도 못했습니다.

이때 애기는 요람에서 자고 있었는데 엄마는 모기한테 물릴까 봐 아빠의 모시 남방셔츠로 덮어주어 안전했건만, 옷매무새도 고치지 않고 들어온 정미자는 불량하기 짝이 없게 눈을 띠룩거리며

"아이, 아버님은 이러시지 않아도 될 텐데."

하며 고맙지는 않고 오히려 못마땅해하면서 애기를 안고 큰방으로 건너갔고, 큰오빠는 아빠 앞에 앉아 병호 아저씨네 집에 다녀온 얘기를 하는데, 애기를 눕혀놓고 다시 건너온 정미자는 시아버지 앞이거나 말거나

"여보, 피로한데 빨리 갑시다."

하니 명령받은 큰오빠는 쩔쩔매며 얼른 일어나 정미자 뒤를 따라 큰방으로 건너갔는데, 저는 앞으로 일주일이 너무 길게만 느껴져서 저도 모르게 입 밖으로

"아이, 빨리 갔으면. 저 꼴 보기 싫어 죽겠어."

"뭐, 언니만 그렇나? 나도 꼴 보기 시라. 하는 거마두 시라 죽겠다. 언니야, 일주일이 며칠이나?"

"며칠인 며칠이야? 일곱 밤이지."

"오늘부터나?"

"그래."

"그램, 며칠 안 남았잖나."

하고 순옥이도 큰오빠와 정미자가 어서 빨리 가기를 기다렸는데, 간다는 날짜의 사흘 전에 아빠는 애기가 버스 편으로 가는 게 안쓰럽다고 하시며 애기를 위해서 애비는 버스로 가고 애미는 항공편으로 가라고 말씀하셨고, 이튿날 낮에 엄마가 없을 때 정미자는 큰오빠에게 자기가 출발하기 하루 전날 서울로 가서 방 청소도 해놓고 방에 그대로 벌려놓고 온 밥상도 치우고 설거지도 안 하고 왔으니 부엌 청소며 설거지를 해놓고 다음 날에는 비행장까지 마중 나오라고 명령했습니다.

이튿날 새벽 버스 편으로 큰오빠는 서울로 갔고, 다음 날 오전에 항공사에서 비행장으로 가는 버스를 타기 위해 꾸물거리며 준비하고 나서려던 정미자가

"고모, 우리 민경이 가면 고모가 보고 싶겠어요? 고모 겨울방학 때 보면 민경이는 앉아요. 고모하고 앉아서 놀 때 봐요. 마지막으로 뽀뽀해 줘요."

"뭐 가까이 앉지도 말라고 하면서, 균 무섭다면서 무슨 뽀뽀야? 안 해요."

"사람이 큰오빠처럼 옹졸하면 못쓴다고요. 그럴 때 그러더라도 맘 풀고 뽀뽀해 줘요."

"난, 풀 수 없어요. 옹졸하잖아. 세상없어도. 그래서 난 한번 싫으면 끝까지 싫은 줄 알아요."

"아이, 뭐 그럴라고?"

"그런 걸 어떡해? 난 그런 사람이에요. 그러기에 좀처럼 잘 삐틀어지지 않아요. 그런 줄이나 아세요."

"아이, 왜 저렇게 뻣뻣하실까? 그럼, 겨울에 와도 그러실래요. 네?"

"그건 봐야 알아요. 저번처럼 또 그러면 나도 그러는 거고, 안 그러면 나도 안 그러는 거고, 다 그런 거 아니에요? 이러고저러고 할 거 없어요. 얘기는 이것으로 끝났어요."

"민경아, 고모 안녕히 계시라 해라."

하고 알지도 못하는 애기에게 엄격한 교육을 시키며 서울로 갔습니다.

【 마리보나 이야기 〈3〉으로 이어집니다 】

마리보나 이야기 〈2〉

김명순(마리보나) 지음

발 행 일	|	2025년 6월 5일
지 은 이	|	김명순(마리보나)
저작권자	|	기록자 김영기(비오)
발 행 인	|	李憲錫
발 행 처	|	오늘의문학사
출판등록	|	제55호(1993년 6월 23일)
주 소	|	대전광역시 동구 대전로 867번길 52(한밭오피스텔 401호)
전화번호	|	(042)624-2980
팩시밀리	|	(042)628-2983
계좌번호	|	농협 405-02-100848(이헌석-오늘의 문학사)
전자우편	|	hs2980@hanmail.net
카 페	|	cafe.daum.net/gljang(문학사랑 글짱들)
인터넷신문	|	www.k-artnews.kr(한국예술뉴스)

공 급 처	|	한국출판협동조합
주문전화	|	(02)716-5616
팩시밀리	|	(02)716-2999

ISBN 979-11-6493-379-2
값 15,000원

ⓒ김명순(마리보나) 2025

* 이 책의 판권은 저작권자와 오늘의문학사에 있습니다.
* 오늘의 문학사는 E-Book(전자책)으로 제작하여 ㈜교보문고에서 판매합니다.
* 잘못 제작된 책은 구입하신 서점에서 바꾸어 드립니다.